季羡林·沉思录

季羡林
大学沉思录

季羡林 著

中国财经出版传媒集团
中国财政经济出版社

图书在版编目（CIP）数据

季羡林大学沉思录 / 季羡林著． -- 北京：中国财政经济出版社，2017.10
（季羡林沉思录）
ISBN 978-7-5095-7666-3

Ⅰ．①季… Ⅱ．①季… Ⅲ．①季羡林（1911-2009）-教育思想 Ⅳ．①G40-092.7

中国版本图书馆CIP数据核字(2017)第196450号

出 版 人：黄 琦
项目统筹：党海鹏 王芝文
策 划 人：崔岱远
选 编 者：王佩芬
责任编辑：樊清玉
特约编辑：李 强 李 淼
装帧设计：刘 洋
责任印制：刘志豪
推广总监：张丽萍

中国财政经济出版社 出版

URL：http://www.cfeph.cn
E-mail：cfeph@cfeph.cn
（版权所有　翻印必究）

社址：北京市海淀区阜成路甲28号　邮政编码：100142
营销中心电话：88190406
北京新华印刷有限公司印刷　各地新华书店经销
710×1000毫米　16开　19.125印张　215 000字
2017年10月第1版　2017年10月北京第1次印刷

定价：39.00元
ISBN 978-7-5095-7666-3
（图书出现印装问题，本社负责调换）
本社质量投诉电话：010-88190744
打击盗版举报热线010-88190414　QQ：447268889

目录

清华北大之我思

假若我再上一次大学	3
梦萦水木清华	8
清华颂	13
寅恪先生二三事	16
温馨的回忆	23
爱国必自爱校始	25
清华大学九十华诞祝词	30
清华园印象	32
漫谈北大派和清华派	38
我看北大	41
我和北大	46

异域大学获新知

巍巍上庠　百年星辰	52
站在胡适之先生墓前	59
春满燕园	72
燕园盛夏	75
春归燕园	79
我和北大图书馆	82
梦萦未名湖	85
汉城忆燕园	91
两行写在泥土地上的字	99
《燕园幽梦》序	103
中国的学统	106
在德里大学和尼赫鲁大学	115

道路终于找到了

国际大学	124
在特里普文大学	128
华侨崇圣大学开学典礼	132
东方文化书院和陈贞煜博士	137
道路终于找到了	145
学术研究的发轫阶段	153
负笈德意志	166
德国学习生活回忆	215
我的老师们	220
汉学研究所	229
《学者论大学生的知识结构与智能》序	234

教学科研应结合，人才要交流	239
对21世纪人文学科建设的几点意见	241

希望在你们身上

希望在你们身上	263
学外语	265
芳林新叶催陈叶	267
大学外国语教学法刍议	273
论博士	277
博士的博论	279
论教授	283
论聘请外国教授	285

大学之道
——祝贺母校山东大学百岁华诞 289

我看中国文化书院 294

我对未来教育的几点希望 295

清华北大之我思

假若我再上一次大学

"假若我再上一次大学",多少年来我曾反复思考过这个问题。我曾一度得到两个截然相反的答案:一个是最好不要再上大学,"知识越多越反动",我实在心有余悸。一个是仍然要上,而且偏偏还要学现在学的这一套。后一个想法最终占了上风,一直到现在。

我为什么还要上大学而又偏偏要学现在这一套呢?没有什么堂皇的理由。我只不过觉得,我走过的这一条道路,对己,对人,都还有点好处而已。我搞的这一套东西,对普通人来说,简直像天书,似乎无利于国计民生。然而世界上所有的科技先进国家,都有梵文、巴利文以及佛教经典的研究,而且取得了辉煌的成绩。这一套冷僻的东西与先进的科学技术之间,真似乎有某种联系。其中消息耐人寻味。

我们不是提出了弘扬祖国优秀文化,发扬爱国主义吗?这一套天书确实能同这两句口号挂上钩,我举一个具体的例子。日本梵文研究的泰斗中村元博士在给我的散文集日译本《中国知识人的精神史》写的序中说到,中国的南亚研究原来是相当落后的。可是近几年来,突然出现了一批中年专家,写出了一些水平较高的作品,让日本学者有"攻其不备"之感。这是几句非常有意思的话。实际上,中国梵学学者同日本同行们的关系是十分友好的。我们一没有"攻",二没有争,只有坐在冷板凳上辛苦耕耘。有了一点成绩,日本学者看在眼里,想在心里，觉得过去对中国南亚研究的评价过时了。我觉得，这里面既包含着"弘扬"，也包含着"发扬"。怎么能说，我们这一套无补于国计民生呢？

话说远了，还是回来谈我们的本题。

我的大学生活是比较长的：在中国念了四年，在德国哥廷根大学又念了五年，才获得学位。我在上面所说的"这一套"就是在国外学到的。我在国内时，对"这一套"就有兴趣，但苦无机会。到了哥廷根大学，终于找到了机会，我简直如鱼得水，到现在已经坚持学习了将近六十年。如果马克思不急于召唤我，我还要坚持学下去的。

如果想让我谈一谈在上大学期间我收获最大的是什么，那是并不困难的。在德国学习期间有两件事情是我毕生难忘的，这两件事都与我的博士论文有关联。

我想有必要在这里先谈一谈德国与博士论文有关的制度。当我在德国学习的时候，德国并没有规定学习的年限。只要你有钱，你可以无限期地学习下去。德国有一个词儿是别的国家没有的，这就是"永恒的大学生"。德国大学没有空洞的"毕业"这个概念，只有博士论文写成，口试通过，拿到博士学位，这才算是毕了业。

写博士论文也有一个形式上简单而实则极严格的过程，一切决定于教授。在德国大学里，学术问题是教授说了算。德国大学没有入学考试，只要高中毕业，就可以进入任何大学。德国学生往往是先入几个大学，过了一段时间以后，自己认为某个大学、某个教授，对自己最适合，于是才安定下来，在一个大学，从某一位教授学习。先听教授的课，后参加他的研讨班。最后教授认为你"孺子可教"，才会给你一个博士论文题目。再经过几年的努力，收集资料，写出论文提纲，经过教授过目。论文写成的年限没有规定，至少也要三四年，长则漫无限制。拿到题目十年八年写不出论文，也不是稀见的事。所有这一切都决定于教授，院长、校长无权过问。写论文，他们强调一个"新"字，没有新见解，就不必写文章。见解不论大小，唯新是图。论文题目不怕小，就怕不新。我个人觉得，这是非常重要的一点。只有这样，学术才能"日日新"，才能有进步。否则满篇陈言，东抄西抄，饾饤拼凑，尽是冷饭。虽洋洋数十甚至数百万言，除了浪费纸张、浪费读者的精力以外，还能有什么效益呢？

我拿到博士论文题目的过程，基本上也是这样。我拿到了一个有关佛教混合梵语的题目。用了三年的时间，搜集资料，写成卡片，又到处搜寻有关图书，翻阅书籍和杂志，大约看了总有一百多种书刊。然后整理资料，使之条理化、系统化，写出提纲，最后写成文章。

我个人心里琢磨：怎样才能向教授露一手儿呢？我觉得那几千张卡片虽然抄写得好像蜜蜂采蜜，极为辛苦；然而却是干巴巴的，没有什么文采，或者无法表现文采。于是我想在论文一开始就写上一篇"导言"，这既能炫学，又能表现文采。真是一举两得的绝妙主意，我照此办理。费了很长的时间，写成一篇相当长的"导言"。我自我感觉良好，心里美滋滋的。认为教授一定会大为欣赏，说不定还会夸上几句哩。我先把"导言"送给教授看，回家做着美妙的梦。我等呀，等呀，终于等到教授要见我，我怀着走上领奖台的心情，见到了教授。然而却使我大吃一惊。教授在我的"导言"前画上了一个前括号，在最后画上了一个后括号，笑着对我说："这篇导言统统不要！

你这里面全是华而不实的空话，一点新东西也没有！别人要攻击你，到处都是暴露点，一点防御也没有！"对我来说，这真如晴天霹雳，打得我一时说不上话来。但是，经过自己的反思，我深深地感觉到，教授这一棍打得好，我毕生受用不尽。

第二件事情是，论文完成以后，口试接着通过，学位拿到了手。论文需要从头到尾认真核对，不但要核对从卡片上抄入论文的篇、章、字、句，而且要核对所有引用过的书籍、报刊和杂志。要知道，在三年以内，我从大学图书馆，甚至从柏林的普鲁士图书馆，借过大量的书籍和报刊，耗费了大量的时间。当时就感到十分烦腻。现在再在短期内，把这样多的书籍重新借上一遍，心里要多腻味就多腻味。然而老师的教导不能不遵行，只有硬着头皮，耐住性子，一本一本地借，一本一本地查。把论文中引用的大量出处重新核对一遍，不让它发生任何一点错误。

后来我发现，德国学者写好一本书或者一篇文章，在读校样的时候，都是用这种办法来一一仔细核对。一个研究室里的人，往往都参加看校样的工作。每人一份校样，也可以协议分工。他们是以集体的力量，来保证不出错误。这个法子看起来极笨，然而除此以外，还能有"聪明的"办法吗？德国书中的错误之少，是举世闻名的。有的极为复杂的书竟能一个错误都没有，连标点符号都包括在里面。读过校样的人都知道，能做到这一步，是非常非常不容易的。德国人为什么能做到呢？他们并非都是超人的天才，他们比别人高出一头的诀窍就在于他们的"笨"。我想改几句中国古书上的话："德国人其智可及也，其笨（愚）不可及也。"

反观我们中国的学术界，情况则颇有不同。在这里有几种情况。中国学者博闻强记，世所艳称。背诵的本领更令人吃惊。过去有人能背诵四书五经，据说还能倒背。写文章时，用不着去查书，顺手写出，即成文章。但是记忆力会时不时出点问题的。中国近代一些大学者的著作，若加以细致核对，也往往有引书出错的情况。这是出上乘的错。等而下之，作者往往图省事，抄别人的文章时，也不去核对，于是写出的文章经不起核对。这是责任心不强，学术良心不够的表现。还有更坏的就是胡抄一气。只要书籍文章能够印出，哪管他什么读者！名利到手，一切不顾。我国的书评工作又远远跟不上。即使发现了问题，也往往"为贤者讳"怕得罪人，一声不吭。在我们当前的学术界，这种情况能说是稀少吗？我希望我们的学术界能痛改这种极端恶劣的作风。

我上了九年大学，在德国学习时，我自己认为收获最大的就是以上两点。也许有人会认为这卑之无甚高论。我不去争辩。我现在年届耄耋，如果年轻的学人不弃老朽，问我有什么话要对他们讲，我就讲这两点。

1991年5月5日写于北京大学

梦萦水木清华

离开清华园已经五十多年了,但是我经常想到她。我无论如何也忘不掉清华的四年学习生活。如果没有清华母亲的哺育,我大概会是一事无成的。

在三十年代初期,清华和北大的门坎是异常高的。往往有几千学生报名投考,而被录取的还不到十分甚至二十分之一。因此,清华学生的素质是相当高的,而考上清华,多少都有点自豪感。

我当时是极少数的幸运儿之一,北大和清华我都考取了。经过了一番艰苦的思考,我决定入清华。原因也并不复杂,据说清华出国留学方便些。我以后没有后悔。清华和北大各有其优点,清华强调计划培养,严格训练;北大强调兼容并包,自由发展。各极其妙,不可偏执。

在校风方面,两校也各有其特点。清华校风我想以八个字来概括:清新、活泼、民主、向上。我只举几个小例子。新生入学,第一关就是"拖尸",这是英文字 toss 的音译。意思是,新生在报到前必须先到体育馆,旧生好事者列队在那里对新生进行"拖尸"。办法是,几个彪形大汉把新生的两手、两脚抓住,举了起来,在空中摇晃几次,然后抛到垫子上,这就算是完成了手续,颇有点像《水浒传》上提到的"杀威棒"。墙上贴着大字标语:"反抗者入水!"游泳池的门确实在敞开着。我因为有同乡大学篮球队长许振德保驾,没有被"拖尸"。至今

清华大学像母亲一样哺育了季羡林，让他魂牵梦萦。图为清华校友李家斌等寄给季羡林的《国立清华大学——第六级毕业五十周年纪念刊》的封面。

回想起来，颇以为憾：这个终生难遇的机会轻轻放过，以后想补课也不行了。

这个从美国输入的"舶来品"，是不是表示旧生"虐待"新生呢？我不认为是这样。我觉得，这里面并无一点敌意，只不过是对新伙伴开一点玩笑，其实是充满了友情的。这种表示友情的美国方式，也许有人看不惯，觉得洋里洋气的。我的看法正相反。我上面说到清华校风清新和活泼，就是指的这种"拖尸"还有其他一些行动。

我为什么说清华校风民主呢？我也举一个小例子。当时教授与学生之间有一条鸿沟，不可逾越。教授每月薪金高达三四百元大洋，可以购买面粉二百多袋，鸡蛋三四万个。他们的社会地位极高，往往目空一切，自视高人一等。学生接近他们比较困难。但这并不妨碍学生开教授的玩笑。开玩笑几乎都在《清华周刊》上。这是一份由学生主编的刊物，文章生动活泼，而且图文并茂。现在著名的戏剧家孙浩然同志，就常用"古巴"的笔名在《周刊》上发表漫画。有一天，俞平伯先生忽然大发豪兴，把脑袋剃了个净光，大摇大摆，走上讲台，全堂为之愕然。几天以后，《周刊》上就登出了文章，讽刺俞先生要出家当和尚。

第二件事情是针对吴雨僧（宓）先生的。他正教我们"中西诗之比较"这一门课。在课堂上，他把自己的新作十二首《空轩》诗印发给学生。这十二首诗当然意有所指，究竟指的是什么？我们说不清楚。反正当时他正在多方面地谈恋爱，这些诗可能与此有关。他热爱毛彦文是众所周知的。他的诗句："吴宓苦爱（毛彦文），三洲人士共惊闻"，是夫子自道。《空轩》诗发下来不久，校刊上就刊出了一首七律今译，我只记得前一半：

一见亚北貌似花，
顺着秫秸往上爬。
单独进攻忽失利，
跟踪钉梢也挨刷。

最后一句是："椎心泣血叫妈妈。"诗中的人物呼之欲出，熟悉清华今典的人都知道是谁。

学生同俞先生和吴先生开这样的玩笑，学生觉得好玩，威严方正的教授也不以为忤。这种气氛我觉得很和谐有趣。你能说这不民主吗？这样的琐事我还能回忆起一些来，现在不再啰唆了。

清华学生一般都非常用功，但同时又勤于锻炼身体。每天下午四点以后，图书馆中几乎空无一人，而体育馆内则是人山人海，著名的"斗牛"正在热烈进行。操场上也挤满了跑步、踢球、打球的人。到了晚饭以后，图书馆里又是灯火通明，人人伏案苦读了。

根据上面谈到的各方面的情况，我把清华校风归纳为八个字：清新、活泼、民主、向上。

我在这样的环境中生活、学习了整整四个年头，其影响当然是非同小可的。至于清华园的景色，更是有口皆碑，而且四时不同：春则繁花烂漫，夏则藤影荷声，秋则枫叶似火，冬则白雪苍松。其他如西山紫气，荷塘月色，也令人忆念难忘。

现在母校八十周年了。我可以说是与校同寿。我为母校祝寿，也为自己祝寿。我对清华母亲依恋之情，弥老弥浓。我祝她长命千岁，千岁以上。我祝自己长命百岁，百岁以上。我希望在清华母亲百岁华诞之日，我自己能参加庆祝。

1988年7月22日

清华颂

清华园，永远占据着我的心灵。回忆起清华园，就像回忆我的母亲。

又怎能不这样呢？我离开清华已经四十多年了，中间只回去两三次。但是每次回到清华园，就像回到我母亲的身边，我内心深处油然生起幸福之感。在清华的四年生活，是我一生中最难忘、最愉快的四年。在那时候，我们国家民族正处在危急存亡的紧急关头，清华园也不可能成为世外桃源。但是园子内的生活始终是生气勃勃的，充满了活力的。民主的气氛，科学的传统，始终占着主导的地位。我同广大的清华校友一样，现在所以有这一点点知识，难道不就是在清华园中打下的基础吗？离开清华以后，我当然也学习了不少的新知识，但是在每一个阶段，只要我感觉到学习有所收获，我立刻想到清华园，没有在那里打下的基础，所有这一切都是不可能的。

但是清华园却不仅仅是像我的母亲，而且像一首美丽的诗，它永远占据着我的心灵。

又怎能不这样呢？清华园这名称本身就充满了诗意。它的自然风光又是无限地美妙。每当严冬初过，春的信息，在清华园要比别的地方来得早，阳光似乎比别的地方多。这里的青草从融化过的雪地里探出头来，我们就知道：春天已经悄悄地来了。过不了多久，满园就开满了繁花，形成了花山、花海。再一转眼，就听到满园蝉声，荷香飘溢。等到蝉声消逝，荷花凋零，红叶又代替了红花，"霜叶红于二月花"。明月之夜，散步

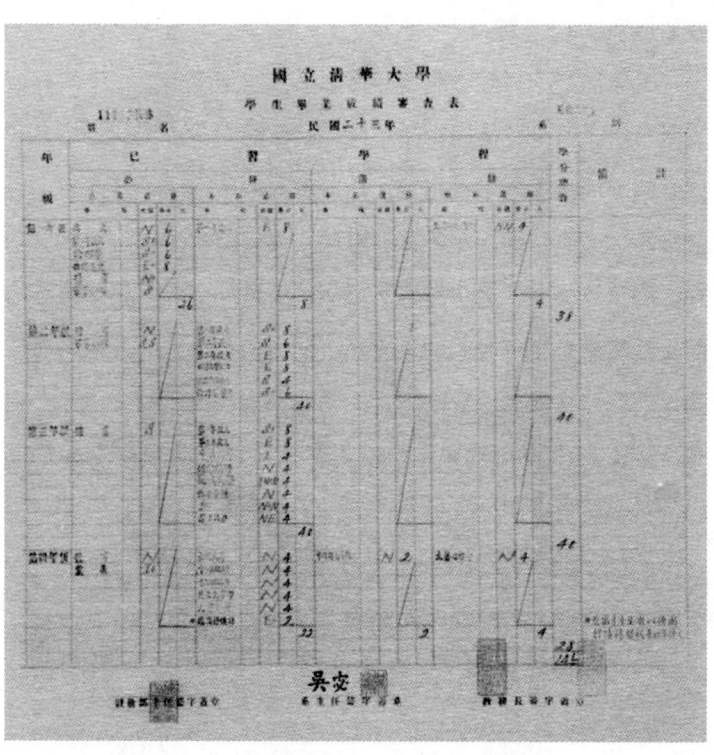

清华园在季羡林心中，像一位慈爱的母亲，更像一首美丽的诗，永远占据着他的心灵。图为季羡林清华大学毕业成绩单，上有西洋文学系主任吴宓的亲笔签名。

荷塘边上，充分享受朱自清先生所特别欣赏的"荷塘月色"。待到红叶落尽，白雪渐飘，满园就成了银妆玉塑，"既然冬天已经到了，春天还会远吗？"我们就盼望春天的来临了。在这四时变换、景色随时改变的情况下，有一个永远不变的背景，那就是西山的紫气。"烟光凝而暮山紫"，唐朝王勃已在一千多年以前赞美过这美妙绝伦的紫色了。这样，清华园不是一首诗而是什么呢？

在人生的道路上，我已经走了不短的一段路。看来我要走的道路也还不会是很短很短的，对我来说，清华园这一幅母亲的形象，这一首美丽的诗，将在我要走的道路上永远伴随着我，永远占据着我的心灵。

1981年1月22日

寅恪先生二三事

陈寅恪先生是中国20世纪最伟大的学者之一。他的学生中山大学胡守为教授曾在中大为他举办过几次纪念会或学术座谈会,不少海内外学者赶来参加,取得了成功。台湾一位参加过会的历史教授在一篇文章写道,在会上,只听到了"伟大""伟大",言外颇有愤愤不平之意,令我难解,不知道究竟是什么原因。但是,伟大是一个客观存在的事实,不是哪一个人可以任意乱用的。依不佞鄙见,寅恪先生不但在伟大处是伟大的,在琐细末节方面他也是伟大的。现在举出二三事,以概其余。

临财不苟得

《礼记·曲礼上》:"临财毋苟得,临难毋苟免。"这种教导属于中国古代优秀文化之列。然而,几千年来,有多少人能够做到?所以老百姓说:"人为财死,鸟为食亡。"可见此风之普遍,至今尤甚。什么叫"贪污腐化",其中最主要的还是钱。不要认为这是一件小事。

青少年时期,寅恪先生家境大概还是富裕的,否则就不会到欧美日等地去留学。20年代中到30年代中,在北京清华园居住教书,工资优厚,可能是他一生中经济情况最辉煌的时期。"七七事变"以后,日寇南侵。寅恪先生携家带口,播迁流转于香港和大西南诸省之间，寝不安席，食不果腹。他一向身体多病，夫人唐筼女士也同病相怜，三个女儿也间有病者。加之他眼睛又出了毛病，曾赴英国动过手术，亦未好转，终致失明。此事与在越南丢掉两箱重要图书不无关系。寅恪先生这若干年的生活，只有两句俗话"屋漏偏遭连夜雨，船破又遇打头风"可以形容于万一。记述他这时期生活的文字颇多。但是，我觉得，表现得最朴素、最真实、最详尽的还是其在致傅斯年的许多封信中（见《陈寅恪集·书信集》，三联书店，2001年出版。我在下面的引文，也都出于此书，只写页数、行数，不再写书名）。下面我就根据这一本书，按时间顺序，选取一些材料。

p.39 左起第4—5行："不必领中央研究院之薪水。"

p.45 左起第5—7行，事同上。

（羡林按：这件事发生在1933年。时先生任清华教授兼中央研究院历史语言研究所第一组主任。）

p.52 右起第1—2行："不能到会，不领取川资。"

（羡林按：这件事发生在1936年。与前件事一样，是先生经济情况比较好的时候。）

p.57，1939年，赴英国牛津大学任教，借英庚款会二百英镑。"如入境许可证寄来，而路仍可通及能上岸，则自必须去，否则即将此借款不用，依旧奉还。"

p.109 左起第6行："兄及第一组诸位先生欲赠款，极感，但弟不敢收，必退回，故请不必寄出。"

以上两件事，一在1939年，一在1945年，正是先生极贫困的时候；但是他仍坚决不取不该取之钱，可见先生之耿介。

p.53 右起第四行，先生说："弟好利而不好名。"这是先生的戏言，他名与利是都不好的。在这方面，寅恪先生是我们的榜样。

上面引的《礼记·曲礼上》中的话，是中国传统文化的优秀部分，为古今仁人志士所遵守。但是，最近一个时期以来，由于一些不尽相同的原因，贪污腐化之风，颇有抬头之势。贪污与腐化，虽名异而实同，都与不同形式的"财"有关。二者互为表里，互为因果，最后又必同归于尽，这已经是社会上常见的现象。寅恪先生，一介书生，清廉自持，不该取之财，一文不取。他是我们学术界以及其他各界的一面明镜。

备 课

我一生是教书匠，同别的教书匠一样，认为教书备课是天经地义。寅恪先生也是一生教书，但是，对于他的备课，我却在潜意识中有一种想法：他用不着备课。他十几岁时就已遍通经史。其后在许多国家留学，专治"不古不今、不中不西"之学，具体地讲，就是魏晋南北朝以及隋唐史和佛典翻译问题等等。有的课程，他已经讲过许多遍。像这样子，他还需要备什么课呢？然而，事实却不是这样子，他对备课依然异常认真。我列举几点资料。

p.28 中"陈君学问确是可靠，且时时努力求进，非其他国学教员之身（？）以多教钟点而绝无新发明者同也"。

p.39 左起第 3 行："且一年以来，为清华预备功课几全费去时间精力。"

p.50 右起 3—4 行："在他人，一回来即可上课，弟则非休息及预备功课数日不能上课。"

p. 51 左起第 3 行:"弟虽可于一星期内往返,但事实上因身体疲劳及预备功课之故,非请假两星期不可。"

p. 206 中:"因弟在此所授课有'佛经翻译'一课,若无大藏则征引无从矣。"

(羡林按:30 年代初,我在清华旁听先生的课听的就是这一门"佛经翻译文学"。上面这一段话是在 1938 年写的,中间大概已经讲过数次;然而他仍然耿耿于没有《大藏经》,无从征引。仅这一个小例子就足以证明先生备课之认真,对学生之负责。)

根据我个人的经验,虽然有现成的讲义,但上课前仍然必须准备,其目的在于再一次熟悉讲义的内容,使自己的讲授思路条理化,讲来容易生动而有系统。但是,寅恪先生却有更高的要求。上面引的资料中有"新发明"这样的字样,意思就是,在同一门课两次或多次讲授期间,至少要隔上一两年或者更长的时间,在这期间,可能有新材料出现,新观点产生,这一些都必须反映在讲授中,任何课程都没有万古常新的教条。当年我在德国哥廷根大学读书时,常听到老学生讲教授的笑话。一位教授夫人对人发牢骚说:"我丈夫教书,从前听者满堂盈室。但是,到了今天,讲义一个字没有改,听者却门可罗雀。"言下愤愤不平,大叹人心之不古。这位教授夫人的重点是"讲义一个字没有改",她哪里知道,这正是致命之处。

根据我的观察,在清华大学我听过课的教授中,完全不备课的约占百分之七十,稍稍备课者约占百分之二十,情况不明者占百分之十。完全不备课者,情况又各有不同,第一种是有现成的写好的讲义。教授上课堂,一句闲话也不说,立即打开讲义,一字一句地照读下去。下课铃声一响,不管是读到什么地方，一节读完没读完，便立即合上讲义，出门扬长而去。下一堂课再在打住的地方读起。有两位教授在这方面给我留下的印象最生动深刻，一位是教"莎士比亚"的，讲义用英文写成；一位是教"文学概论"的，讲义是中文写成。我们学生不是听课，而是作听写练习。

第二种是让学生读课本，自己发言极少。我们大一英文，选的课本是英国女作家 Jane Austin 的 *Pride and Prejudice*（《傲慢与偏见》）。上课时从前排右首起学生依次朗读。读着读着，台上一声"stop!"学生应声 stop。台上问："有问题没有？"最初有一个学生遵命问了一个问题。只听台上一声断喝："查字典去！"声如河东狮吼，全班愕然。从此学生便噤若寒蝉，不再出声。于是天下太平。教授拿了工资，学生拿了学分，各得其所，猗欤休哉！

第三种是教外语的教员。几乎全是外国人，国籍不同，教学语言则统统是英语。教员按照已经印好的教本照本宣科。教员竟有忘记上次讲课到何处为止者，只好临时问学生，讲课才得以进行。可见这一位教员在登上讲台之一刹那方才进入教员角色，哪里还谈到什么备课！有一位教员，考试时，学生一交卷，他不看内容，立即马上给分数。有一个同学性格黏糊，教员给了他分数，他还站着不走。教员问："你嫌分数低了，是不是？再给你加上五分。"

以上是西洋文学系的众师相。虽然看起来颇为滑稽，但决无半点妄语。别的系也不能说没有不备课的老师，但决不会这样严重。可是像寅恪先生这样备课的老师，清华园中决难找到第二人。在这一方面，他也是我们的榜样。

不 请 假

教师上课，有时因事因病请假，是常见的事。但是，陈寅恪先生却把此事看得极重，我先引一点资料。

p.50 左起第 4—8 行："但此一点犹不甚关重要。别有一点，则弟存于心中尚未告人者，即前年弟发现清华理工学院之教员，全年无请假一点钟者，而文法学院则大不然。彼时弟即觉得此虽小事，无怪乎学生及社会对于文法学印象之劣，故弟去学年全年未请假一点钟，今年至今亦尚未请一点钟假。其实多上一点钟与少上一点钟毫无关系，不过为当时心中默自誓约（不敢公然言之以示矫激，且开罪他人，此次初以告公也），非有特别缘故必不请假，故常有带病而上课之时也。"

p.64 左起第 6 行—p.65 右起第一行："现已请假一星期未上课（此为"九一八"以来所未有，惟除去至牯岭祝寿一次不计）。（中略）但此点未决定，非俟在此间毫无治疗希望，或绝对不能授课，则不出此。仍欲善始善终，将校课至暑假六月完毕后，始返港也。"

p.71 左起第 1—2 行："今港大每周只教一二小时，且放假时多，中研评会开会之时正不放假，且又须回港授课，则去而复回，仍旋移居内地。"

p.72 右起第 1—2 行："但因此耽搁港大之功课，似得失未必相偿。"

p.76 右起第 2 行："因耶稣复活节港大放假无课。"

p.79 左起第 3 行："近日因上课太劳，不能多看书作文。"

p.82 右起第 5 行："若不在其假期中往渝，势必缺课太多。"

p.95 左起第 2 行："故终亦不能不离去，以有契约及学生功课之关系，不得不顾及，待暑假方决定一切也。"

上面，我根据寅恪先生的书信，列举了他的三件事。第一件事，大家当然认为是大事。其实第二、三件事，看似琐细，也是大事。这说明了他对学生功课之负责，对教育事业之忠诚。这非大事而何！

当年我在北京读书时，有的教授在四五所大学中兼课，终日乘黄包车奔走于城区中，甚至城内外。每学期必须制定请假计划，轮流在各大学中请假，以示不偏不倚，否则上课时间冲突矣。每月收入多达千元。我辈学生之餐费每月六元，已可吃得很好。拿这些教授跟寅恪先生比，岂非有如天壤吗？因此我才说，寅恪先生在伟大处是伟大的，在细微末节方面也是伟大的。在这两个方面，他都是我们的楷模。

2002 年 7 月 7 日

温馨的回忆

一想到清华图书馆,一股温馨的暖流便立即油然涌上心头。

在清华园念过书的人,谁也不会忘记两馆:一个是体育馆,一个就是图书馆。

专就图书馆而论,在当时一直到今天,它在中国大学中绝对是一流的。光是那一座楼房建筑,就能令人神往。淡红色的墙上,高大的玻璃窗上,爬满了绿叶葳蕤的爬山虎。解放后,曾加以扩建,建筑面积增加了很多;但是整个建筑的庄重典雅的色调,一点也没有遭到破坏。与前面的雄伟的古希腊建筑风格的大礼堂,形成了双峰并峙的局面,一点也不显得有任何逊色。

至于馆内藏书之多,插架之丰富,更是闻名遐迩。不但能为本校师生服务,而且还能为外校,甚至外国的学者提供稀有的资料。根据我的回忆,馆员人数并不多,但是效率极高,而且极有礼貌,有问必答,借书也非常方便。当时清华学生宿舍是相当宽敞的,一间屋住两人,每人一张书桌,在屋里读书也是很惬意的。但是,我们还是愿意到图书馆去,那里更安静,而且参考书极为齐全。书香飘满了整个阅览大厅,每个人说话走路都是静悄悄的。人一走进去,立即为书香所迷,进入角色。

我在校时,有一位馆员毕树棠老先生,胸罗万卷,对馆内藏书极为熟悉,听他娓娓道来,如数家珍。学生们乐意同他谈天，看样子他也乐意同青年们侃大山，是一个极受尊敬和欢迎的人。1946年，我出国十多年以后，又回到北京，是在北京大学工作。我打听清华的人，据说毕老先生还健在，我十分兴奋，几次想到清华园去会一会老友；但都因事未果，后来听说他已故去，痛失同这位鲁殿灵光见面的机会，抱恨终天了。

书籍是人类文化和智慧的最重要的载体。世界各国、各地，只要有文字有书籍的地方，书籍就必然承担起这个十分重要的责任。没有书籍，人类文化的发展，人类社会的进步，就会受到极大的影响，遇到极大的障碍，延缓前进的步伐。而图书馆就是储存这些重要载体的地方。在人类历史上，世界上各个国家，中国的各个朝代，几乎都有类似今天图书馆的设备。这是人类文化之所以能够代代传承下来的重要原因，我们对图书馆必须给予最高的赞扬。

清华大学，包括留美预备学堂和国学研究院在内，建校八十来年以来，颇出了一些卓有建树、蜚声士林的学者和作家。其中原因很多，但是校歌中说的"西山苍苍，东海茫茫；吾校庄严，巍然中央"，这是形象的说法，说得很玄远，其意不过是说清华园有灵气。园中的水木清华、荷塘月色等等，都是灵气之所钟。在这样有灵气的地方，又有全国一流的学生，有一些全国一流的教授，再加上有这样一个图书馆，焉得不培养出一些优秀人才呢！

我一想到清华图书馆，就有一种温馨的回忆，我永远不会忘记清华图书馆。

1999年6月15日于香山饭店

爱国必自爱校始

是由于因缘和合呢？还是出于一种什么神力？清华大学竟然诞生在"水木清华"这个地方。"清华"二字连用，中国古代典籍中已有先例，十分确切的解释也还没有。我们现在就利用模糊语言的理论，先模糊它一下子。一看到"清华"这两个字连在一起，立即产生一个印象：清新俊远，生机盎然。我想，这是人之常情。

奇怪的是，将近九十年来的清华学风和校风，我认为，只有这八字可以概括。

先放下我这一套拆字算卦的把戏，谈一点实际的问题，说一点实际的经验和体会。在全国两座最高学府北大和清华这一个双子星座中，我在清华呆过四年，在北大呆了五十二年，我应该说是最有资格谈论两个学校的个性的人。两个学校当然有一些共同的地方，比如永远革命，永远向前，重视学术，重视育才，同为我们国家培养了大量优秀人才。但是，两者间不同之处也异常突出，皎如日星。勉强打一个比喻的话，清华似李白，北大如杜甫，这可以意会而不可言传，其他的比喻，由读者自己去打吧。

我现在不是在谈北大和清华的对比问题，而是在谈清华，特别是清华的"旧影"，北大暂且不去谈了。

清华的"旧影"有什么可谈的呢？

在这里，我必须又要扯远一点，否则问题就说不明白。我曾应《光明日报》韩小蕙小姐之邀，写过一篇回忆母亲的文章《赋得永久的悔》，题目是她出的，文章是我写的，形似科举，宛如八股，因此名之曰"赋得"。题与心合，正中下怀，于是笔走龙蛇，文不加点，一气呵成，生平快事。此文得到了意外的——其实也是意内的——强烈的反响，得到了最高文学奖，获得了大量的读者和爱好者，至今还能接到读者的来信。其中一封信给我留下的印象最深。这是武汉大学的两位研究生写来的，文笔流利畅达，感情诚挚恳切，可见他们对中国文化和文学造诣之高。他们提出了一个观点：爱国必自爱母始。这观点多么平易近人，但又是多么石破天惊；多么明白易懂，但又是多么切中肯綮。乍读之下，我的心立即颤抖起来，钦佩之情，油然而生。

我想把这个观点引申一下：爱国必自小处爱起，必自近处爱起，必自身旁爱起。国家是一个大概念，几乎是广阔无垠的。世界上没有无缘无故的爱，也没有无缘无故的恨。我们之所以爱这个广阔无垠的国家，存在决定意识，这个爱必有决定之者。笼统说起来，决定之者也并不难找。我们有五千年光辉灿烂的文明，我们对人类做出了巨大的贡献，我们有勤劳、勇敢、智慧的人民，几千年中，我们大都有"边患"，受到最初是外来民族（今天有的已经融入中华民族大家庭中）的侵扰，甚至屠杀，我们产生了世界历史上最多的最著名的爱国者。如此等等，不一而足。因此，我们这个国家是必须爱的。有这样的国家而不爱，是违反天理，违反人情的。

但是，正如我在上面所说的，国家这个概念毕竟太大了。我们每天在国家中，我们又往往会感到见不到国家在哪里。我们能够见到的，能够感觉到的往往是我们身边的人和事。只有感到身边的人和事可亲可爱，才能推而广之，大到一个城市和一个地区，最后大到国家。这样产生的爱才真正是摸得着看得见的，才真正是具体的，才真正能持久。爱国必自爱母始，就是一个最好的最具体的例子。

爱国必自爱母始，这一点已经成为事实。爱国为什么不能自爱校始呢？只要读一读这一部《清华旧影》，就必须承认爱国也能从爱校始的。

试读本书中选入的文章，不管是"校史沿革篇"，还是"清华求学篇"，或是"逝者如斯篇"，篇篇怀旧的对象不同，抒发的感情不同；但是，不管有多少小"异"，却有一个大"同"。我们写这样的文章，决不是仅仅想"发思古之幽情"，我们回忆"旧影"，我们另有新图，我们获得了全新的收获。我们回忆水木清华，我们回忆良师益友，我们回忆园中的一草一木，一山一水，我们回忆一切美好的东西，所有这一些回忆带给我们的是一种无法用言语形容的温馨。我们的母校清华是极端可爱的，由不得我们不去爱她。但是清华是伟大祖国的一部分，西山紫气，东海碧波，共同成为清华的屏障和背景。这些都是伟大祖国的一部分，由不得我们不爱我们伟大的祖国。爱国必自爱校始。

"难道你们这一部书是只给清华人看的读的吗？"我仿佛听到有人这样质问了。我敬谨答曰："不是，绝对不是！"清华非清华人之清华，她是全国十几亿人口的清华，谁也没有权力把清华据为己有。况且，以中国之大，除了清华外，还有许许多多别的大学，哪一个大学的人不热爱自己的学校呢？再况且，以中国之大，除了大学以外，还有别的组织机构。除了

所有有关清华大学的回忆,都带给季羡林"一种无法用言语形容的温馨"。图为晚年季羡林在清华园前。

组织机构以外，还有广大的人民群众和广大的地区。如果每个人都爱自己的地区和机构，都爱自己的学校，这一些都是极其珍贵的"小爱"。如果清华人以外的人也都读一读我们这一本决非专为清华人所写的书，他们也都会感受到一种温馨、一种爱。把这些"小爱"融合在一起，一定会孕育出一种其大无垠的"大爱"，大家共同爱我们伟大的祖国。

1998 年 7 月 29 日
本文为《清华旧影》序

清华大学九十华诞祝词

　　清华留美预备学堂创建于1911年，而北大定名为北京大学则在1912年。可见北大清华两校按照西方办学模式办学，起步实为同时。欧洲各大国自中世纪以来即先后创办大学，至今已有数百年之历史，规模组织，大同小异。此种教育制度，随殖民主义之东扩而前进。印度首当其冲，日本继之，而中国为最晚。直至19世纪末20世纪初始陆续有以西方模式为基础之大学，北大清华皆是也。然而两校之历史背景则颇多不同。北大承将近二千年来国家最高学府太学或国子监之传统，优点在于文化积淀既深且厚，不足之处则在旧影响时有表露。清华则自发轫之初，即追踪美国，惟妙惟肖，巨细不遗。以是，两校虽逐渐并肩发展为中国最高学府，而校格校风迥然不同。各有短长，不能厚此而薄彼也。至若两校办学方针，则皆可归纳为三会通：古今会通，中西会通，文理会通。合而言之，即将古今中外之文化精华融会而贯通之，将文理之畛域冲破，使之互相影响也。前二者明白易懂，无待赘述。至于第三者，则知之者少，尚须稍加诠释。七八十年前五四运动前后，蔡元培先生掌北大，以极有远见之睿智提出文理会通之倡议。至30年代前后，北大为文科学生开设科学方法课，盖亦寓文理会通之意。清华则规定：凡文科学生必选修一门理科课程。如无力或不愿，则可以逻辑代，于是逻辑课堂爆满矣。今岁初，清华大科学家李政道教授与大艺术家吴冠中教授联袂提出科学与艺术相结合之倡议，已出版专著，图文并茂，成绩斐然，此盖文理会通进一步之发展，意义重大，对北大有极重要之启示。时至今日，北大清华校舍已部分接壤，两校弦歌之声相闻，师生往来频繁，似应进一步加强两校之联系与协作，诸如个别教师交换授课，部分图书馆与实验室互通有无，如此必能扩大学生之眼界，避免近亲繁殖之弊端，利莫大焉。今者世界已进入新世纪新千年。纵观全国全球之教育大势，北大清华宛如双峰并峙，一时瑜亮，此决非个人私言，实天下之公言也。我两校任重而道远，加强协作，互相砥砺，刻不容缓，似应寓竞争于协作之内，扬优点于互补之中，发扬中华优秀文化，吸收世界先进之文教科技，持之以恒，锲而不舍，假以时日，则所谓世界一流大学之桂冠，必将实至名归也。值此清华大学庆祝九十华诞之际，谨缀俚词，为清华寿。我两校其共勉之！

2001 年 3 月 28 日

清华园印象

清华园，简单淳朴的三个字；但却似乎具有极大的启示性，极深邃的内涵。谁见了会不油然从内心深处漾起一缕诗情画意呢？人们眼前晃动的一定会是水木明瑟，花草葳蕤，宛如人间的桃源，天上的净土。

记得在71年前，在1930年夏天，我从山东到北京来投考大学。当时我年少气盛，不知天高地厚，幼稚到可爱的程度，别的同学都报六七个大学，我却只报了清华和北大。这是中国最顶尖的两所大学，一直到今天，八九十年来，始终是千千万万青年学子向往的地方。当年我的狂妄居然得逞，两所大学都录取了我。我为了梦想留洋镀金，终于选中了清华，成了清华的学生，校友。我生平值得骄傲的事情不多，这是其中之一。

闲话少说，我想讲的是当年入学考试的国文作文题目。清华出的是"梦游清华园记"。因为清华离城远，所以借了北大北河沿三院作考场，学生基本上都没有到过清华园，仅仅凭借"清华园"这三个字，让自己的幻想腾飞驰骋，写出了妙或不妙的文章。我的幻想能力自谓差堪自慰，大概分数不低，最终把我送进了清华园。在这里，我还想顺便补充几句：那一年，北大出的国文作文题是"何谓科学方法，试分析详论之"。两校对照，差别昭然。去年，我曾根据我在清华4年，在北大56

1934年5月，季羡林毕业前与同学合影留念。

年的观察与反思，写了一篇谈两校校格不同的文章，我认为北大是深厚凝重，清华是清新俊逸。例证当然是很多的。仅仅从上面谈到的入学考试国文题目上不也就能参透其中的消息吗？

一走进清华园，我立刻对照我那一场人造的梦来检验梦中的清华园和现实的清华园有多大的差距。差距当然会有的，而且会极大。在梦中只能有一团团模糊的影像；但是，在现实中却有巍峨壮丽的校门，古色古香的清华学堂的匾额，美轮美奂的欧洲古典式的大礼堂，绿荫满窗的大图书馆等等，等等。在自然景观方面又有水木清华，荷塘月色，西山紫气，三秋红叶。这一切都是在梦中决不可能见到的。但是，梦中的水木明瑟，花草葳蕤，却是一点也不差的。这颇给了自己一点慰藉。

星换斗移，时移事迁，与我同寿的母校到今年整整90岁了。这是清华校史上的一件大事，热烈庆祝是义不容辞的。庆祝的方式多种多样，自在意中。我认为，其中最能别开生面的一种就是清华同方集团邀请国内外著名画家描绘清华的自然风光，新老建筑，兼及著名学者和行政领导，并选出其中优秀作品，编纂成册，名之曰《名家绘清华》，出版问世。这实在可以说是一件心裁别出意义深远的举措。这样的画册，对向往清华想投考清华的青年学子来说，他们看了一定会狂喜不已，更增强了报考的决心。他们用不着再写"梦游清华园记"那样的文章了，他们梦想的人间仙境就历历摆在眼前。对新老校友来说，他们毕业有先后，术业有专精，现在遍布全国，全世界，看到了绘画，一定会唤起思古之幽情，望母校之风光，感平生于畴昔，一定增强对母校的热爱，加深对母校的向心力。这一点是完全可以肯定的，用不着丝毫怀疑的。

看了这些绘画，我自己的感受怎样呢？在这方面，我可以说是有独特的优势。我曾梦游过清华园，又曾在长达4年的时间内，亲自把梦境与现实对照过。而今，在71年以后，又看到这样一些优秀艺术家的绘画，琳琅满目，美不胜收。在艺术家的生花妙笔下，清华园活脱脱地站在我眼前。艺术家的本领在于，出于自然而又高于自然，他们画出了清华园的形，又画出了她的神。歌德在他的《谈话录》中曾有一个绝妙的说法，说艺术家能改变自然。眼前的这一本画册，就是艺术家改变清华园的结集。在这里，我忍不住要引徐葆耕教授的话，给自己脸上贴点金。他说，相当多的艺术家同我所说的清新俊逸有近似的感觉，绘画的色彩洋溢着春天的生命气息。听到这些话，我不禁颇有一点手舞足蹈洋洋得意了。

  文章写到这里，本来可以打住了，但是我意犹未尽，想再引申一下，写了下去。这个关键的灵感是清华同方集团带给我的。这个集团所从事的业务是高科技的应用和发展。用一般人通俗的说法来表示就是理工科，就是科技。这是目前最走俏的大潮。不少的人认为，建设一个国家，只要有科技就行了。于是"科技是第一生产力"之声洋洋乎盈耳矣。其实这是一种短见。建国不能没有科技；但是只有科技也还不够全面。科技必须辅之以与之并提的人文社会科学，在一些人的口中就是文科。二者相辅相成，互相促进，人类社会才能前进，人类文化才能发展。可惜的是，这一个正确的观点并不为所有人所共有。同方集团以徐林旗研究员为首的领导们具有罕见的远见卓识，同意这个观点，并且身体力行，《名家绘清华》这样的书于焉产生。这一个并没有大事宣扬的行动，实有极其深远的意义，定能受到全体清华人以及整个学术界和企业界的欢迎与赞美。

综观清华90年的历史，走的并不是一条平坦的阳关大道。1952年以前，清华是一所具有文、理、法、工、农的综合大学。院系调整以后，清华成了单一的工科大学，连理科都被排挤出来。这个决定当时是否正确，我不敢说。但是，经过了以后三四十年的实践，却证明了它是缺乏远见的。清华大学当局于是当机立断，决定恢复人文社会科学院系。锲而不舍，勇往直前，在不太长的时间内，成绩已灿然可见，斐然可观，一个新的充满了活力的清华正在腾飞。最近又与工艺美术学院合并，清华万象，更加更新。这引起了一个大科学家李政道教授和一个大艺术家吴冠中教授联袂携手共辟新的教学和科研的途径的做法。他们想把科学与艺术融会贯通，培养完全新型的艺术科学家和科学艺术家。这是一条文理结合的具体的新途径，前途正未可限量。

我在上面讲到的我对清华园的印象：清新俊逸，这不仅仅指的是清华园的自然风光，而更重要的指的是清华精神。什么叫"清华精神"呢？我的理解就是：永葆青春，永远充满了生命活力，永远走向上的道路。缅怀过去90年的历史，审视当前发展的情况和动向，我不能不得到这样的印象。我离开清华已经67年了。最近半个多世纪，我在北大工作。但是，燕园与清华园相距咫尺，弦歌之声可以相闻。特别是最近若干年以来，清华在努力恢复人文社会科学的院系，我到清华参加会议的机会就多了起来。作为清华的老校友，我十分关心母校的发展，只要有可尽力之处，我一定尽上我的绵薄。这里面难免掺杂上了一点报恩思想：没有清华，就没有我的今天，清华园毕竟是我的学术生涯起步之处。我虽然身不在清华，但心却从未离开那里。我想，现在遍布五湖四海的清华校友也无不如此。

清华的一切成就我都感同身受。眼前清华蒸蒸日上的局面，我老汉看了也不禁"漫卷诗书喜欲狂"了。我相信，清华将同北大这样的友校一起，永葆青春，永远充满活力，阔步向前，巍然立于世界名校之林，为我们伟大祖国增添无量光辉。

2001 年 2 月 18 日

本文为《名家绘清华》序

漫谈北大派和清华派

这里讲的"派"不是从政治上来讲的,而是从学术上,从学风上。

我是清华的毕业生,又在北大工作了半个多世纪,我自信对这两所最高学府是能够有所了解的。因此,让我来谈一谈两校学风的异同问题,我还是有点资本的。

我脑筋里从来就没有考虑过两校的学风问题。原因是自从1952年进行院系调整以来,清华已经成为一所工科大学,北大仍然保留综合大学的地位。以工科而谈学风,盖已难矣。可是,我前不久偶然在一个什么杂志或报纸上读到了一位学者的文章,他是最近几年来清华恢复文科院系以后到清华去任教的,他是人文社会科学专家,是有资格谈学风的。我因为病目,不良于视,只是大体上翻了翻这一篇文章,记得内容只是谈清华学派的,其中列举了一大串学者的名字,好像都是老清华的。作者的用意大概是,这些学者组成了"清华学派"。这些人名我基本上都是熟悉的。看了这一张人名榜,我第一个想法就是:作者对于这一些人似乎有点隔膜。其中有一些是六十多年前我在清华读书时的教授,我对他们是了解的。在当时学生心目中,他们不过是半教授半政客的"双栖学者"。我们根本不知道他们有什么有独到见解的为内行人所承认的学术著作。因此,我直觉地觉得,即使真有一个"清华学派"的话,里面也很难有他们的座位。

那一篇文章我并没有看完，便置诸脑后，以后也再没有想这个问题。

但是，后来听说，北大的一些年轻教员对于这个问题颇感兴趣。他们先准备召开一次座谈会，后来又改为用笔谈的形式来各抒己见。守常约我参加，我答应他也来凑个热闹。

北大和清华有没有差别呢？当然有的。据我个人的印象，在过去相当长的时间内，在国内和国际上的地位方面，在对中国教育、学术和文化的贡献方面，两校可以说是力量匹敌，无从轩轾。这是同一性。但是，在双方的风范——我一时想不出更确切的词儿，姑且用之——方面，却并不相同。如果允许我使用我在拙文《门外中外文论絮语》中提出来的文艺批评的话语的话，我想说，北大的风范可用人们对杜甫诗的评论"沉郁顿挫"来概括。而对清华则可用杜甫对李白诗的评价"清新俊逸"来概括。这是我个人的印象，但是我自认是准确的。至于为什么说是准确，则决非三言两语能够解释清楚的，这个问题就留给大家去揣摩吧。

这是就一般的风范来说的。至于学风，则愧我愚陋，我实在看不出有什么差别。首先一个问题我就解决不了，根据什么来划分北大学派和清华学派？根据人嘛，是从北大或清华毕业的人才算是北大学派或清华学派呢？抑或是在北大或清华任教的人才算是北大学派或清华学派呢？有的人是从北大毕业然而却在清华教书，或者适得其反，他算是什么学派呢？这样的人，我无法去统计，然而其数目却是相当大的。

根据学术著作的内容嘛，这也不行。著作内容，比如说中国哲学史，每一个学者，只要个人愿意，都能研究，决不会有什么北大学派或清华学派。根据学术风格嘛，几乎每一个学者都有自己的风格，不但北大、清华如此，南开、复旦等校又何独不然！

北大和清华，由于历史渊源关系，教授互相兼课的很多，两校教授成为朋友的更多，关系错综复杂，难以寻出一条线索把他们分为两派。只要是北大的教授，就属于北大学派。只要是清华的教授，就属于清华学派。这是一种过分简单化的做法，什么问题也不解决。

总之，我认为，从学术上来讲，根本没有什么北大学派和清华学派。

1998 年 1 月 20 日

我看北大

也许是出于一种偶合，北大几乎与20世纪同寿。在过去一百年中，时间斗换星移，世事沧海桑田，在中国产生了天翻地覆的变化，而北大在人事和制度方面也随顺时势，不得不变。然而，我认为，其中却有不变者在，即北大对中国文化所必须负的责任。

古人常说，某某人一身系天下安危。陈寅恪先生《挽王静安先生》诗中有一句话："文化神州丧一身。"而我却想说：北大一校系中国文化的安危与断续。我并不是否认其他大学也同样对中国文化的传承起了作用；但是其间有历史长短的问题，有作用断续的问题，与夫所处地位不同的问题。这些都是活生生的事实，想能获得广大教育界同仁的共识，并非我一个人老王卖瓜，信口开河。

我所谓"文化"是最广义的文化，精神和物质两个方面都包括在里面。但是狭义的文化，据一般人的理解，则往往只限于与中文、历史、哲学三个系所涵盖的范围有关的东西。而在北大过去一百年的历史上，这三个系，尽管名称有过改变，始终是北大的重点。从第一任校长严复开始，中经蔡元培、胡适、傅斯年（代校长）、汤用彤（校委会主席）等等，都与这三个系有关。至于在过去一百年中，这三个系的教授，得大名有大影响的人物，灿如列星，不可胜数，五四运动时期是一个高潮。这个运动在中国文化学术界思想界甚至政界所起的影响,深远广被,是无论怎样评价也不为高的。如果没有五四运动,我们真不能想象今天中国的文化和教育会是一个什么样子。

中华民族是一个伟大的民族,我们有五千多年的历史文化传统,而又从没有中断过,这在世界上是独一无二的。我们又是一个毫不吝啬的民族,我们的四大或者更多的大发明,传出了中国,传遍了世界,促进了人类社会的进步,推动了人类文化的发展,为全球人民谋了极大的福利,功不可没。

可惜的是,自从西方工业革命开始时起,欧风东渐,我们中国逐渐沦为半封建半殖民地社会,昔日雄风,悄然匿迹,说实话,说是"可惜",是我措词不当。我在最近几年曾反复强调"三十年河东,三十年河西"之说。激烈反对者有之,衷心赞同者亦有之。我则深信不疑。欧风东渐,东西盛衰易位,正是符合这个规律的,用不着什么"可惜"。

到了现在,"天之骄子"西方人所创造的文化,其弊端已日益显露。现在全世界的人民和政府都狂呼要"保护环境",试问环境之所以需要保护,其罪魁祸首是什么人呢?难道还不是西方处理人与大自然的关系不当,视大自然为要"征服"的敌人这种想法和做法在作祟吗?

我们决不想否定西方近几百年来对人类生活福利所作的贡献,那样做是不对的。但我们也决不能对西方文化所造成的弊端视而不见。"西方不亮东方亮",连西方的有识人士也已觉悟到,西方文化已陷入困境,唯一的挽救办法就是乞灵于东方,英国大历史学家汤因比就是其中一人。

我们东方,首先是中国,在处理人与大自然的关系方面,是比较聪明的。至少在理论上是这样,在行动上我们同西方差别不大。我们有一种"天人合一"的理想，自先秦起就有，而且不限于一家，其后绵延未断。宋朝大哲学家张载有两句话，说得最扼要，最准确："民，吾同胞；物，吾与也。""与"的意思是伙伴，"物"包括动物和植物。我们的生活来源都取之于大自然，而我们不把大自然看作敌人，而看作朋友。将来全世界的人都必须这样做，然后西方文化所产生的那些弊端才能逐渐克服。否则，说一句危言耸听的话，我们人类前途将出现大灾难，甚至于无法生存下去。

前几年，我们中国学术界提出了一个口号：弘扬中华民族优秀文化。这口号提得正确，提得及时，立即得到了全国的响应。所谓"弘扬"，我觉得，有两方面的意义：一个是在国内弘扬，一个是向国外弘扬。两者不能偏废。在国内弘扬，其意义之重要尽人皆知。我们常讲"有中国特色的"，这"特色"无法表现在科技上。即使我们的科技占世界首位，同其他国家相比，也只能是量的差别，无所谓"特色"。"特色"只能表现在文化上。这个浅近的道理，一想就能明白。在文化方面，我们中华民族除了上面所说的"天人合一"的思想以外，几乎是处处有特色。我们的语言，我们的书法，我们的绘画，我们的音乐，我们的饮食，我们的社会风习，我们的文学创作，等等，等等，哪个地方没有特色呢？这个道理也是极浅的，一看就能明白，这些都属于广义的文化，对内我们要弘扬的。

除了对国内弘扬，我们还有对国外弘扬的责任和义务。我在上面已经谈到，在文化的给予方面，我们中华民族从来是不吝惜的。现在国外那一些懵懵懂懂的"天之骄子"们，还在自我欣赏。我们过去曾实行鲁迅所说的"拿来主义",拿来了许多外国的好东西,今后我们还将继续去拿。但是,为了世界人类的幸福和前途,不管这些"天之骄子"们愿意不愿意来拿我们中国的好东西,我们都要想方设法实行"送去主义",我们要"送货上门"。我相信,有朝一日他们会觉悟过来而由衷地感谢我们的。

写到这里,我们再回头看我在本文一开头就提到的北大与中国文化的关系,以及北大对中国文化所负的责任。如果我说"文化神州系一校",这似乎有点夸大。其他大学也在不同程度上有这种责任。但是其中最突出者仍然是非北大莫属。如果连这一点都不承认,那不是实事求是的态度。北大上承几千年来太学与国子监的衣钵,师生"以天下为己任",在文化和政治方面一向敢于冲锋陷阵。这一点恐怕是大家不得不承认的。今天,在对内弘扬和对外弘扬方面,责任落在所有大学的人文社会科学学术教育机构,以及教员和学生的肩上。北大以其过去的传统,更应当是当仁不让,首当其冲,勇往直前,义无反顾。

专就北大本身来讲,中文、历史、哲学三系更是任重道远,责无旁贷。我希望而且也相信,这三个系的师生能意识到自己肩头上的重担。陈寅恪先生的诗曰"吾侪所学关天意",可以移来相赠。我希望国家教委和北大党政领导在待遇方面多向这三个系倾斜一些,平均主义不是办学的最好方针。我的意思并不是说,在北大只有这三个系有责,其他各系都可以袖手旁观。否,否,我决无此意。弘扬、传承文化是大家共有的责任。而且学科与学科间的界限越来越变得不泾渭分明，你中有我，我中有你，这现象越来越显明。其他文科各系，甚至理科各系，都是有责任的。其他各大学以及科学研究机构，也都是有责任的。唯愿我们能众志成城，共襄盛举。振文化之天声，播福祉于寰宇，跂予望之矣。

1997 年 12 月 12 日

我和北大

北大创建于1898年，到明年整整一百年了，称之为"与世纪同龄"，是当之无愧的。我生于1911年，小北大13岁，到明年也达到87岁高龄，称我为"世纪老人"，虽不中亦不远矣。说到我和北大的关系，在我活在世界上的87年中，竟有51年是在北大度过的，称我为"老北大"是再恰当不过的。由于自然规律的作用，在现在的北大中，像我这样的"老北大"，已寥若晨星了。

在北大五十余年中，我走过的并不是一条阳关大道。有光风霁月，也有阴霾蔽天；有"山重水复疑无路"，也有"柳暗花明又一村"，而后者远远超过前者。这多一半是人为地造成的，并不能怨天尤人。在这里，我同普天下的老百姓，特别是其中的知识分子，是同呼吸、共命运的，大家彼此彼此，我并没有多少怨气，也不应该有怨气。不管怎样，不知道有什么无形的力量，把我同北大紧紧缚在一起，不管我在北大经历过多少艰难困苦，甚至一度曾走到死亡的边缘上，我仍然认为我这一生是幸福的。一个人只有一次生命，我不相信什么轮回转生。在我这仅有的可贵的一生中，从"春风得意马蹄疾"的少不更事的青年，一直到"高堂明镜悲白发"的耄耋之年，我从未离开过北大。追忆我的一生，怡悦之感，油然而生，"虽九死其犹未悔"。

有人会问："你为什么会有这样的感觉呢？"这个问题是我

"从'春风得意马蹄疾'的少不更事的青年,一直到'高堂明镜悲白发'的耄耋之年,我从未离开过北大。"图为今日的北大外文楼,自1952年起,季羡林就一直在这里工作。

必须答复的。

记得前几年,北大曾召开过几次座谈会,探讨的问题是:北大的传统究竟是什么?参加者很踊跃,发言也颇热烈。大家的意见不尽一致,这是很自然的现象。我个人始终认为,北大的优良传统是根深蒂固的爱国主义。有人主张,北大的优良传统是革命。其实真正的革命还不是为了爱国?不爱国,革命干嘛呢?历史上那种"你方唱罢我登场"的"以暴易暴"的改朝换代,应该排除在"革命"之外。

讲到爱国主义,我想多说上几句。现在有人一看到"爱国主义",就认为是好事,一律予以肯定。其实,倘若仔细分析起来,世上有两类性质截然不同的爱国主义。被压迫、被迫害、被屠杀的国家或人民的爱国主义是正义的爱国主义,而压迫人、迫害人、屠杀人的国家或人民的"爱国主义"则是邪恶的"爱国主义",其实质是"害国主义"。远的例子不用举了,只举现代的德国的法西斯和日本的军国主义侵略者,就足够了。当年他们把"爱国主义"喊得震天价响,这不是"害国主义"又是什么呢?

而中国从历史一直到现在的爱国主义则无疑是正义的爱国主义。我们虽是泱泱大国,那些皇帝们也曾以"天子"自命而沾沾自喜。实际上从先秦时代起,中国的"边患"就连绵未断。一直到今天,我们也不能说,我们毫无"边患"了,可以高枕无忧了。我们决不能说,中国在历史上没有侵略过别的国家或民族。但是历史事实是,绝大多数时间,我们是处在被侵略的状态中。我们有多少"真龙天子"被围困,甚至被俘虏;我们有多少人民被屠杀,都有史迹可考。在这样的情况下,我们中国在历史上出的伟大的爱国者之多,为世界上任何国家所不及。汉代的苏武，宋代的岳飞和文天祥，明代的戚继光，清代的林则徐，等等，至今仍为全国人民所崇拜。至于戴有"爱国诗人"桂冠则更不计其数。难道说中国人的诞生基因中就含有爱国基因吗？那样说是形而上学，是绝对荒唐的。唯物主义者主张存在决定意识。我们祖国几千年的历史这个存在，决定了我们的爱国主义。

现在在少数学者中有一种议论说，在中国历史上只有内战，没有外敌侵入，日本、英国等的八国联军是例外。而当年的匈奴、突厥、辽、金、蒙、满等族的行动，只是内战，因为这些民族今天都已纳入中华民族大家庭中了。这种说法，我实在不敢苟同。这是把古代史现代化，没有正视当时的历史事实。而且事实上那些民族也并没有都纳入中华民族的大家庭中，一个显著的例子就摆在眼前：蒙古人民共和国赫然存在，你怎么解释呢？如果这种论调被认为是正确的话，中国历史上就根本没有爱国者，只有内战牺牲者。西湖的岳庙，遍布全国许多城市的文丞相祠，为了"民族团结"都应当立即拆掉。这岂不是天下最荒唐的事情！连汉族以外的一些人也不会同意的。我认为，我们今天全国56个民族确实团结成了一个中华民族的大家庭，这是空前未有的，这应该归功于中国共产党，归功于我们全体人民。为了建设我们的伟大祖国，我们全国各族人民，都应当像爱护自己的眼球一样，维护我们的安定，维护我们的团结，任何分裂的行动都将冒天下之大不韪。我们都应该向前看，不应当向后看，不应当再抓住历史上的老账不放。

这话说得有点远了；但是，既要讲爱国主义，这些问题都必须弄清楚的。

现在回头来再谈北大与爱国主义。在古代，几乎在所有的国家中，传承文化的责任都落在知识分子肩上。不管工农的贡献多么大，但是传承文化却不是他们所能为。如果硬要这样说，那不是实事求是的态度。传承文化的人的身份和称呼，因国而异。在欧洲中世纪，传承者多半是身着黑色长袍的神父，传承的地方是在教堂中。后来大学兴起，才接过了一些传承的责任。在印度古代，文化传承者是婆罗门，他们高居四姓之首。东方一些佛教国家，古代文化的传承者是穿披黄色袈裟的佛教僧侣，传承地点是在寺庙里。中国古代文化的传承者是士。士、农、工、商是社会上主要阶层，而士则同印度的婆罗门一样高居首位。传承的地方是太学、国子监和官办以及私人创办的书院，婆罗门和士的地位，都是他们自定的。这是不是有点过于狂妄自大呢？可能有的；但是，我认为，并不全是这样，而是由客观形势所决定的，不这样也是不行的。

婆罗门、神父、士等等都是知识分子，他们的本钱就是知识，而文化与知识又是分不开的。在世界各国文化传承者中，中国的士有其鲜明的特点。早在先秦，《论语》中就说过："士不可以不弘毅，任重而道远。"士们俨然以天下为己任，天下安危系于一身。在几千年的历史上，中国知识分子的这个传统一直没变，后来发展成"天下兴亡，匹夫有责"。后来又继续发展，一直到了现代，始终未变。

不管历代注疏家怎样解释"弘毅"，怎样解释"任重道远"，我个人认为，中国知识分子所传承的文化中，其精髓有两个鲜明的特点，一个是我在上面详细论证的爱国主义，一个就是讲骨气，讲气节，换句话说也就是在帝王将相的非正义的行为面前不低头；另一方面，在外敌的斧钺面前不低头，"威武不能屈"。苏武和文天祥等等一大批优秀人物就是例证。这样一来，这两个特点实又有非常密切的联系了，其关键还是爱国主义。

如果我们改一个计算办法的话，那么，北大的历史就不是一百年，而是几千年。因为，北大最初的名称是京师大学堂，而京师大学堂的前身则是国子监。国子监是旧时代中国的最高学府，已有一千多年的历史，其前身又是太学，则历史更长了。从最古的太学起，中经国子监，一直到近代的大学，学生都有以天下为己任的抱负，这也是存在决定意识这个规律造成的。与其他国家的大学不太一样，在中国这样的大学中，首当其冲的是北京大学。在近代史上，历次反抗邪恶势力的运动，几乎都是从北大开始。这是历史事实，谁也否认不掉的。五四运动是其中最著名的一次。虽然名义上是提倡科学与民主，骨子里仍然是一场爱国运动。提倡科学与民主只能是手段，其目的仍然是振兴中华，这不是爱国运动又是什么呢？

我在北大这样一所肩负着传承中华民族的优秀文化的、背后有悠久的爱国主义传统的学府，真正是如鱼得水，认为这才真正是我安身立命之地。我曾在一篇文章写过，我身上的优点不多，唯爱国不敢后于人。即使我将来变成了灰，我的每一灰粒也都会是爱国的。这是我的肺腑之言。以我这样一个怀有深沉的爱国思想的人，竟能在有悠久爱国主义传统的北大几乎度过了我的一生，我除了有幸福之感外，还有什么呢？还能何所求呢？

1997 年 12 月 13 日

巍巍上序　百年星辰

　　计算北大的历史,我认为,可以采用两种计算法:一个是从古代的太学算起,到了隋代,改称国子监,一直到清末,此名未变,而且代代沿袭。这实际上就是当时的最高学府。而北大所传的正是国子监的衣钵。这样计算,一不牵强,二不附会,毫无倚老卖老之意,而只有实事求是之心。既合情,又合理。倘若采用它,是完全能够讲得通的。

　　但是,当前流行的而且实行的计算方法,是从以国子监为前身的京师大学堂算起。我不说这种计算方法不合情,不合理,不实事求是;而且既然大家都已承认,约定俗成,"吾从众",我也同意这种计算方法,确定北大创办于1898年,至今正值一百年,决定庆祝百岁华诞。

　　同世界上许多国家的许多一流大学比较起来,有一百年的历史,只能算是一个小弟弟。即使在中国,北大也决不是老大哥。但是,大学不是人参,不是陈酿,越老越好。大学之所以能够好,能够扬名天下,有另外的原因或者因素,这种因素决不是一年两年就可以形成的,而是有一个长期的历史积累过程。一百年在人类历史上只是一个极短的时间,但是,对一个大学来说,也不算太短,积累因素,从而形成特点或者特性,已经足够用了。

　　从1898年至1998年这一百年,在中国全部历史上只占极巍巍上庠,百年星辰——季羡林为《名人与北大》题词。

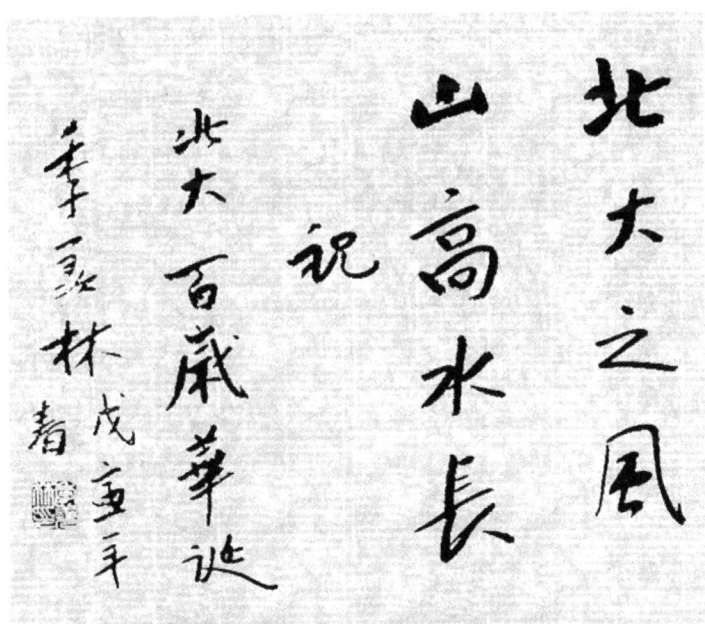

"北大之风,山高水长"——季羡林为北大百年校庆题词。

小的比例，但是，在这一百年内所发生的事情之多、之复杂，社会变动之剧烈，决不是过去任何一百年所能够比的。只举事件之荦荦大者，就有辛亥革命，推翻帝制；有袁世凯表演的悲喜剧"洪宪称帝"；有对中国现当代有深远影响的五四运动；有令人民涂炭的军阀混战；有国民党统治；有日本军国主义者的入侵；有声势浩大的解放战争；有中华人民共和国的建立；有1957年的"反右"；有"大跃进"；有随之而来的三年灾害——姑且不讲是"自然的"，还是"人为的"；有1966年爆发的所谓"无产阶级文化大革命"，实际上是空前浩劫；有1978年开始的改革开放，等等，等等。这一百年的后一半，大学几乎全是在会议和"运动"中度过的。

所有这一些历史事件，北大都经历过，中国历史稍长的大学也都经历过。"家家有一本难念的经"，我们的经历大同而小异。"大同"指共性，"小异"指个性。超出共性与个性之上的事实是：在众多的大学中，北大占据着一个特殊的地位，北大是中国大学的排头兵，是它们的代表，这是国际和国内所共同承认的，决不是北大人的妄自尊大，而是既成的事实。一个唯物者决不能决不应视而不见。所以，谈一谈北大的共性，特别是它的特性，就有超出北大范围的普遍的意义。

在讨论共性和特性之前，我想先谈一谈我对大学构成因素的意见。我认为，每一个大学都有四种构成因素或组成部分：第一个是教师，第二个是图书设备（包括图书馆和实验室），第三个是行政管理，第四个是学生素质。前三个是比较固定的，最后一个是流动的。

我之所以把教师列为第一位，是有用意的，也是有根据的。根据中外各著名大学的经验，一所大学或其中某一个系，倘若有一个在全国或全世界都著名的大学者,则这一所大学或者这一个系就成为全国或全世界的重点和"圣地"。全国和全世界学者都以与之有联系为光荣。问学者趋之若鹜,一时门庭鼎盛,车马盈门。倘若这一个学者去世或去职,而又没有找到地位相同的继任人,则这所大学或这个系声价立即下跌,几乎门可罗雀。这是一个众所周知的事实,是无法否认掉的。"十年浩劫"前,一位文教界的领导人说过一句话:"大学者,有大师之谓也。"在浩劫中受到严厉批判,在当时"黄钟毁弃,瓦釜雷鸣"的环境下,这是并不奇怪的。但印度古语说:"真理毕竟会胜利的。"(Satyam eva jayate)这一个朴素的真理也胜利了,大学的台柱毕竟是教师,特别是名教师、名人。其他三个因素,特别是学生这个因素,也都是重要的,用不着详细论述。

作为中国众大学的排头兵的北京大学,在一百年以来,其教师的情况怎样呢?大学生情况又是怎样呢?在过去正如我在上面讲到的那样十分错综复杂的大环境中,北大的师生,在所有掊击邪恶、伸张正义的运动中,无不站在最前列,发出第一声反抗的狮子吼,震动了全国,震动了全世界,为中华民族的前进,为世界人民的前进,开辟了道路,指明了方向。北大师生中,不知出现了多少烈士,不知出现了多少可以被鲁迅称为"脊梁"的杰出人物。这有史可查,有案可稽,决非北大人的"一家之言"。中国人民实在应该为有北大这样的学府而感到极大的骄傲。

几年以前,北大的有关单位曾举行过多次座谈会,讨论什么是北大的优良传统这个问题。同对世界上其他事情一样,对这个问题也有种种不同的意见。我对这个也曾仔细思考过,我有我自己的看法。

我认为,讨论北大的优良传统,离不开中国知识分子的优良传统,因为北大的教师和学生都是知识分子。几千年以来,知识分子——也就相当于古代的士——一经出现,立即把传承中华文化的重任压在自己肩上。不管知识分子有多少缺点,他们有这个传承的责任,这个事实是谁也否定不掉的。世界各国都有知识分子,既然同称知识分子,当然有其共性。但是,存在决定意识,中国独特的历史环境和地理环境,决定了中国知识分子的根深蒂固的爱国主义思想。这个事实也是无法否定的。

专就北大而论,在过去的一百年内,所有的掊击邪恶、伸张正义的大举动,北大总都是站在前排。这就是最具体不过的,最明显不过的爱国主义思想的表现,连一般人认为是启蒙运动的五四运动,据我看,归根结底仍然是一场爱国主义运动。引进"德先生"和"赛先生"只是手段,而不是目的,其目的仍在振兴中华,爱我国家,其他众多的运动,无不可以作如是观。

同爱国主义有区别但又有某一些联系的,是古代常讲的"气节",用通俗的话来说,就是"硬骨头",刚正不阿,嫉恶如仇,也就是孟子所说的:"富贵不能淫,贫贱不能移,威武不能屈。"我曾在别的文章中举过祢衡和章太炎的例子,现代的闻一多等是更具体更鲜明的例子。

如果想再列举北大的优良传统,当然还能够举出一些条来,比如兼容并包的精神,治学谨严的学风,等等。但是,我觉得,提纲挈领,以上两条也就够了,再举多了反而会主次不分,头绪紊乱,不能给人留下鲜明深刻的印象。

我把爱国主义和硬骨头的气节列为北大的优良传统，决不是想说，别的大学不讲爱国主义，不讲刚正不阿的骨气。否，否，决不是这样。同在一个中国，同样经历了一百年，别的大学有这样的传统，也并不稀奇，这是个共性问题，北大决不能独占，也决不想独占。但是，我现在讲的是北大，是讲个性问题。而北大在这方面确又表现很突出，很鲜明，很淋漓尽致，所以我只能这样讲。

我讲北大的青老知识分子，也就是教师和学生，有这样的优良传统，决不是想说，社会上其他阶级或社会群体，比如工、农、商等等，不讲这个优良传统。否，否，决不是这样。中国各社会群体提倡的也大都是这样的优良传统，否则全国许多地方都有的岳庙和文天祥祠堂应该怎样去解释呢？而包公和海瑞受到人民大众的普遍膜拜，又怎样去解释呢？只因为我现在讲的是北大，讲的是北大的知识分子，所以我只能这样讲。

一般说来，表现优良传统主要在人，专就北大而论，人共有两部分：一个是教师，包括一部分职工；一个是学生。前者比较固定，而后者则流动性极大，这一点我在上面已经谈到。学生每隔几年就要换班。因此，表现北大传统的主要是教师。在过去一百年内，在北大担任过或者还正在担任着教师的人，无虑数万。他们的情况不尽相同。有出类拔萃者，也有默默无闻者，而前者又只能是少数。可是人数虽少而能量却大。北大有优良传统是靠他们来传承，北大的名声主要靠他们来外扬。有如夜空中的群星，有璀璨光耀者，有微如烛光者。我们现在称之为"星辰"者就是群星中光耀照人者。"辰"的含义颇多，《左传》把日、月、星三光都称之为"辰"。大家不必拘泥于一解，只了解它的一般含义就行了。

现在北大要纪念百年诞辰，这实在是学坛盛事，有深远意义，而且意义还不限于北大一校，这应当是大家的共识。北大的有关方面妙想天开，异军突起，想以北大过去一百年来的名人为线索，来表现北大的优良传统，来表现北大对社会对人类的贡献。这实在是一个很好的想法，立即得到了校内许多人的支持。主编萧超然教授垂青不佞，命我作序，以我之谫陋，何敢担此重任。但又念我在北大已五十多年，占北大百年校史之一半有余，对北大的过去和现在是有所了解的。当仁不让，义不容辞，所以在惶恐觳觫之中，写成此序，大胆地提出了自己对北大优良传统的看法，切盼全校以及校外的贤达指正。

1998年7月6日

本文为《名人与北大》序

站在胡适之先生墓前

我现在站在胡适之先生墓前。他虽已长眠地下,但是他那典型的"我的朋友"式的笑容,仍宛然在目。可我最后一次见到这个笑容,却已是五十年前的事了。

1948年12月中旬,是北京大学建校五十周年的纪念日。此时,解放军已经包围了北平城,然而城内人心并不惶惶。北大同仁和学生也并不惶惶;而且,不但不惶惶,在人们的内心中,有的非常殷切,有的还有点狐疑,都在期望着迎接解放军。适逢北大校庆大喜的日子,许多教授都满面春风,聚集在沙滩孑民堂中,举行庆典。记得作为校长的适之先生,作了简短的讲话,满面含笑,只有喜庆的内容,没有愁苦的调子。正在这个时候,城外忽然响起了隆隆的炮声。大家相互开玩笑说:"解放军给北大放礼炮哩!"简短的仪式完毕后,适之先生就辞别了大家,登上飞机,飞往南京去了。我忽然想到了李后主的几句词:"最是仓皇辞庙日,教坊犹奏别离歌,垂泪对宫娥。"我想改写一下,描绘当时适之先生的情景:"最是仓皇辞校日,城外礼炮声隆隆,含笑辞友朋。"我哪里知道,我们这一次会面竟是最后一次。如果我当时意识到这一点的话,我是含笑不起来的。

从此以后,我同适之先生便天各一方,分道扬镳,"世事两茫茫"了。听说,他离开北平后,曾从南京派来一架专机,点名接走几位老朋友,他亲自在南京机场恭候。飞机返回以后，机舱门开，他满怀希望地同老友会面。然而，除了一两位以外，所有他想接的人都没有走出机舱。据说——只是据说，他当时大哭一场，心中的滋味恐怕真是不足为外人道也。

适之先生在南京也没有能呆多久，"百万雄师过大江"以后，他也逃往台湾。后来又到美国去住了几年，并不得志，往日的辉煌犹如春梦一场，它不复存在。后来又回到台湾，最初也不为当局所礼重。往日总统候选人的迷梦，也只留下了一个话柄，日子过得并不顺心。后来，不知怎样一来，他被选为"中央研究院"的院长，算是得到了应有的礼遇，过了几年舒适称心的日子。适之先生毕竟是一书生，一直迷恋于《水经注》的研究，如醉如痴，此时又得以从容继续下去。他的晚年可以说是差强人意的。可惜仁者不寿，猝死于宴席之间，死后哀荣备至。"中央研究院"为他建立了纪念馆，包括他生前的居室在内，并建立了胡适陵园，遗骨埋葬在院内的陵园。今天我们参拜的就是这个规模宏伟极为壮观的陵园。

我现在站在适之先生墓前，鞠躬之后，悲从中来，心内思潮汹涌，如惊涛骇浪，眼泪自然流出。杜甫有诗："焉知二十载，重上君子堂。"我现在是"焉知五十载，躬亲扫陵墓"。此时，我的心情也是不足为外人道也。

我自己已经到望九之年，距离适之先生所呆的黄泉或者天堂乐园，只差几步之遥了。回忆自己八十多年的坎坷又顺利的一生，真如一部二十四史，不知从何处说起了。

积八十年之经验，我认为，一个人生在世间，如果想有所成就，必须具备三个条件：才能、勤奋、机遇。行行皆然，人人皆然，概莫能外。别的人先不说了，只谈我自己。关于才能一项，再自谦也不能说自己是白痴。但是，自己并不是什么天

1999年末,季羡林访台期间,参观胡适纪念馆。

访台期间,季羡林"站在适之先生墓前,鞠躬之后,悲从中来,心内思潮汹涌,如惊涛骇浪,眼泪自然流出"。

才，这一点自知之明，我还是有的。谈到勤奋，我自认还能差强人意，用不着有什么愧怍之感。但是，我把重点放在第三项上：机遇。如果我一生还能算得上有些微成就的话，主要是靠机遇。机遇的内涵是十分复杂的，我只谈其中恩师一项。韩愈说："古之学者必有师。师者所以传道、授业、解惑也。"根据老师这三项任务，老师对学生都是有恩的。然而，在我所知道的世界语言中，只有汉文把"恩"与"师"紧密地嵌在一起，成为一个不可分割的名词。这只能解释为中国人最懂得报师恩，为其他民族所望尘莫及的。

我在学术研究方面的机遇，就是我一生碰到了六位对我有教导之恩或者知遇之恩的恩师，我不一定都听过他们的课，但是，只读他们的书也是一种教导。我在清华大学读书时，读过陈寅恪先生所有的已经发表的著作，旁听过他的"佛经翻译文学"，从而种下了研究梵文和巴利文的种子。在当了或滥竽了一年国文教员之后，由于一个天上掉下来的机遇，我到了德国哥廷根大学。正在我入学后的第二个学期，瓦尔德施密特先生调到哥廷根大学任印度学的讲座教授。当我在教务处前看到他开基础梵文的通告时，我喜极欲狂。"踏破铁鞋无觅处，得来全不费功夫"，难道这不是天赐的机遇吗？最初两个学期，选修梵文的只有我一个外国学生。然而教授仍然照教不误，而且备课充分，讲解细致。威仪俨然，一丝不苟。几乎是我一个学生垄断课堂，受益之大，自可想见。二战爆发，瓦尔德施密特先生被征从军。已经退休的原印度讲座教授西克，虽已年逾八旬，毅然又走上讲台，教的依然是我一个中国学生。西克先生不久就告诉我，他要把自己平生的绝招全传授给我，包括《梨俱吠陀》《大疏》《十王子传》，还有他费了二十年的时间才解读了的吐火罗文，在吐火罗文研究领域中，他是世界最高权威。我并非天才，六七种外语早已塞满了我那渺小的脑袋瓜，我并不想再塞进吐火罗文。然而像我的祖父一般的西克先生，告诉我的是他的决定，一点征求意见的意思都没有。我唯一能走的道路就是：敬谨遵命。现在回忆起来，冬天大雪之后，在研究所上过课，天已近黄昏，积雪白皑皑地拥满十里长街。雪厚路滑，天空阴暗，地闪雪光，路上阒静无人，我搀扶着老爷子，一步高，一步低，送他到家。我没有见过自己的祖父，现在我真觉得，我身边的老人就是我的祖父，他为了学术，不惜衰朽残年，不顾自己的健康，想把衣钵传给我这个异国青年。此时我心中思绪翻腾，感激与温暖并在，担心与爱怜奔涌。我真不知道是置身何地了。

二战期间，我被困德国，一呆就是十年。二战结束后，听说寅恪先生正在英国就医，我连忙给他写了一封致敬信，并附上发表在哥廷根科学院集刊上用德文写成的论文，向他汇报我十年学习的成绩。很快就收到了他的回信，问我愿不愿意到北大去任教。北大为全国最高学府，名扬全球；但是，门槛一向极高，等闲难得进入。现在竟有一个天赐的机遇落到我头上来，我焉有不愿意之理！我立即回信同意。寅恪先生把我推荐给了当时北大校长胡适之先生、代理校长傅斯年先生、文学院长汤用彤先生。寅恪先生在学术界有极高的声望，一言九鼎。北大三位领导立即接受。于是我这个三十多岁的毛头小伙子，在国内学术界尚无籍名，公然堂而皇之地走进了北大的大门。唐代中了进士，就"春风得意马蹄疾，一日看遍长安花"。我虽然没有一日看遍北平花，但是，身为北大正教授兼东方语言文学系主任，心中有点洋洋自得之感，不也是人之常情吗？

在此后的三年内，我在适之先生和锡予（汤用彤）先生领导下学习和工作，度过了一段毕生难忘的岁月。我同适之先生，虽然学术辈分不同，社会地位悬殊，想来接触是不会太多的。但是，实际上却不然，我们见面的机会非常多。他那一间在子民堂前东屋里的狭窄简陋的校长办公室，我几乎是常客。作为系主任，我要向校长请示汇报工作，他主编报纸上的一个学术副刊，我又是撰稿者，所以免不了也常谈学术问题。最难能可贵的是他待人亲切和蔼，见什么人都是笑容满面，对教授是这样，对职员是这样，对学生是这样，对工友也是这样。从来没见他摆当时颇为流行的名人架子、教授架子。此外，在教授会上，在北大文科研究所的导师会上，在北京图书馆的评议会上，我们也时常有见面的机会。我作为一个年轻的后辈，在他面前，决没有什么局促之感，经常如坐春风中。

适之先生是非常懂得幽默的，他决不老气横秋，而是活泼有趣。有一件小事，我至今难忘。有一次召开教授会，杨振声先生新收得了一幅名贵的古画，为了想让大家共同欣赏，他把画带到了会上，打开铺在一张极大的桌子上，大家都啧啧称赞。这时适之先生忽然站了起来，走到桌前，把画卷了起来，做纳入袖中状，引得满堂大笑，喜气洋洋。

这时候，印度总理尼赫鲁派印度著名学者师觉月博士来北大任访问教授，还派来了十几位印度男女学生来北大留学，这也算是中印两国间的一件大事。适之先生委托我照管印度老少学者。他多次会见他们，并设宴为他们接风。师觉月作第一次演讲时，适之先生亲自出席，并用英文致欢迎词，讲中印历史上的友好关系，介绍师觉月的学术成就，可见他对此事之重视。

适之先生在美国留学时，忙于对西方，特别是对美国哲学与文化的学习，忙于钻研中国古代先秦的典籍，对印度文化以及佛教还没有进行过系统深入的研究。据说后来由于想写完《中国哲学史》，为了弥补自己的不足，开始认真研究中国佛教禅宗以及中印文化关系。我自己在德国留学时，忙于同梵文、巴利文、吐火罗文以及佛典拼命，没有余裕来从事中印文化关系史的研究。回国以后，迫于没有书籍资料，在不得已的情况下，开始注意中印文化交流史的研究。在解放前的三年中，只写过两篇比较像样的学术论文：一篇是《浮屠与佛》，一篇是《列子与佛典》。第一篇讲的问题正是适之先生同陈援庵先生争吵到面红耳赤的问题，我根据吐火罗文解决了这个问题。两老我都不敢得罪，只采取了一个骑墙的态度。我想，适之先生不会不读到这一篇论文的。我只到清华园读给我的老师陈寅恪先生听，蒙他首肯，介绍给地位极高的《中央研究院历史语言研究所集刊》发表。第二篇文章，写成后我拿给了适之先生看，第二天他就给我写了一封信，信中说："《生经》一证，确凿之至！"可见他是连夜看完的。他承认了我的结论，对我无疑是一个极大的鼓舞。这一次，我来到台湾，前几天，在大会上听到主席李亦园院士的讲话，中间他讲到，适之先生晚年任"中央研究院"院长时，在下午饮茶的时候，他经常同年轻的研究人员坐在一起聊天。有一次，他说，做学问应该像北京大学的季羡林那样。我乍听之下，百感交集。适之先生这样说一定同上面两篇文章有关，也可能同我们分手后十几年中我写的一些文章有关。这说明，适之先生一直到晚年还关注着我的学术研究。知己之感，油然而生。在这样的情况下，我还可能有其他任何的感想吗？

在政治方面，众所周知，适之先生是不赞成共产主义的。但是，我们不应忘记，他同样也反对三民主义。我认为，在他的心目中，世界上最好的政治就是美国政治，世界上最民主的国家就是美国。这同他的个人经历和哲学信念有关。他们实验主义者不主张什么"终极真理"，而世界上所有的"主义"都与"终极真理"相似，因此他反对。他同共产党并没有任何深仇大恨。他自己说，他一辈子没有写过批判共产主义的文章，而反对国民党的文章则是写过的。我可以讲两件我亲眼看到的小事。解放前夕，北平学生动不动就示威游行，比如"沈崇事件"、反饥饿反迫害等等，背后都有中共地下党在指挥发动，这一点是人所共知的，适之先生焉能不知！但是，每次北平国民党的宪兵和警察逮捕了学生，他都乘坐他那辆当时北平还极少见的汽车，奔走于各大衙门之间，逼迫国民党当局非释放学生不行。他还亲笔给南京驻北平的要人写信，为了同样的目的，据说这些信至今犹存。我个人觉得，这已经不能算是小事了。另外一件事是，有一天我到校长办公室去见适之先生，一个学生走进来对他说：昨夜延安广播电台曾对他专线广播，希望他不要走，北平解放后，将任命他为北大校长兼北京图书馆的馆长。他听了以后，含笑对那个学生说："人家信任我吗？"谈话到此为止，这个学生的身份他不能不明白。但他不但没有拍案而起，怒发冲冠，态度依然亲切和蔼。小中见大，这些小事都是能够发人深思的。

适之先生以青年暴得大名，誉满士林。我觉得，他一生处在一个矛盾中，一个怪圈中：一方面是学术研究，一方面是政治活动和社会活动。他一生忙忙碌碌，倥偬奔波，作为一个"过河卒子"，勇往直前。我不知道，他自己是否意识到身陷怪圈。当局者迷,旁观者清,我认为,这个怪圈确实存在,而且十分严重。那么,我对这个问题有什么看法呢?我觉得,不管适之先生自己如何定位,他一生毕竟是一个书生,说不好听一点,就是一个书呆子。我也举一件小事。有一次,在北京图书馆开评议会,会议开始时,适之先生匆匆赶到,首先声明,还有一个重要会议,他要早退席。会议开着开着就走了题,有人忽然谈到《水经注》。一听到《水经注》,适之先生立即精神抖擞,眉飞色舞,口若悬河。一直到散会,他也没有退席,而且兴致极高,大有挑灯夜战之势。从这样一个小例子中不也可以小中见大吗?

我在上面谈到了适之先生的许多德行,现在笼统称之为"优点"。我认为,其中最令我钦佩,最使我感动的却是他毕生奖掖后进。"平生不解藏人善,到处逢人说项斯。"他正是这样一个人。这样的例子是举不胜举的。中国是一个很奇怪的国家,一方面有我上面讲到的只此一家的"恩师";另一方面却又有老虎拜猫为师学艺,猫留下了爬树一招没教给老虎,幸免为徒弟吃掉的民间故事。两者显然是有点矛盾的。适之先生对青年人一向鼓励提挈。40年代,他在美国哈佛大学遇到当时还是青年的学者周一良和杨联陞等,对他们的天才和成就大为赞赏。后来周一良回到中国,倾向进步,参加革命,其结果是众所周知的。杨联陞留在美国,在二三十年的长时间内,同适之先生通信论学,互相唱和。在学术成就上也是硕果累累,名扬海外。周的天才与功力,只能说是高于杨,虽然在学术上也有所表现,但是,格于形势,不免令人有未尽其才之感。看了两人的遭遇,难道我们能无动于衷吗?

我同适之先生在子民堂庆祝会上分别,从此云天渺茫,天各一方，再没有能见面，也没有能互通音信。我现在谈一谈我的情况和大陆方面的情况。我同绝大多数的中老年知识分子和教师一样，怀着绝对虔诚的心情，向往光明，向往进步。觉得自己真正站起来了，大有飘飘然羽化而登仙之感，有点忘乎所以了。我从一个最初喊什么人万岁都有点忸怩的低级水平，一踏上"革命"之路，便步步登高，飞驰前进；再加上天纵睿智，虔诚无垠，全心全意，投入造神运动中。常言道："众人拾柴火焰高。"大家群策群力，造出了神，又自己膜拜，完全自觉自愿，决无半点勉强。对自己则认真进行思想改造。原来以为自己这个知识分子，虽有缺点，并无罪恶；但是，经不住社会上根红苗壮阶层的人士天天时时在你耳边聒噪："你们知识分子身躯脏，思想臭！"西方人说："谎言说上一千遍就成为真理。"此话就应在我们身上，积久而成为一种"原罪"感，怎样改造也没有用，只有心甘情愿地居于"老九"的地位，改造，改造，再改造，直改造得懵懵懂懂，"两涘渚涯之间，不辨牛马"。然而涅槃难望，苦海无边，而自己却仍然是膜拜不息。通过无数次的运动，一直到"十年浩劫"自己被关进牛棚被打得一佛出世，二佛升天，皮开肉绽，仍然不停地膜拜，其精诚之心真可以惊天地泣鬼神了。改革开放以后，自己脑袋里才裂开了一点缝，"觉今是而昨非"，然而自己已快到耄耋之年，垂垂老矣，离开鲁迅在《过客》一文讲到的长满了百合花的地方不太远了。

至于适之先生，他离开北大后的情况，我在上面已稍有所涉及。总起来说，我是不十分清楚的，也是我无法清楚的。到了1954年，从批判俞平伯先生的《红楼梦研究》的资产阶级唯心论起，批判之火终于烧到了适之先生身上。这是一场缺席批判。适之远在重洋之外，坐山观虎斗。即使被斗的是他自己,反正伤不了他一根毫毛,他乐得怡然观战。他的名字仿佛已经成一个稻草人,浑身是箭,一个不折不扣的"箭垛",大陆上众家豪杰,个个义形于色,争先恐后,万箭齐发,适之先生兀自巍然不动。我幻想,这一定是一个非常难得的景观。在浪费了许多纸张和笔墨、时间和精力之余,终成为"竹篮子打水,一场空",乱哄哄一场闹剧。

适之先生于1962年猝然逝世,享年已经过了古稀,在中国历代学术史上,这已可以算是高龄了,但以今天的标准来衡量,似乎还应该活得更长一点。中国古称"仁者寿",但适之先生只能说是"仁者不寿"。当时在大陆上"左"风犹狂,一般人大概认为胡适已经是被打倒在地的人,身上被踏上了一千只脚,永世不得翻身了。这样一个人的死去,有何值得大惊小怪!所以报刊杂志上没有一点反应。我自己当然是被蒙在鼓里,毫无所知。十几二十年以后,我脑袋里开始透进点光的时候,我越想越不是滋味,曾写了一篇短文《为胡适说几句话》,我连"先生"二字都没有勇气加上,可是还有人劝我以不发表为宜。文章终于发表了,反应还差强人意,至少没有人来追查我,我心里一块石头落了地。最近几年来,改革开放之风吹绿了中华大地,知识分子的心态有了明显的转变,身上的枷锁除掉了,原罪之感也消逝了。被泼在身上的污泥浊水逐渐清除了,再也用不着天天夹着尾巴过日子了。这种思想感情上的解放,大大地提高了他们的积极性,愿意为祖国的繁荣富强贡献自己的力量。出版界也奋起直追,出版了几部《胡适文集》。安徽教育出版社雄心最强,准备出版一部超过两千万字的《胡适全集》。我可是万万没有想到,主编这一非常重要的职位,出版社竟垂青于我。我本不是胡适研究专家,我诚惶诚恐，力辞不敢应允。但是出版社却说，现在北大曾经同适之先生共过事而过从又比较频繁的人，只剩下我一个人了。铁证如山，我只能"仰"（不是"俯"）允了。我也想以此报知遇之恩于万一。我写了一篇长达一万七千字的总序，副标题是"还胡适以本来面目"。意思也不过是想拨乱反正，以正视听而已。前不久，又有人邀我在《学林往事》中写一篇关于适之先生的文章，理由同前，我也应允而且从台湾回来后抱病写完。这一篇文章的副标题是"毕竟一书生"。原因是，前一个副标题说得太满，我哪里有能力还适之先生以本来面目呢，后一个副标题是说我对适之先生的看法，是比较实事求是的。

我在上面谈了一些琐事和非琐事，俱往矣，只留下了一些可贵的记忆。我可真是万万没有想到，到了望九之年，居然还能来到宝岛，这是以前连想都没敢想的事。到了台北以后，才发现，五十年前在北平结识的老朋友，比如梁实秋、袁同礼、傅斯年、毛子水、姚从吾等等，全已作古。我真是"访旧全为鬼，惊呼热中肠"了。天地之悠悠是自然规律，是人力所无法抗御的。

我现在站在适之先生墓前，心中浮想联翩，上下五十年，纵横数千里，往事如云如烟，又历历如在目前。中国古代有俞伯牙在钟子期墓前摔琴的故事，又有许多在挚友墓前焚稿的故事。按照这个旧理，我应当把我那新出齐了的《文集》搬到适之先生墓前焚掉，算是向他汇报我毕生科学研究的成果。但是，我此时虽思绪混乱，神智还是清楚的，我没有这样做。我环顾陵园，只见石阶整洁，盘旋而上，陵墓极雄伟，上覆巨石，墓志铭为毛子水亲笔书写，墓后石墙上嵌有"德艺双隆"四个大字，连同墓志铭，都金光闪闪，炫人双目。我站在那里，蓦抬头，适之先生那有魅力的典型的"我的朋友"式的笑容，突然显现在眼前，五十年依稀缩为一刹那，历史仿佛没有移动。但是，一定神儿，忽然想到自己的年龄，历史毕竟是动了，可我一点也没有颓唐之感。我现在大有"老骥伏枥，志在万里"之感。我相信，有朝一日，我还会有机会，重来宝岛，再一次站在适之先生的墓前。

1999 年 5 月 2 日写毕

春满燕园

燕园花事渐衰。桃花、杏花早已开谢。一度繁花满枝的榆叶梅现在已经长出了绿油油的叶子。连几天前还开得像一团锦绣似的西府海棠，也已落英缤纷、残红满地了。丁香虽然还在盛开，灿烂满园，香飘十里；但已显出疲惫的样子。北京的春天本来就是短的，"雨横风狂三月暮，门掩黄昏，无计留春住。"看来春天就要归去了。

但是人们心头的春天却方在繁荣滋长。这个春天，同在大自然里的春天一样，也是万紫千红、风光旖旎的。但它却比大自然里的春天更美、更可爱、更真实、更持久。郑板桥有两句诗："闭门只是栽兰竹，留得春光过四时。"我们不栽兰，不种竹；我们就把春天栽种在心中，它不但能过今年的四时，而且能过明年、后年、不知多少年的四时，它要常驻我们心中，成为永恒的春天了。

昨天晚上，我走过校园。四周一片寂静，只有远处的蛙鸣划破深夜的沉寂。黑暗仿佛凝结了起来，能摸得着，捉得住。我走着走着，蓦地看到远处有了灯光，是从一些宿舍的窗子里流出来的。我心里一愣，我的眼睛仿佛有了佛经上叫做天眼通的那种神力，透过墙壁，就看了进去。我看到一位年老的教师在那里伏案苦读。他仿佛正在写文章，想把几十年的研究心得写下来，丰富我们文化知识的宝库。他又仿佛是在备课，想把第二天要讲的东西整理得更深刻、更生动，让青年学生获得更多的滋养。他也可能是在看青年教师的论文，想给他们提些意见，共同切磋琢磨。他时而低头沉思，时而抬头微笑。对他说来，这时候，除了他自己和眼前的工作以外，宇宙万物都似乎不存在。他完完全全陶醉于自己的工作中了。

今天早晨，我又走过校园。这时候，晨光初露，晓风未起。浓绿的松柏，淡绿的杨柳，大叶的杨树，小叶的槐树，成行并列，相映成趣。未名湖绿水满盈，不见一条皱纹，宛如一面明镜。还看不到多少人走路，但从绿草湖畔，丁香丛中，杨柳树下，土山高头却传来一阵阵朗诵外语的声音。倾耳细听，俄语、英语、梵语、阿拉伯语等等，依稀可辨。在很多地方，我只是闻声而不见人。但是仅仅从声音里也可以听出那种如饥如渴迫切吸收知识、学习技巧的炽热心情。这一群男女大孩子仿佛想把知识像清晨的空气和芬芳的花香那样一口气吸了下去。我走进大图书馆，又看到一群男女青年挤坐在里面，低头做数学或物理化学的习题。也都是全神贯注，鸦雀无声。

我很自然地就把昨天夜里的情景同眼前的情景联系了起来。年老的一代是那样，年轻的一代又是这样。还能有比这更动人的情景吗？我心里陡然充满了说不出的喜悦。我仿佛看到春天又回到园中：繁花满枝，一片锦绣。不但已经开过花的桃树和杏树又开出了粉红色的花朵，连根本不开花的榆树和杨柳也满树红花。未名湖中长出了车轮般的莲花。正在开花的藤萝颜色显得格外鲜艳。丁香也是精神抖擞，一点也不显得疲惫。总之是万紫千红，春色满园。

这难道仅仅是我一个人的幻象吗？不是的，这是我心中那个春天的反映。我相信，住在这个园子里的绝大多数的教师和同学心中都有这样一个春天，眼前也都看到这样一个春天。这个春天是不怕时间的。即使到了金风送爽、霜林染醉的时候，到了大雪漫天、一片琼瑶的时候，它也会永留心中，永留园内，它是一个永恒的春天。

1962 年 5 月 11 日

燕园盛夏

走在路上,偶一抬头,看到池塘里开出了第一朵荷花,临风摇曳,红艳夺目。我不禁一愣,夏意蓦地逗上心头:盛夏原来已经悄悄地来到燕园了。

几天来,天气也确实很热。一大早,坐在窗前读书的时候,听到外面柳树丛中有一种鸟边飞边叫:"快拿锄头",心里还微微地感到一点凉意。但是,一近中午,炎阳当顶,热气从四面八方袭来。从高树枝头飘下来的蝉声似乎都是温热的。池塘里,成群的鱼浮到有绿荫的水面上来纳凉。炎热仿佛统治了整个宇宙。

但是,最热的还不是自然界的这些,而是青年人的心。今年有两千个男女青年在这里学习了五六年之后,就要走上社会主义建设的工作岗位了。他们一方面努力温课,准备考试,要拿出最出色的成绩向祖国人民汇报;一方面又做好思想准备,要到最艰苦的地方去。伟大祖国的各个方面和各个地区,都在他们考虑之中。他们想到欣欣向荣的农村,他们想到钢水奔流热火朝天的工厂,他们想到冰天雪地、林深草密或者大海汪洋的辽阔的边疆。他们也想到培育比他们更年轻一代的中学的课堂。对他们说来,这些地方都是最好的地方。祖国大地的每一个角落都是他们理想寄托之所在。他们想到什么地方,什么地方就在他们心中开成一朵花。

多么可爱的青年人啊!

摇曳的荷花,带来了燕园里盛夏的音讯。

我对这些青年人一向怀着特殊的好感。我看他们都朴素率真，平易近人。女孩子有的梳着两条长辫子，有的剪短了头发，蓬蓬松松。男孩子头发更是随便，有的还比较整齐，有的就不大在乎。他们成天价嘻嘻哈哈，好像总有乐不完的事。看起来并没有什么特别惊人的地方。但是，我总觉得，他们走路时脊梁骨是直的，好像有什么东西在那里撑着他们。他们的脚底板是硬的，好像永远也不会滑倒。他们的眼睛，即使还充满了稚气，但却是亮的，好像能看到许多东西，既能看到昨天和今天，又能看到明天。

今年要毕业的这一些青年人眼睛好像就更亮了。他们在党的教育下，开始看到一些他们以前不大注意的东西。我曾参加毕业同学的大会。我没有同任何人说过一句话，但是，我从他们的眼睛里好像就完全了解了他们的心情，看到他们那一颗颗火热的心。他们知道，自己现在进行的事业是人类历史上空前伟大的事业，它关系到亿万人民的解放，关系到人类的前途。进行这样的事业，路途不会是平坦的，这样或那样的风险是不可避免的。可是他们心中有数，只要跟着党走，风暴再大，也决不会迷失方向。

同这样一些青年人在一起是幸福的。

当我像他们这样大的时候，我想的完全是另外一些事情。我脑子里常常浮起一个问题：人生的意义究竟是什么？当时很多人都有这样一个问题，学术界还曾就这个问题大讨论而特讨论。结果是越讨论越糊涂，问题还依然是问题。

解放以后，我自己逐渐解决了这个问题。要对今天的青年人来谈这个问题，他们会觉得异常地可笑，甚至不可理解。人生的意义嘛，那就是斗争，为了共产主义，为了亿万人民的幸福而斗争。这还有什么可讨论的呢？这些青年人正准备着参加到斗争的最前线去。他们肩膀上的担子是重的，但是他们愿意担，而且只要努力，我看也担得起。

我常常在校园里静观周围的青年人。他们的打扮不一样，姿态千差万别，从事的活动也多种多样。看上去有点目迷五色。但是，不管是哪一个站在树下高声朗诵的男孩子，还是从实验室里走出来的女孩子；不管是哪一个在操场上奔跑的女孩子，还是拿着铁锹正在劳动的男孩子，他们在党的教育下，也都同我一样，慢慢懂得了革命的道理，有着一个共同的目的，一个伟大的目的。

无论谁，无论在什么时候，只要想到这一点，他心里就会像点上一把火。就是在酷暑的伏天，也不例外。现在就要走上工作岗位的青年人心里有这样一把火，难道不是很自然的吗？

可是，说也奇怪，心里有了这样一把火，外面天气再热，我们反而感觉不到。我们只觉得心旷神怡，清凉遍体。燕园的盛夏好像是一转眼就消逝得无影无踪，眼前正是惠风和畅或金风送爽的春秋佳日，池塘里开的不是荷花，而是牡丹和菊花。

1963 年 7 月

春归燕园

凌晨，在熹微的晨光中，我走到大图书馆前草坪附近去散步。我看到许多男女大孩子，有的耳朵上戴着耳机，手里拿着收音机和一本什么书；有的只在手里拿着一本书，都是凝神潜虑，目不斜视，嘴里喃喃地朗诵什么外语。初升的太阳在长满黄叶的银杏树顶上抹上了一缕淡红。我们这些早晨八九点钟的太阳，面对着那一轮真正的太阳。我只感觉到满眼金光，却分不清这金光究竟是从哪里来的了。

黄昏时分，在夕阳的残照中，我又走到大图书馆前草坪附近去散步。我看到的仍然是那一些男女大孩子。他们仍然戴着耳机，手里拿着收音机和书，嘴里喃喃地跟着念。夕阳的余晖从另外一个方向在银杏树顶上的黄叶上抹上了一缕淡红。此时，我们这些早晨八九点钟的太阳，同西山的落日比起来，反而显得光芒万丈。

眼前的情景对我是多么熟悉然而又是多么陌生啊！

十多年以前，我曾在这风景如画的燕园里看到过类似的情景。当时我曾满怀激情地歌颂过春满燕园。虽然时序已经是春末夏初时节；但是在我的感觉中却仍然是三春盛时，繁花似锦。我曾幻想把这春天永远留在燕园内，"留得春光过四时"，让它成为一个永恒的春天。

然而我的幻想却落了空。跟着来的不是永恒的春天，而是三九严冬的天气。虽然大自然仍然岿然不动，星换斗移，每年一度，在冬天之后一定来一个春天，燕园仍然是一年一度百花争妍，万紫千红。然而对我们住在燕园里的人来说，却是"尽日寻春不见春"，宛如处在一片荒漠之中。不但没有什么永恒的春天，连刹那间春天的感觉也消逝得无影无踪了。当时我唯一的慰藉就是英国浪漫诗人雪莱的两句诗：

既然冬天到了，
春天还会远吗？

我坚决相信，春天还会来临的。

雪莱的话终于应验了，春天终于来临了。美丽的燕园又焕发出青春的光辉。我在这里终于又听到了琅琅的书声。而且在这琅琅的书声中我还听到了十多年前没有听到的东西，听到了一些崭新的东西。在这平凡的书声中我听到的难道不就是千军万马向四个现代化进军的脚步声吗？我听到的难道不就是向科学技术高峰艰苦而又乐观的攀登声吗？我听到的难道不就是那美好的理想的社会向前行进的开路声吗？我听到的难道不就是我们的青年一代内心深处的声音吗？不就是春天的声音吗？

眼前，就物候来说，不但已经不是春天，而且也已经不是夏天；眼前是西风劲吹、落叶辞树的深秋天气。"悲哉秋之为气也"，眼前是古代诗人高呼"悲哉"的时候。然而在这春之声大合唱中，在我们燕园里大图书馆前的草坪上，在黄叶丛中，在红树枝下，我看到的却是阳春艳景，姹紫嫣红。这些男女大孩子一下子变成了巨大的花朵，一霎时开满了校园。连黄叶树顶上似乎也开出了碗口大的山茶花和木棉花。红红的一片，把碧空都映得通红。至于那些"霜叶红于二月花"的霜叶，真地变成了红艳的鲜花。整个的燕园变成了一座花山，一片花海。

春天又回到燕园来了啊！

而且这个春天还不限于燕园，也不限于北京，不限于中国。它伸向四海，通向五洲，弥漫全球，辉映大千。我站在这个小小的燕园里，仿佛能与全世界呼吸相通。我仿佛能够看到富士山的雪峰，听到恒河里的涛声，闻到牛津的花香，摸到纽约的摩天高楼。书声动大地，春色满寰中。这一个无所不在的春天把我们联到一起来了。它还将不是一个短暂的春天。它将存在于繁花绽开的枝头，它将存在于映日接天的荷花上，它将存在于辽阔的万里霜天，它将存在于千里冰封、万里雪飘的严冬。一年四季，季季皆春。它是比春天更加春天的春天。它的踪迹将印在湖光塔影里，印在每一个人的心中。它将是一个真正的永恒的春天。

1979 年 1 月 1 日

我和北大图书馆

我对北大图书馆有一种特殊的感情,这种感情潜伏在我的内心深处,从来没有明确地意识到过。最近图书馆的领导同志要我写一篇讲图书馆的文章,我连考虑都没有,立即一口答应。但我立刻感到有点吃惊。我现在事情还是非常多的,抽点时间,并非易事。为什么竟立即答应下来了呢?如果不是心中早就蕴藏着这样一种感情的话,能出现这种情况吗?

山有根,水有源,我这种感情的根源由来已久了。

1946年,我从欧洲回国。去国将近十一年,在"落叶满长安"(长安街也)的深秋季节,又回到了北京,在北大工作,内心感情的波动是难以形容的。既兴奋,又寂寞;既愉快,又惆怅。然而我立刻就到了一个可以安身立命的地方,这就是北大图书馆。当时我单身住在红楼,我的办公室(东语系办公室)是在灰楼。图书馆就介乎其中。承当时图书馆的领导特别垂青,在图书馆里给了我一间研究室,在楼下左侧。窗外是到灰楼去的必由之路。经常有人走过,不能说是很清静。但是在图书馆这一面,却是清静异常。我的研究室左右,也都是教授研究室,当然室各有主,但是颇少见人来。所以走廊里静如古寺,真是念书写作的好地方。我能在奔波数万里扰攘十几年,有时梦想得到一张一尺见方的书桌而渺不可得的情况下,居然有了一间窗明几净的研究室,简直如坐天堂,如享天福了。当时我真想咬一下自己的手,看一看自己是否是做梦。

研究室的真正要害还不在窗明几净——当然，这也是必要的——，而在有没有足够的书。在这一点上，我也得到了意外的满足。图书馆的领导允许我从书库里提一部分必要的书，放在我的研究室里，供随时查用。我当时是东语系的主任，虽然系非常小，没有多少学生；但是，麻雀虽小，五脏俱全，仍然有一些会要开，一些公要办，所以也并不太闲。可是我一有机会，就遁入我的研究室去，"躲进小楼成一统"，这地方是我的天下。我一进屋，就能进入角色，潜心默读，坐拥书城，其乐实在是不足为外人道也。我回国以后，由于资料缺乏，在国外时的研究工作，无法进行，只能有多大碗，吃多少饭，找一些可以发挥自己的长处而又有利于国计民生的题目，来进行研究。北大图书馆藏书甲全国大学。我需要的资料基本上能找得到。因此还能够写出一些东西来。如果换一个地方，我必如车辙中的鲋鱼那样，什么书也看不到，什么文章也写不出，不但学业上不能进步，长此以往，必将索我于鲍鱼之肆了。

作为全国最高学府的北京大学，我们有悠久的爱国主义的革命历史传统，有实事求是的学术传统，这些都是难能可贵的。但是，我认为，一个第一流的大学，必须有第一流的设备、第一流的图书、第一流的教师、第一流的学者和第一流的管理。五个第一流，缺一不可。我们北大可以说是具备这五个第一流的。因此，我们有充分的基础，可以来弘扬祖国的优秀文化，为我国四化建设培养德才兼备的人才，对外为祖国争光，对内为人民立功，仰不愧于天，俯不怍于地，充满信心地走向光辉的未来。在这五个第一流中，第一流的图书更显得特别突出。北大图书馆是全国大学图书馆的翘楚。这是世人之公言，非我一个之私言。我们为此应该感到骄傲，感到幸福。

但是，我们全校师生员工却不能躺在这个骄傲上、这个幸福上睡大觉。我们必须努力学习，努力工作，像爱护自己的眼球一样，爱护北大，爱护北大的一草一木、一山一石，爱护我们的图书馆。我们图书馆的藏书盈架充栋，然而我们应该知道，一部一册来之不易，一页一张得之维艰。我们全体北大人必须十分珍惜爱护。这样我们的图书馆才能有长久的生命，我们的骄傲与幸福才有坚实的基础。愿与全校同仁共勉之。

1991 年 11 月 6 日

梦萦未名湖

北京大学正在庆祝九十周年华诞。对一个人来说，九十周年是一个很长的时期，就是所谓耄耋之年。自古以来，能够活到这个年龄的只有极少数的人。但是，对一个大学来说，九十周年也许只是幼儿园阶段。北京大学肯定还要存在下去的，两百年，三百年，一千年，甚至更长的时期。同这样长的时间相比，九十周年难道还不就是幼儿园阶段吗？

我们的校史，还有另外一种计算方法，那就是从汉代的太学算起。这决非我的发明创造，国外不乏先例。这样一来，我们的校史就要延伸到两千来年，要居世界第一了。就算是两千来年吧，我们的北大还要照样存在下去的，也许三千年，四千年，谁又敢说不行呢？同将来的历史比较起来，活了两千年也只能算是如日中天，我们的学校远远没有达到耄耋之年。

一个大学的历史存在于什么地方呢？在书面的记载里，在建筑的实物上，当然是的。但是，它同样也存在于人们的记忆中。相对而言，存在于人们的记忆中，时间是有限的，但它毕竟是存在，而且这个存在更具体、更生动、更动人心魄。在过去九十年中，从北京大学毕业的人数无法统计，每个人都有自己的对母校的回忆。在这些人中，有许多在中国近代史上非常显赫的名字。离开这一些人，中国近代史的写法恐怕就要改变。这当然只是极少数人。其他绝大多数的人，尽管知名度不尽相同，也都在自己的工作岗位上，对祖国的建设事业作出了自己的贡献。他们个人的情况错综复杂，他们的工作岗位五花八门。但是，我相信，有一点却是共同的：他们都没有忘记自己的母校北京大学。母校像是一块大磁石吸引住了他们的心，让他们那记忆的丝缕永远同母校挂在一起：挂在巍峨的红楼上面，挂在未名湖的湖光塔影上面，挂在燕园的四时不同的景光上面：春天的桃杏藤萝，夏天的绿叶红荷，秋天的红叶黄花，冬天的青松瑞雪；甚至临湖轩的修篁，红湖岸边的古松，夜晚大图书馆的灯影，绿茵上飘动的琅琅书声，所有这一切无不挂上校友们回忆的丝缕，他们的梦永远萦绕在未名湖畔。《沙恭达罗》里面有一首著名的诗：

　　　　你无论走得多么远也不会走出了我的心，
　　　　黄昏时刻的树影拖得再长也离不开树根。

北大校友们不完全是这个样子吗！

　　至于我自己，我七十多年的一生（我只是说到目前为止，并不想就要做结论），除了当过一年高中国文教员，在国外工作了几年以外，唯一的工作岗位就是北京大学，到现在已经四十多年了，占了我一生的一半还要多。我于1946年深秋回到故都，学校派人到车站去接。汽车行驶在十里长街上，凄风苦雨，街灯昏黄，我真有点悲从中来。我离开故都已经十几年了，身处万里以外的异域，作为一个海外游子经常给自己描绘重逢的欢悦情景。谁又能想到，重逢竟是这般凄苦！我心头不由自主地涌出了两句诗："西风凋碧树"，"落叶满长安（长安街也）"。我心头有一个比深秋更深秋的深秋。

　　到了学校以后，我被安置在红楼三层楼上。在日寇占领时期，红楼驻有日寇的宪兵队，地下室就是行刑杀人的地方，传说里面有鬼叫声。我从来不相信有什么鬼神。但是，在当时，整个红楼上下五层，寥寥落落，只住着四五个人，再加上电灯不明，在楼道的薄暗处真仿佛有鬼影飘忽。走过长长的楼道，听到自己的足音回荡，颇疑非置身人间了。

但是，我怕的不是真鬼，而是假鬼，这就是决不承认自己是魔鬼的国民党特务，以及由他们纠集来的当打手的天桥的地痞流氓。当时国民党反动派正处在垂死挣扎阶段。号称北平解放区的北大的民主广场成了他们的眼中钉、肉中刺。红楼又是民主广场的屏障，于是就成了他们进攻的目标。他们白天派流氓到红楼附近来捣乱，晚上还想伺机进攻。住在红楼的人逐渐多起来了。大家都提高警惕，注意动静。我记得有几次甚至想用椅子堵塞红楼主要通道，防备坏蛋冲进来。这样紧张的气氛颇延续了一段时间。

延续了一段时间，恶魔们终于也没能闯进红楼，而北平却解放了。我于此时真正是耳目为之一新。这件事把我的一生明显地分成了两个阶段。从此以后，我的回忆也截然分成了两个阶段：一段是魑魅横行，黑云压城；一段是魑魅现形，天日重明。二者有天渊之别、云泥之分。北大不久就迁至城外有名的燕园中，我当然也随学校迁来，一住就住了将近四十年。我的记忆的丝缕会挂在红楼上面，会挂在截然不同的两个世界上，这是不言自喻的。

一住就是四十年，天天面对未名湖的湖光塔影。难道我还能有什么回忆的丝缕要挂在湖光塔影上面吗？别人认为没有，我自己也认为没有。我住房的窗子正面对未名湖畔的宝塔。一抬头，就能看到高耸的塔尖直刺蔚蓝的天空。层楼栉比，绿树

图为北京大学红楼旧址,季羡林到北大后,曾居住于此。

历历，这一切都是活生生的现实，一睁眼，就明明白白能够看到，哪里还用去回忆呢？

然而，世事多变。正如世界上没有一条完全平坦笔直的道路一样，我脚下的道路也不可能是完全平坦笔直的。在魑魅现形、天日重明之后，新生的魑魅魍魉仍然可能出现。我在美丽的燕园中，同一些正直善良的人们在一起，又经历了一场群魔乱舞、黑云压城的特大暴风骤雨。这在中国人民的历史上是空前的（我但愿它也能绝后）！我同一些善良正直的人们被关了起来，一关就是八九个月。但是，终于又像"凤凰涅槃"一般，活了下来。遗憾的是，燕园中许多美好的东西遭到了破坏。许多楼房外面墙上的"爬山虎"，那些有一二百年寿命的丁香花、在北京城颇有一点名气的西府海棠、繁荣茂盛了三四百年的藤萝，都坚决、彻底、干净、全部地被消灭了。为什么世间一些美好的花草树木也竟像人一样成了"反革命"，成了十恶不赦的罪犯呢？我百思不得其解。

我自己总算侥幸活了下来。但是，这一些为人们所深深喜爱的花草树木，却再也不能见到了。如果它们也有灵魂的话（我希望它们有！），这灵魂也决不会离开美丽的燕园。月白风清之夜，它们也会流连于未名湖畔湖光塔影中吧！如果它们能回忆的话，它们回忆的丝缕也会挂在未名湖上吧！可惜我不是活神仙，起死无方，回生乏术。它们消逝了，永远消逝了。这里用得上一句旧剧的戏词："要相会，除非是梦里团圆。"

到了今天，这场恶梦早已逍逝得无影无踪。我又经历了一次魑魅现形，天日重明的局面。我上面说到，将近四十年来，我一直住在燕园中，未名湖畔，我那记忆的丝缕用不着再挂在未名湖上。然而，那些被铲除的可爱的花草时来入梦。我那些本来应该投闲置散的回忆的丝缕又派上了用场。它挂在苍翠繁茂的爬山虎上，芳香四溢的丁香花上，红绿皆肥的西府海棠上，葳蕤茂密的藤萝花上。这样一来，我就同那些离开母校的校友一样，也梦萦未名湖了。

尽管我们目前还有这样那样的困难，但是我们未来的道路将会越走越宽广。我们今天回忆过去，决不仅仅是发思古之幽情。我们回忆过去是为了未来。愿普天之下的北大校友：国内的、海外的、男的、女的、老的、少的，什么时候也不要割断你们对母校的回忆的丝缕，愿你们永远梦萦未名湖，愿我们大家在十年以后都来庆祝母校的百岁华诞。"但愿人长久，千里共婵娟！"

1988年1月3日

汉城忆燕园

自己年事已高，最近几年，立下宏愿大誓：除非万分必要，不再出国。这个想法应该说是合情合理的，然而却难以贯彻。最近承蒙老友金俊烨博士推毂，韩国国际交流财团邀请，终于又一次来到了美丽的汉城，情不可却也，然而我却是高兴的。

距上次访问，时间已有四年。我虽年迈，尚未昏聩。上次访问的记忆，不用粉刷，依然如新，情景巨细，历历如在目前。韩国经济腾飞之迅猛，工业技术之先进，农村田畴之整齐，山川草木之葳蕤，实在给人留下深刻印象。仅以汉城而论，摩天高楼耸入蓝天，马路上车水马龙，日夜不息。深夜灯火光照夜空，简直能够同东京有名的银座相比。更令人难忘的是韩国人民之彬彬有礼，韩国友人之拳拳情深。总之，上一次的短暂访问是毕生难忘的。

可是为什么我这样一个喜欢舞笔弄墨的人竟一篇文章也没有写出来呢？对于这一点我自己都有点惊奇。然而理由是很明显的。我的情感越是激动，越是充沛，我越难以动笔，越是不想动笔。我想把这种感情蕴藏在自己脑子里，自己玩味，仿佛一动笔就亵渎了它，就泄露了天机。现在又来到了汉城。旧地重游，旧友重逢，又增添了新的朋友。而汉城本身也似乎更美丽了，更繁华了。我的感情仿佛也增加了新的激动。自己暗暗下定决心：这是泄露天机的时候了，文章非写不行了。然而实在真是大大地出我意料：我在构思时，眼前的汉城依然辉煌，我的心灵深处涌出来的却是怀乡思家之情，其势汹涌澎湃，不可抗御。身在汉城，心怀燕园。古人说：一日不见，如三秋兮。我离开燕园不过几天，却似乎是已有几年了。

我是在想家吗？决不是的，实际上，我现在已经没有什么家。我一个人就是家，我一个人吃饱了，全家都不挨饿。我正像一个蜗牛，家就驮在自己背上，我走到哪里，家也就带到哪里。要说想家，只想一想自己就够了。

然而我确实还是想家。我现在觉得，全世界我最爱的国家是中国；在中国我最爱的城市是北京；在北京我最爱的地方是燕园；在燕园我最爱的地方是我的家。什么叫我的家呢？一座最平常不过的楼房的底层，两个单元，房屋六间，大厅两个。前临荷塘，左傍小山。我离开时，虽已深秋，塘中荷叶，依然浓绿，秋风乍起，与水中的倒影共同摇摆。塘畔垂柳，依然烟笼一里堤。小山上黄栌尚未变红，而丰华月季，却真名副其实，红艳怒放，胜于二月春花。刚离开几天，我用不着问："来日绮窗前，寒梅著花未？"可我现在却怀念这些山水花木。

我那六间房子，决不豪华，也不宽敞。然而几乎每间都堆满了书，我坐拥书城，十分得意。然而也有烦恼。书已经多到无地可容，连阳台和对面房子里的厨房和大厅都已堆满，而且都达到了天花板。然而天天仍然是"不尽书潮滚滚来"。我现在怀念这些不会说话又似乎能对我说话的书。

同书比较起来，更与我亲如手足的是我那十几箍铁柜中收藏的我的手稿和我手抄的资料。由于我是个"杂家"，所以资料的范围极广，数量极大。六七十年来，我养成了"随便翻翻"（鲁迅语）的习惯，什么书到手，我先翻翻。只要与我的研究或兴趣有关的资料，我都随手抄下。手头有什么，就用什么抄。纸张大小不一，中外兼备。连信封、请柬和无用的来信的背面，都抄满了资料。积之既久，由几张而盈寸，由盈寸而盈尺，由盈尺而盈丈。我没有仔细量过，但盈丈决非虚语。人们常说"著作等身"，我的所谓"著作"等多少，先不去说它，资料等身，甚至超过等身，却是确确实实的事实。多少年来，我天天泡在这些资料和手稿里。现在竟几天不见，我的资料和手稿如果有灵，也会感到惊诧的。我现在怀念我这些亲密的朋友资料和手稿。这些东西，在别人眼中，形同垃圾，在我眼中，却如同珍宝。倘若一不小心丢上一张半页，写文章时可能正是关键的资料。这些东西有时候是可遇而不可求的。它们身上凝结着我的心血，凝结着我兀兀穷年溽暑酷寒的心血。我现在深深地怀念这些资料和手稿。

上面说的都是些没有生命的山水花木和资料手稿。这些东西比较起来，更重要的当然还是人。近一年多以来，我陡然变成了"孤家寡人"。我这个老态龙钟的耄耋老人，虽然还并没有丧失照顾自己的能力，但是需要别人照顾的地方却比比皆是。属于我孙女一辈的小萧和小张，对我的起居生活，交际杂务，做了无微不至的充满了热情的工作，大大地减少了我的后顾之忧。我们晨夕相聚，感情融洽。在这里，我不想再用"宛如家人父子"一类现成的词句，那不符合我的实际。加劲的词儿我一时也想不出来，请大家自己去意会吧。除了她俩，还有天天帮我整理书籍的，比萧和张又年轻十多岁的方方和小李。我身处几万册书包围之中，睥睨一切，颇有王者气象。可我偏偏指挥无方，群书什么阵也排不出来。我要用哪一本，肯定找不到哪一本。"只在此室中，书深不知处"，等到不用时，这一本就在眼前。我极以为苦。我曾开玩笑似的说过:"我简直想自杀!"然而来了救星。玉洁率领着方方和小李,杀入我的书阵中。她运筹帷幄,决胜斗室,指挥若定。伯仲伊吕,大将军八面威风,宛如风卷残云一般,几周之内,把我那些杂乱无章、不听调遣的书们,整治得规规矩矩,有条有理。虽然我对她们摆的书阵还有待于熟悉;可是,现在一走进书房,窗明几净,豁然开朗。我顾而乐之,怡然自得,不复再有"轻生"之念。我原来想:就让它乱几年吧,等到我的生命画句号的时候,自然就一了百了了,哪里会想到今天这个样子!此外,在我这种孤苦伶仃、举目无亲的生活环境中,向我伸出友谊之手的人还有很多很多。我的学生忠新夫妇、保胜、邦维夫妇,我的助手李铮夫妇,等等,等等。我心头常常涌出一句诗:"此时无亲胜有亲",可见我心情之一斑。现在虽然相距数千里,可他们的声音笑貌,宛在身边眼前。我现在真是深深怀念这一些可敬可爱的朋友们。当然我也怀念我眼前仅有的不在一起住的亲属颐华和孝廉。

  我上面写了那么多怀念,但是,怀念还没有完。有一晚,我在汉城希尔顿饭店一间豪华的客厅里参加晚宴。对面大镜子里忽然有一团白光一闪。我猛一吃惊:难道我的小猫咪跟我来了吗?定一定神,才知道这是桌子上白色餐巾的影子。我的心迷离恍惚,一下子飞回了燕园。我现在家里有两只小猫,都是洁白如雪的波斯猫。小的一只,我颁赐嘉名曰"毛毛四世",因为在它之前我已经丢了三只眼睛一黄一绿的波斯猫,它排行第四,故有"四世"之名。几世几世是秦始皇发明的。我以之为猫命名,似有亵渎之意,实则我是诚恳的,不过聊以逗乐子而已。祝愿始皇在天之灵原谅则个!这位"四世"降生才不过一百天，来自我的家乡。小小年纪，却极端调皮，简直是（无恶不作），什么地方、什么时候不需要它，它就偏在那地方、那时候蹿出，搅得人心神不安，它自己却怡然自得。这且不去谈它。咪咪二世是老猫了，它陪伴我已经六七年了。它每天夜出昼归。我一般都是早晨4点起床，无间寒暑。咪咪脑袋里似乎有一个表，早晨4点前后，只要我屋子里的灯一亮，它就在窗外窗台上用前爪抓我的纱窗，窸窣作响，好像要告诉我："你该起床了！应该放我进去进早餐了！"我悚然而兴，飞快下床，开门一踩脚，声控的电灯一亮，只见一缕白烟从门外的黑暗中飞了进来，是咪咪二世，它先踩我的脚，蹭我的腿，好像对我道声"早安"；然后飞身入室，等我给它安排早餐。六七年来，特别是最近一两年来，几乎天天如此。我对它情有独钟，它对我一往情深。在我精神最苦恼的时候，它给了我极大的安慰。"其中有真意"，不足为外人道也。我曾写过几句俚辞："夜阑人静，虚室凄清。万籁俱寂，独对孤灯。往事如潮，汹涌绕缭。伴我寥寥，唯有一猫。"可见我的心情之一斑。现在，我忽然离开了家。但是，我相信，咪咪仍然会每天凌晨卧在我窗外的窗台上，静静地等候室内的灯光。可是灯光却再也不亮。杜甫诗："遥怜小儿女，未解忆长安。"我现在改为："可怜小猫咪，不解忆汉城。"我想，它必然是非常纳闷，非常寂寞，非常失望的。它必然会觉得，人世间非常奇怪："我的主人怎么忽然不见了？"我现在真是怀念我的咪咪二世。

　　临别的前夕，我的老学生现任驻韩国大使的张庭延和夫人也是我的老学生的谭静，在富丽堂皇的大使馆中，设宴招待教委和北大领导以及我这位老师。不言自明，这是我到韩国以后最美最合口味的一顿饭。庭延拿出了茅台招待我们，并且强

"现在,我忽然离开了家。但是,我相信,咪咪仍然会每天凌晨卧在我窗外的窗台上,静静地等候室内的灯光。"

调说，这是绝对可靠的真正的茅台，是外交部派专人到贵州茅台酒厂去购买和护送回京的。这当然更大大地增加了我们的兴致。不知道怎样一来，话头一转就转到了花生米上。庭延说：他常常以花生米佐茅台。他还说：花生米以农贸市场老农炒的五香花生米为最佳。什么美国瓶装脱皮的花生米，决不能与之相比，两者简直天渊之别。我初听时，大吃一惊，继之则以我心有戚戚焉。我自认是一个上不得台盘的人。虽留欧十年有余，足迹遍世界上三十几个国家，虽洋气日增，而土气未减。在德国"二战"时的饥饿地狱中，饱受磨难。夜间做梦，常常梦见祖国的食品。但我梦见的却都并不是什么燕窝、鱼翅、海参、鲍鱼等山珍海味，而是——花生米，正是庭延所说的那种最平常最一般的炒五香花生米。我回国以后，五十年来，每天的早餐就是烤馒头片就炒花生米，佐以一杯浓茶，天天如此，从无单调厌恶之感，而且味感还越来越好。我窃以为这是我个人的怪癖。不意今天竟在汉城找到了从未遇到的花生米知己，我漫卷衣袖喜欲狂，于是我们大侃花生米哲学。庭延和谭静拿出了从祖国带来的炒花生米，仅余小小一塑料袋。我们万般珍惜，只肯一粒一粒的慢慢地吃。此时连绝对真正的茅台都更增添了香味，简直可比王母娘娘的蟠桃、镇元仙人的人参果。我们大家食而乐之，侃兴倍增。这成为我毕生难忘的一夜。

我现在是在飞机上，正飞向北京。过不了多久，我就能再看到我那可爱的祖国，我那可爱的北京，我那可爱的燕园，我那些可爱的燕园中的山水草木，我那些可爱的书籍和手稿，我那些可爱的友人，最后还有我那可爱的两只波斯猫。汉城离开我越来越远，而我在汉城时怀念的上面说的这些东西和人，却越来越近了。我的心绪不知怎样一来陡然一转，我的怀念一下子转回到了汉城上，转回到在韩国的那些朋友身上，特别转回到了庭延和谭静身上。我的心仿佛已经留于汉城。"何当共剪西窗烛，却话汉城夜宴时"，这是我走下飞机时心里涌出来的胡编剽窃的两句诗。

1995年10月10日草于飞机上

同月24日改毕于燕园

两行写在泥土地上的字

夜里有雷阵雨，转瞬即停。"薄云疏雨不成泥"，门外荷塘岸边，绿草坪畔，没有积水，也没有成泥，土地只是湿漉漉的。一切同平常一样，没有什么特异之处。

我早晨出门，想到外面呼吸点新鲜空气，这也同平常一样，并没有什么特异之处。然而，我的眼睛一亮，蓦地瞥见塘边泥土地上有一行用树枝写成的字：

季老好　98级日语

回头在临窗玉兰花前的泥土地上也有一行字：

来访　98级日语

我一时懵然，莫明其妙。还不到一瞬间，我恍然大悟：98级是今年的新生。今天上午，全校召开迎新大会；下午，东方学系召开迎新大会。在两大盛会之前，这一群（我不知道准确数目）从未谋面的十七八九岁男女大孩子们，先到我家来，带给我无法用言语形容的这一番深情厚谊。但他们恐怕是怕打扰我，便想出了这一个惊人的匪夷所思的办法，用树枝把他们的深情写在了泥土地上。他们估计我会看到的，便悄然离开了我的家门。

我果然看到他们留下的字了。我现在已经望九之年，我走过的桥比这一帮大孩子走过的路还要长，我吃过的盐比他们吃过的面还要多，自谓已经达到了"悲欢离合总无情"的境界。然而，今天，我一看到这两行写在泥土地上的字，我却真正动了感情，眼泪一下子涌出了眼眶，双双落到了泥土地上。

我是一个平凡的人，生平靠自己那一点勤奋，作出了一点微不足道的成绩。对此我并没有多大信心。独独对于青年，我却有自己一套看法。我认为，我们中年人或老年人，不应当一过了青年阶段，就忘记了自己当年穿开裆裤的样子，好像自己一下生就老成持重，对青年总是横挑鼻子竖挑眼。我们应当努力理解青年，同情青年，帮助青年，爱护青年。不能要求他们总是四平八稳，总是温良恭俭让。我相信，中国青年都是爱国的，爱真理的。即使有什么"逾矩"的地方，也只能耐心加以劝说，惩罚是万不得已而为之的。一个国家，一个民族，如果对自己的青年失掉了信心，那他就失掉了希望，失掉了前途。我常常这样想，也努力这样做。在风和日丽时是这样，在阴霾蔽天时也是这样。这要不要冒一点风险呢？要的。但我人微言轻，人小力薄，除了手中的一支圆珠笔以外，就只有嘴里那三寸不烂之舌，除了这样做以外，也没有别的办法。

大概就由于这些情况，再加上我的一些所谓文章，时常出现在报刊杂志上，有的甚至被选入中学教科书，于是普天下青年男女颇有知道我的姓名的。青年们容易轻信，他们认为报刊杂志上所说的都是真实的，就轻易对我产生了一种好感，一种情意。我现在几乎每天都能收到全国各地，甚至穷乡僻壤、边远地区青年们的来信，大中小学生都有。他们大概认为我无所不能，无所不通，而又颇为值得信赖，向我提出各种各样的问题，有的简直石破天惊，有的向我倾诉衷情。我想，有的事情他们对自己的父母也未必肯讲的，比如想轻生自杀之类，他们却肯对我讲。我读到这些书信，感动不已。我已经到了风烛残年，对人生看得透而又透，只等造化小儿给我的生命画上句号。然而这些素昧平生的男女大孩子的信，却给我重新注入了生命的活力。苏东坡的词说："谁道人生无再少？门前流水尚能西。休将白发唱黄鸡。"我确实有"再少"之感了，这一切我都要感谢这些男女大孩子们。

东方学系98级日语专业的新生，一定就属于我在这里所说的男女大孩子们。他（她）们在五湖四海的什么中学里，读过我写的什么文章，听到过关于我的一些传闻，脑海里留下了我的影子。所以，一进燕园，赶在开学之前，就迫不及待地把自己那一份情意，用他们自己发明出来的也许从来还没有被别人使用过的方式，送到了我的家门来，惊出了我的两行老泪。我连他们的身影都没有看到，我看到的只是清塘里面的荷叶。此时虽已是初秋，却依然绿叶擎天，水影映日，满塘一片浓绿。回头看到窗前那一棵玉兰，也是翠叶满枝，一片浓绿。绿是生命的颜色，绿是青春的颜色，绿是希望的颜色，绿是活力的颜色。这一群男女大孩子正处在平常人们所说的绿色年华中，荷叶和玉兰所象征的正是他们。我想，他们一定已经看到了绿色的荷叶和绿色的玉兰，他们的影子一定已经倒映在荷塘的清水中。虽然是转瞬即逝，连他们自己也未必注意到。可他们与这一片浓绿真可以说是相得益彰，溢满了活力，充满了希望，将来左右这个世界的，决定人类前途的正是这一群年轻的男女大孩子们。他们真正让我"再少"，他们在这方面的力量决不亚于我在上面提到的那些全国各地青年的来信，我虔心默祷——虽然我并不相信——造物主能从我眼前的八十七岁中抹掉七十年，把我变成一个十七岁的少年，使我同他们一起学习，一起娱乐，共同分享普天下的凉热。

1998 年 9 月 25 日

《燕园幽梦》序

中华乃文章大国,北大为人文渊薮,两者实有密不可分的联系,倘机缘巧遇,则北大必能成为产生文学家的摇篮。"五四"运动时期是一个具体的例证,最近几十年来又是一个鲜明的例证。在这两个时期的中国文坛上,北大人灿若列星。这一个事实我想人们都会承认的。

最近若干年来,我实在忙得厉害,像50年代那样在教书和搞行政工作之余,还能有余裕的时间读点当时的文学作品的"黄金时代"一去不复返了。不过,幸而我还不能算是一个懒汉,在"内忧""外患"的罅隙里,我总要挤出点时间来,读一点北大青年学生的作品。《校刊》上发表的文学作品,我几乎都看。前不久我读到《北大往事》,这是北大70、80、90三个年代的青年回忆和写北大的文章。其中有些篇思想新鲜活泼,文笔清新俊逸,真使我耳目为之一新。中国古人说:"雏凤清于老凤声。"我——如果大家允许我也在其中滥竽一席的话——和我们这些"老凤",真不能不向你们这一批"雏凤"投过去羡慕和敬佩的眼光了。

但是,中国古人又说:"满招损,谦受益。"我希望你们能够认真体会这两句话的含义。"倚老卖老",固不足取,"倚少卖少"也同样是值得青年人警惕的。天下万事万物,发展永无穷期。人外有人,天外有天,"老子天下第一"的想法是绝对错误的。你们对我们老祖宗遗留下来的浩如烟海的文学作品必须有深刻的了解。最好能背诵几百首旧诗词和几十篇古文，让它们随时涵蕴于你们心中，低吟于你们口头。这对于你们的文学创作和人文素质的提高，都会有极大的好处。不管你们现在或将来是教书、研究、经商、从政，或者是专业作家，都是如此，概莫能外。对外国的优秀文学作品，也必实下一番工夫，简练揣摩。这对你们的文学修养是决不可少的。如果能做到这一步，则你们必然能融会中西，贯通古今，创造出更新更美的作品。

宋代大儒朱子有一首诗，我觉得很有针对性，很有意义，我现在抄给大家：

少年易老学难成，
一寸光阴不可轻。
未觉池塘春草梦，
阶前梧叶已秋声。

这一首诗，不但对青年有教育意义，对我们老年人也同样有教育意义。文字明白如画，用不着过多的解释。光阴，对青年和老年，都是转瞬即逝，必须爱惜。"一寸光阴一寸金，寸金难买寸光阴"，这是我们古人留给我们的两句意义深刻的话。

你们现在是处在"燕园幽梦"中，你们面前是一条阳关大道，是一条铺满了鲜花的阳关大道。你们要在这条大道上走上60年，70年，80年，或者更多的年，为人民，为人类做出出类拔萃的贡献。但愿你们永不忘记这一场燕园梦，永远记住自己是一个北大人，一个值得骄傲的北大人，这个名称会带给你们美丽的回忆，带给你们无量的勇气，带给你们奇妙的智慧，带给你们悠远的憧憬。有了这些东西，你们就会自强不息，无往不利，不会虚度此生。这是我的希望，也是我的信念。

1998年5月3日

中国的学统

了解北大情况的人都会知道,郝平同志是北大教职员中最忙碌的人物之一。北大在中国以及世界上享有特殊的地位与威望。许多国家的著名学府和科研机构,都同北大建立了名目不同的合作和交流关系。外国的国家元首或政府首脑以及各种不同学科的权威学者,都以能够到北大来参观访问,特别是发表演讲为毕生光荣,大有"不到北大非好汉"之概。至于其他形形色色的访问者更是络绎不绝。在党委和校长领导之下,承担种种接待任务的首当其冲的就是北大国际交流与合作处,而郝平正是该处的负责人。据我个人的经验和观察,这个处的日历同其他各处都不一样,他们没有双休日、节假日以及什么寒假暑假,终日忙忙叨叨,送往迎来,宛如燕园的一盏走马灯,旋转不停。一群男女青年就是这一盏走马灯上的人物,居其中而众星拱之的就是郝平。

我可真是万万没有想到,就是这样一位忙碌的郝平同志忽然有一天送给我了一大摞稿子,内容是讲北大开创时期的校史的。写校史,不是写小说,写诗歌,只要有灵感就行,这里需要的不是灵感,而是勤奋。需要辛辛苦苦,爬罗剔抉,用竭泽而渔的精神,搜集资料。郝平告诉我,他在国外留学时就开始了资料的搜集。回国以后,成为走马灯的主要人物以后,又锲而不舍,继续搜罗,常常用别人午休的时间,来从事此项工作。夜里则利用睡眠的时间,开电灯以继晷,恒兀兀以穷年,一直到累得病倒，进医院动手术，而其志弥坚，终于写成了此书的初稿。

谁听了这样的故事，能不肃然起敬呢？

说句老实话，我真正受到了感动。现在北大的青年教员中，能拼命向学的，确有人在。但是，身为教员而不读书者或者读书劲头不够，心有旁骛者，也决不乏人。现在有了郝平这一面镜子，摆在自己眼前，何去何从，每个人都会做出自己的抉择，也必须做出自己的抉择。这是我的信念，也是我的希望。

这话说得远了一点，还是回过头来，谈一谈郝平的《校史》，因为讲的是北大创办时期的历史，我为此书定名为《北京大学创办史实考源》，得到了他的首肯。根据郝平自己对本书的介绍，我们可以了解本书的主要论点。为了叙述准确起见，我还是先做一个文抄公，抄一段郝平自己的话："（京师）大学堂的创办不仅仅是戊戌变法的产物，其根本原因应当追溯到1840年的中英鸦片战争。清王朝的失败引起仁人志士如林则徐、魏源和龚自珍等人的思考，并在全国掀起了一场维新思潮和洋务运动。同文馆就是这个时期的产物。北洋海军在中日甲午海战中全军覆没，激起了康梁等进步力量要求政治改革的强烈呼声。京师大学堂既是这场改革的产物，又是自鸦片战争50年来，人们不断探求救亡之路的最高要求。这是一个不可分割的历史过程。"郝平这个简短扼要的论述，其基础和根据就是大量的确凿可靠的原始档案资料。这些资料都写在本书中，用不着我来重复叙述。

郝平对资料的搜集付出了极大的劳动，他搜集得颇为齐全，分析得又极为细致。分析中时有新意，真令人想浮一大白。这些资料都是别人不甚注意的,更谈不到使用。郝平这样做的目的是追溯北京大学创办的起源问题,是研究北京大学校史必不可少的第一步。他发前人未发之覆,提出了自己的看法,也就是"从京师同文馆到京师大学堂"。他能自圆其说,他的这个看法是能够站得住脚的。

但是,据我个人的看法,这只能是北京大学创办起源的说法之一,不是唯一的一个。而且我们还不要忘记,不是先裁撤了同文馆然后创办京师大学堂,而是在京师大学堂创办以后才裁撤了同文馆,并入京师大学堂中的。同文馆是清政府为了办理洋务必须同洋人打交道,而打交道首先必须有懂外文的翻译人才,而建立的一所培养翻译的一种特殊的学堂,以后才逐渐增设了一些洋文之外的课程。同文馆隶属于总理各国事务衙门,可见其作用之所在。要勉强找一个来源的话,明代的四夷馆庶几近之。解放后原隶属外交部的北京外国语学院也颇有类似之处。

我个人没有下过功夫研究北大的校史。可是我多少年以来就有一个想法,这个想法我曾在许多座谈会上讲到过,也曾对许多人讲到过。曾得到许多人的同意,至少还没有碰到反对者。最近在《北京大学校刊》1997年12月15日一期上,读到萧超然教授答学生问,才知道,冯友兰先生也有这个意见,而且还写过文章,他的文章我没有读过,也没有听他亲口谈过。郝平书中讲到,北大前校长胡适之先生也有过完全一样的说法。我现在斗胆说一句妄自尊大的话,这可以算是"英雄所见略同"吧。

究竟是什么意见呢?就是:北大的校史应当上溯到汉朝的太学。中国在世界民族之林中是一个很奇特的国家。第一,中国尊重历史,寰宇国家无出其右者。第二,中国尊重教育。几千年来办教育一向是两条腿走路:官办和民办,民办的可以各种名目的书院为代表。当然也有官办的书院,那就属于另一条腿。在办教育方面,多数朝代都有中央、省、府、县——必须说明一句:这三级随朝代的不同而名称各异——几个等级的学校。中国历代都有一个"全国最高学府"的概念,它既是教育人才的机构,又是管理教育行政的机构。这个"最高学府"名称也不一样。统而言之,共有两个:太学和国子监。虽然说,东汉光武帝建武五年(29年)始设太学,但是"太学"之名,先秦已有。我在这里不是专门研究太学的历史,详情就先不去讲它了。晋武帝咸宁二年(276年)始设国子学,北齐改为国子寺,隋又改为国子学。隋炀帝改为国子监。唐代因之,一直到清末,其名未变。

物换星移,沧海桑田,在过去将近两千年的历史上,改朝换代之事,多次发生。要说太学和国子监一直办下去,一天也没有间断过,那是根本不能够想像的。在兵荒马乱,皇帝和老百姓都处于涂炭之中的情况下,教育机构焉能不中断呢?但是,最令我们惊异的是,这种中断只是暂时的,新政权一旦建立,他们立即想到太学或国子监。因此,我们可以实事求是地说,在将近两千年悠长的历史上,太学和国子监这个传统——我姑名之曰学统——可以说是基本上没有断过。不管最高统治者是汉人,还是非汉人,头脑里都有教育这个概念,都有太学或国子监这个全国最高学府的概念,连慈禧和光绪皇帝都不例外。中国的学统从太学起,中经国子监,一直到京师大学堂,最后转为北京大学,可以说是一脉相承,没有中断。这在世界教育史上是绝无仅有的,是我们中华民族的骄傲。以上说的可以算是冯友兰先生、胡适之先生和我自己的"理论"或说法的依据和基础。我们在这里并没有强词夺理,也没有歪曲史实。研究学问,探讨真理,唯一的准则就是实事求是,唯真是务。我抱的正是这样的态度。我决无意为北大争正统,争最高学府的荣衔。一个大学办得好坏,决不决定于它的历史的长短。历史久的大学不一定办得好,历史短的大学不一定办得不好。无数事实俱在,不容争辩。但是,我也算是一个从事科学研究工作的人,事实如此,我不得不如此说尔。

按照目前流行的计算法,今年是北京大学的百年校庆。这在北大无疑是一件大事。在全中国,无疑也是一件大事。在这样吉祥喜庆的日子里,郝平同志把他这一部心血凝成的《北京大学创办史实考源》拿出来献给学校,献给全校的师生员工,献给遍布在全世界各地的,在不同的工作岗位,做出了不同程度贡献的北大校友们,真可以说是锦上添花之举。我相信,这一部书一定会受到大家的热烈欢迎。

我在这里还想加上一段决非"多余的话"。我在很多地方都说过:中国知识分子是世界上最好的知识分子,他们最突出的特点就是爱国主义。例子不用到远处去找,在我上面讲到的"学统"中,在北大遥远的"前身"中就有。东汉太学生反对腐朽的统治,史有明文,决非臆造。这个传统一直传了下来,到了明末就形成了顾炎武在《日知录》中所说的:"保天下者,匹夫之贱,与有责焉耳矣。"后来演变成"天下兴亡,匹夫有责"。北京大学创办以后,一百年来,每到中国在政治上和文化上的关键时刻,北大师生,以及其他大学的师生,就都挺身而出,挽救危亡。"五四"运动就是最好的证明。一直到中华人民共和国建国以后——这一段历史占了北大百年历史的一半——北大师生爱国之心未曾稍减，此事可质诸天日，无待赘述。

现在距北大百年校庆只有四个月的时间了。据说今年从全国各地以及全世界各地回母校参加校庆的校友，数量将是空前的。这种爱校之心与爱国之心，完完全全是一致的，完完全全是相应的。这种心情与中国两千年来的知识分子——中国古代的士——的爱国主义传统是完完全全贯通的。它预示着我们伟大祖国未来的辉煌。

现在有两本书摆在全校师生，全体校友，全国和全世界关心北大的朋友们的面前：一部是郝平的《北京大学创办史实考源》，一部是萧超然教授的《巍巍上庠，百年星辰》。前者告诉我们创业维艰，后者告诉我们照亮北大百年漫长道路上的星光。无前者则不会有后者，而无后者则前者也是徒劳无功的。两部书相辅相成，形成了一个整体，为我校校庆增添了无量欢悦，为想了解北大的人提供了确实可靠的知识，真可以说是功德无量。

再过两年，一个新的世纪和千纪就将降临人间。我相信，我们北大全校同仁和同学，受到这一次校庆的鼓舞和激励，怀千岁之幽情，忆百年之辉煌，更会下定决心，乘长风，破万里浪，前进，前进，再前进。为我们伟大祖国再立新功。

1998年1月2日

本文为《北京大学创办史实考源》序

异域大学获新知

季羡林

在德里大学和尼赫鲁大学

我一生都在大学中工作，对大学有兴趣，是理所当然的；而别人也认为我是大学里的人；因此，我同大学，不管是国内的，还是国外的，发生联系，就是不可避免的了。

这也就决定了我到德里后一定要同那里的大学发生一些关系。

但我却决没有想到，素昧平生的德里大学和尼赫鲁大学竟然先对我发出了邀请。我当然更不会想到，德里大学和尼赫鲁大学会用这样热情隆重到超出我一切想象的方式来欢迎我这个微不足道的人物。也许是因为我懂一点梵文和巴利文，翻译过几本印度古典文学作品，在印度有不少的朋友，又到过印度几次，因此就有一些人知道我的名字。但是实际上，尽管我对印度人民和印度文化怀有深厚的敬意，我对印度的了解却是非常肤浅的。

二十七年前，当我第一次访问印度的时候，尼赫鲁大学还没有建立，德里大学我曾来过一次。当时来的人很多，又是一个非常正式的场合，所以见的人多，认识的人少。加之停留时间非常短，又相隔了这样许多年，除了记得非常热闹以外，德里大学在我的印象中已颇为模糊了。

这一次旧地重游，到的地方好像是语言学科和社会科学学科所在地。因为怕我对这里不熟悉，拉吉波特·雷易教授特地亲自到我国驻印度大使馆来接我，并陪我参观。在门口欢迎我们的人并不多，我心里感到有点释然。因为事前我只知道，是请我到大学里来参观，没有讲到开会，更没有讲到要演讲，现在似乎证实了。然而一走进会场，却使我吃了一惊，那里完完全全是另一番景象。会场里坐满了人，门外和过道还有许多人站在那里，男、女、老、少都有。里面显然还有不少的外国人，不知道是教员还是学生。佛学研究系的系主任和中文日文系的系主任陪我坐在主席台上。我心里有点打起鼓来。但是，中国古语说，既来之，则安之；既然安排了这样一个环境，也就只好接受下来，不管我事前是怎样想的，到了此刻都无济于事。我的心一下子平静下来。

首先由学生代表致欢迎词。一个女学生用印地语读欢迎词，一个男学生用中文读。欢迎词中说：

> 在德里大学的历史上，这是我们第一次欢迎北京大学的教授来访问。我们都知道，北京大学是中国的主要的大学之一，也是世界闻名的大学之一。它曾经得到"民主堡垒"的盛名。我们希望通过季羡林教授的访问在北京大学和德里大学之间建立一座友谊的桥梁。我们希望从今以后会有更多的北京大学的学者来访问德里大学。我们也希望能有机会到北京大学去参观、学习。

欢迎词中还说：

> 中国跟印度有两千年的友好往来。印度佛教徒佛图澄、鸠摩罗什、菩提达摩跟成百的其他印度人把印度文化的精华传播到中国。四十年前，印度医生柯棣华、巴

苏华跟其他医生，不远千里去到中国抗日战争前线治疗伤病员。柯棣华大夫为中国人民的解放事业贡献出自己的生命。同样，中国的佛教徒法显、玄奘跟义净已经变成印度老幼皆知的名字。他们留下的记载对印度历史的研究作出了卓越的贡献。

这些话使我们在座的中国同志都感到很亲切，使我们很感动。长达几千年的传统的友谊一下子把我们的心灵拉到一起来了。

学生代表致过欢迎词以后，佛学研究系主任辛格教授又代表教员致词。他首先用英文讲话，表示对我们的欢迎，接着又特地用梵文写了一首欢迎我的诗。在这里，我感觉到，所有这一切都不只是对北京大学的敬意，而是对中国所有大学的敬意，北京大学只不过偶尔作为象征而已。当然更不是对我个人的欢迎，而是对新中国所有大学教员和学员的欢迎，我只不过是偶尔作为他们的象征而已。

然而，当这样一个象征，却也并非易事。主人致过欢迎词以后，按照国际上的不成文法，应该我说话了。我的心情虽然说是平静了下来，但是要说些什么，却是毫无准备。当主人们讲话的时候，我是一方面注意地听，一方面又紧张地想。在这样一个场合，应该说些什么呢？说什么才算是适宜得体呢？我对于中印文化交流的历史曾做过一些研究，积累过一些资料。我也知道，印度朋友最喜欢听的也是这样的历史。我临时心血来潮，决定讲一讲中印文化交流从什么时候开始的问题。这是一个争论颇多的问题。我有我自己的一套看法，我就借这个机会讲了出来。我不同意那种认为中印文化交流开始于佛教的传入的说法，也就是说，中印文化交流始于公元一世纪。我认为要早得多，至少要追溯到公元前三四世纪的屈原时代。在屈原的《天问》中有"顾菟在腹"这样一句话。"顾菟"虽然有人解释为"蟾蜍"，但汉以来的注释都说是兔子。月亮里有兔子的神话在印度极为流行。唐玄奘《大唐西域记》卷第七《婆罗疤斯国》就有"三兽窣堵波"的记载：

> 劫初时，于此林野，有狐、兔、猿，异类相悦。时天帝释欲验修菩萨行者，降灵应化为一老夫，谓三兽曰："二三子善安隐乎？无惊惧耶？"曰："涉丰草，游茂林，异类同欢，既安且乐。"老夫曰："闻二三子情厚意密，忘其老弊，故此远寻。今正饥乏，何以馈食？"曰："幸少留此，我躬驰访。"于是同心虚己，分路营求。狐沿水滨，衔一鲜鲤，猿于林树，采异花果，俱来至止，同进老夫。唯兔空还，游跃左右。老夫谓曰："以吾观之，尔曹未和。猿、狐同志，各能役心，唯兔空还，独无相馈。以此言之，诚可知也。"兔闻讥议，谓狐、猿曰："多聚樵苏，方有所作。"狐、猿竞驰，衔草曳木，既已蕰崇，猛焰将炽。兔曰："仁者：我身卑劣，所求难遂，敢以微躬，充此一飡。"辞毕入火，寻即致死。是时老夫复帝释身，除烬收骸，伤叹良久，谓狐、猿曰："一何至此！吾感其心，不泯其迹，寄之月轮，传乎后世。"故彼咸言，月中之兔，自斯而有。

在汉译佛典里面，这个故事还多次出现。根据种种迹象，这个神话可能就源于印度，然后传入中国，写入屈原的著作中。那么中印文化交流至少已有二千三四百年的历史。如果再说到二十八宿,中印都有这个名称。这个历史还可能提前许多年。总之,我们两国的文化交流源远流长,至今益盛,很值得我们两国人民引为骄傲的了。

我这一番简单的讲话显然引起了听众的兴趣。欢迎会开过之后,我满以为可以参观一下,轻松一下了。然而不然。欢迎会并不是高潮,高潮还在后面。许多教员和学生把我围了起来,热烈地谈论中印文化交流的问题。但是他们提出的问题又不限于中印文化交流。有的人问到四声、反切。有的人问到中国古代有关外国的记载,比如《西洋朝贡典录》之类。有的人甚至问到梵文文学作品的翻译。有的人问到佛经的中译文。有的人甚至问到人民公社,问到当前的中国教育制度,等等,等等。实际上我对这些东西都只是一知半解。可能是由于多年没有往来,今天偶尔碰到我这样一个人,印度朋友们就像找到一本破旧的字典,饥不择食地查问起来了。

但是,印度朋友们也并不光是想查字典。他们还做一些别的事情。有的人递给我一杯奶茶。有的人递给我一碟点心。有的人拿着笔记本,让我签上名字。有的人拿着照相机来照相。可是,实际却茶也喝不成,点心也吃不成,因为很多人同时挤了上来,许多问题从不同的嘴里,同时提了出来。只有一个眼观六路耳听八方的人才能应付裕如,我却决非其人。我简直幻想我能够像《西游记》上的孙悟空那样,从身上拔下许多毫毛,吹一口气,变成许许多多的自己,来同时满足许多印度朋友的不同的五花八门的要求。当然这只是一种幻想。我只是一个肉身的人,不是神仙,我只剩下出汗的本领,只有用满头大汗来应付这种局面了。

但是,我心里是愉快的。印度朋友们渴望了解新中国的劲头，他们对中国来宾招待的热情，所有那一天到德里大学去的中国同志都深深地被感动了。我自己是首当其冲，内心的激动更无法细说。但是，我内心里又有点歉然，觉得自己知道的东西实在太少，完全不能满足热情的印度朋友对我的要求和期望。拉吉波特·雷易教授很有风趣地说："整个校园都变得发了疯似的了！"情况确实是这个样子。整个校园都给浓烈的中印友谊的气氛所笼罩了。

我万万没有想到，在忙碌了一早晨之后到德里大学餐厅去吃午饭的时候，竟然遇到了中国人民的老朋友、印度著名的经济学家吉安·冒德教授。50年代初，我们访问印度的时候，他曾招待过我们。在新德里和加尔各答，都受到他热情的欢迎。后来他又曾访问过中国，好像还会见了毛主席和周总理。他一直从事促进中印友好的工作。但是在过去二十多年的漫长的时间内，我几乎没有听到他的消息。说句不好听的话，我以为像他那样大的年龄，恐怕早已不在世上了。谁知道他竟像印度神话里讲的某一个神灵那样，突然从天上降落到人间，今天站在我的面前了。这意外的会面更提高了我本来已经很高的兴致，也使我很激动。以他这样的高龄，腿脚又已经有点不方便，由一个人搀扶着，竟然还赶到大学里来会见我们这些中国朋友，怎能不令人激动？我握住了他的手，笑着问他高寿，他很有风趣地说："我刚刚才八十六岁。"这话引得旁边的人都大笑起来，他自己也笑了起来，笑得像一个年轻人那样天真，那样有力。我知道，这一位老人并不服老。为了印度人民，为了中印两国人民的友好，他将硬朗地活下去，我们也希望这一位"刚刚才八十六岁"的老而年轻的人活下去，我衷心祝愿他长寿！

隔了一天，我们又应邀到尼赫鲁大学去参观访问。情况同在德里大学差不多，也是先开一个欢迎会，同大家见见面。礼堂里挤了大概有千把人，掌声不断，情绪很高昂。所不同的只是，这里的学生用中文唱了中国歌。在万里之外，竟能听到中国歌，仿佛又回到了祖国，我们当然感到很亲切，兴致一下子就高涨了起来。同我一起坐在主席台上的除了学校领导和教授之外，还有学生会主席，他是一个年纪不到二十岁的男孩子。别人告诉我，他已经是第三次连选连任学生会主席了。这个大孩子，英俊、热情、机敏、和蔼。他似乎是无拘无束地陪我们坐在那里，微笑从来没有离开他的脸。主人们致词以后，又轮到我讲话。然后是赠送礼物，鼓掌散会，进行参观。学校里刚进行过学生会改选工作，我们所到之处，墙上都贴满了标语，传单，上面写着："选某某人！""反对某某人！"看来这里的民主气氛还是比较浓的。我们会见了许多领导人，什么副校长，什么系主任，都是亲切、和蔼、热情、友好。我们参观了许多高楼大厦，许多部门，其中包括图书馆。馆中藏有不少的中文书，给我留下了深刻的印象。他们有不少的微型胶卷。据说全套的《人民日报》和其他一些中国报刊，他们都有。中国古代的典籍他们收藏也很丰富。总之，图书馆的收藏与设备给我们留下了深刻的印象。我们所到之处，也都受到热情友好的招待。大学的几位领导人，一直陪同我们参观。那一位年轻的学生会主席也是寸步不离，一直陪同我们。到了将要分手的时候，他悄悄地对我说："我真是非常想到中国去看上一看！"我觉得，这决不是他一个人的愿望，而是广大印度青年的共同愿望。在以后的访问过程中，我在印度许多城市，遇到了无数的印度男女青年，他们都表示了同样的愿望。正如我国的青年也愿意访问印度、了解印度一样，印度青年的这种愿望，我是完全能理解的。我衷心祝愿这位年青的学生会主席的愿望能够早日实现！

又隔了一天，我又应邀到尼赫鲁大学去参加现代中国研究会的成立典礼。

我又万没有想到，在这时竟然遇到了另一位中国人民的老朋友，印中友好协会的主席、已达耄耋高龄的九十四岁的森德拉尔先生。他曾多次访问过中国，受到过毛主席的接见。他把毛主席接见他时合影的照片视若珍宝。回印后翻印了数万张，广为散发。1955年我第二次访问印度的时候，他那时已届七十高龄，然而仍然拄着拐杖亲自到机场去迎接我们。他一生为促进中印友好而努力。在中印友谊的天空里暂时出现乌云的日子，这一位老人始终没有动摇过。"岁寒然后知松柏之后凋也"，他经受住了考验，他坚信中印友好是人心所向，大势所趋，总有一天会拨开浓雾见青天的。他胜利了。今天我们中国友好代表团又到了印度。当我在尼赫鲁大学见到他的时候，虽然我自己也已经有了一把子年纪，但是同他比起来还要小几乎三十岁。无怪在他的眼中我只能算是一个小孩子。他搂住我的脖子，摸着我的下巴颏儿，竟像一个小孩一般地呜呜地哭起来。我们的团长王炳南同志到他家里去拜望他的时候，他也曾哭过，他说："我今年九十多岁了。但请朋友们相信，在印中两国没有建立完全的友好关系之前，我是决不会死去的！"如果我也像问吉安·昌德教授那样问他的年龄，他大概也会说："我刚刚才九十四岁。"在以后我在德里的日子里，我曾多次遇到这一位老人，他每会必到，每到必发言，每发言必如悬河泻水，滔滔不绝。如果没有人请他休息，他会不停地说下去的。我真不知道，这个个儿不大的小老头心中蕴藏了多少对中国人民的友谊，蕴藏着多少刚毅不屈的精神。他在我眼中真仿佛成了印度人民的化身，中印友好的化身。我也祝愿他长寿，超过一百岁。即使中印完全建立了友好关系，他也不会死去。

总之，我在德里大学和尼赫鲁大学不但遇到了对中国热情友好的年青人，也遇到了对中国友好的多次访问过中国的为中印友好而坚贞不屈的老年人。老年人让我们回忆到过去，回忆起两千多年的历史。年轻人让我们看到未来，看到我们的友谊将会持续下去，再来一个两千多年，甚至比两千多年更长的时间。

1979 年 2 月 24 日

国际大学

我怎样来描绘国际大学留给我的印象呢?这个名字是紧密地同印度大诗人泰戈尔的名字联系在一起的,而我又是在学生时代见到过泰戈尔的一个人。因此谈一谈国际大学,对我来说好像就是责无旁贷、义不容辞了。

1951年,我第一次访问印度,曾在圣地尼克坦国际大学住了两夜,就住在泰戈尔的故居叫做北楼的一座古旧的房子里。第二天一大早,我起来到楼外去散步。楼外是旭日乍升,天光明朗,同楼内形成了鲜明的对比。参天的榕树,低矮的灌木,都葱葱郁郁,绿成一团。里面掺杂着奇花异草,姹紫嫣红。我就在这红绿交映中,到处溜达,到处流连。最引起我的注意的是泰戈尔生前做木匠活的一些工具,如斧头、刨、锯之类。眼前一亮,我瞥见在我身后小水池子里,正开着一朵红而大的水浮莲,好像要同朝阳争鲜比艳。

又过了二十多年。我又带着对那一朵水浮莲的回忆到国际大学来访问了。

在路上,我饱览了西孟加拉的农村景色。马路两旁长着古老的榕树,中间间杂着高大的木棉树。大朵的红花开满枝头,树下落英缤纷,成了红红的一堆。我忽然想起了王渔洋的诗句:"好是日斜风定后,半江红树卖鲈鱼。"我知道,这里说的红树是指的经霜的枫树,与木棉毫不相干。但是,两者都是名副其实的红树,两者都是我所喜欢的,因而就把它们联想在一起了。我喜欢我心中的红树。

猛然间从路旁的稻田和菜田里惊起了一群海鸥似的白色的鸟，在绿地毯似的稻田上盘旋了几圈以后，一下子翻身飞了上去，排成一列长队，飞向遥远的碧空，越飞越小，最后只剩下几星白点，没入浩渺的云气中。我立刻又想到杜甫的诗句："江湖多白鸟，天地有青蝇。"我并不知道，杜甫所说的白鸟究竟是什么东西。但是，我眼前看到的确实是白鸟，我因而又把它们联想在一起了。我喜欢我心中的白鸟。

快到圣地尼克坦的时候，汽车正要穿过一个十字路口，突然从两旁跑出来了一大群人，人人手持红旗，高呼口号。这是等候着拦路欢迎我们的印度朋友。我们下车，同他们握手、周旋，又上车前进。但是，走了很短一段路，路两旁又跑出来了一大群人。又是人人手执红旗，高呼口号。我们又下车，同他们握手、周旋，然后上车前进。就这样，当我们的旅程快要结束的时候，我突然从大自然回到了人间，感受到印度人民的友情。

圣地尼克坦到了。这时候，大学副校长、教员和学员、中国学院的教员和学员，已经站在炎阳下，列队欢迎我们，据说已经等了很长的时间。接着来的是热情的招待会和茶会；热情的握手和交谈。西孟政府的一位部长特地从加尔各答赶了来，在一个中学里为我们举行了盛大的欢迎会。紧跟着是参观中国学院。我万没有想到，在万里之外，竟会看到我们敬爱的周总理的手迹。我的眼睛突然亮了起来，心里热乎乎的。我们匆匆吃过晚饭，又到大草坪去参加全校的欢迎大会，会后又欣赏印度舞蹈，到副校长家去拜访。总之，整个下午和整个晚上，一刻也没有停，忙得不可开交。

第二天一大早，我就起来到室外散步。我念念不忘，想寻觅那一朵水浮莲。不但水浮莲看不到，连那一个小水池子也无影无踪了。我怅望着参天的榕树和低矮的灌木，心里惘然。我们参观了学生上朝会和在大榕树下面席地上课以后，就去参观泰戈尔展览馆。展览馆是一座新建的漂亮的楼房。有人告诉我，这地址就是以前的北楼，我的心一跳，一下子回到了二十年前去。我仿佛看到老诗人穿着他那身别具风格的长袍，白须飘拂，两眼炯炯有神，慢步走在楼梯上，房间中，草地上，树荫下。他嘴里曼声吟咏着新作成的诗篇。我仿佛听到老诗人在五十多年前访问中国时对中国人民讲的话："印度认为你们是兄弟，她把她的爱情送给了你们。""在亚洲，我们必须团结起来，不是通过机械的组织的办法，而是通过真诚同情的精神。""现在仍然持续着的这个时代，必须被描绘成为人类文明中最黑暗的时代。但是，我并不失望，有如早晨的鸟，甚至当黎明还处在朦胧中时，它就高唱，宣布朝阳的升起，我的心也宣布伟大的未来将要来临，它已经来到我们身旁。我们必须准备去迎接这个新时代。"

老诗人离开我们已经很久很久了。但是他在印度人民心中，特别是在孟加拉人民心中的影响还是存在的。他对中国人民的深情厚谊已经在别人的心中生了根，发了芽。我无论如何也忘不掉我二十多年前第一次访问印度时一位年轻的孟加拉诗人那歌唱新中国的热情奔放的诗句：

　　而现在铃声响了，
　　它为我而响。

它把我的热爱之歌响给你们听,
中国,我的中国。
它唱着你那和平幸福的新生活,
中国,我的中国。
它响在人类解放的黎明中,
从许多世纪古老的奴役中解放出来,
中国,我的中国。
而现在这铃声把我的敬礼传给你,
中国,我的中国。

如果我现在就借用这样的诗句来描绘国际大学和泰戈尔给我的印象,难道说不是很恰当的吗?加尔各答是我们这次访问的最后一站,就让这些洋溢着无量热情的诗句永远留在我们的记忆中吧!

在特里普文大学

从北京出发前,我们代表团的秘书长许孔让同志让我准备一篇学术报告,在尼泊尔讲一讲。我当即答应了下来。但是心中却没有底:究竟是在什么地方讲呢?对什么人讲呢?这一切都不清楚。好在我拟的题目是:"中国的南亚研究——中国史籍中的尼泊尔史料"。这样一个题目在什么地方都是恰当的,都会受到欢迎的,我想。

到了尼泊尔以后才知道,是尼泊尔唯一的一所大学——特里普文大学准备请我讲的。几经磋商,终于把时间定了下来。尼泊尔的工作时间非常有趣:每天早晨十点上班,下午四点下班。实际上大约到了上午十一点才真正开始工作。尼泊尔朋友告诉我,本地人中流传着一种说法:世界上最惬意的事情是"拿美国工资,吃中国饭,做尼泊尔工作"。这种情况大概是由当地气候决定的,决不能说尼泊尔人民懒。我在尼泊尔皇家植物园看到背柴禾的妇女,给我留下了深刻的印象,尼泊尔人民是勤劳的人民。话说回来,我到大学做报告的时间确定为正午十一时半开始。若在中国,到了上午十一时半我几乎已经完成了我整天的工作量。但在尼泊尔,我的工作才开始,心里难免觉得有点不习惯。然而中国俗话说"入境随俗",又说"客随主便",我没有别的选择了。

在外国大学里做报告,我是颇有一点经验的。别的国家不说,只在印度一国,我就曾在三所大学里做过报告:一次在德里大学,一次在尼赫鲁大学,一次在海德拉巴邦的奥斯玛尼亚大学。这三次都有点"突然袭击"的味道,都是仓促上阵的。前两个大学的情景我曾在一篇文章中描绘过,这里不再重复了。在奥斯玛尼亚大学做报告,是由我们代表团团长临时指派的,我一点思想准备都没有,客中又没有图书资料,只有硬着头皮到大学去。到了以后,我大吃一惊,大学的副校长(在印度实际上就是校长)和几位教授都亲自出来招待我。他们把我让到大礼堂里去,里面黑鸦鸦地坐满了教授和学生。副校长致欢迎词,讲了一些客套话以后,口气一转,说是要请我讲一讲中国教育和劳动问题。直到此时,我才知道我做报告的题目。我第二次大吃一惊:我脑海里空空如也,这样大而重要的题目,张开嘴巴就讲,能会不出漏子吗?我在十分之一秒内连忙灵机一动,在讲完了照例的客套话以后,接着说道:"讲这样一个大题目我不是很恰当的人选。我是研究中印文化交流史的,我给大家讲一点中印文化关系吧!我相信大家会有兴趣的,因为大家最关心中印人民的友谊。"没想到这样几句话竟引起了全场热烈的掌声。我知道,我已经过了关,那一颗悬得老高的心一下子落了下来,我轻轻地舒了一口气,开口讲了起来。

现在来到了特里普文大学,题目是事前准备好的,所以心情坦然,不那么紧张。但是也有让我吃惊或者失望的地方。我原以为,在这里同在印度那几个大学里一样,全院动员,甚至全校动员,来听我的报告。可是在这里没有那样节日的气氛,只是在一间大屋子里挤坐着一二百人。在我灵魂深处,我确实觉得有点不满足。但是,既来之,则安之,只好听从主人的安排了。

在我的潜意识里有一点潜台词：尼泊尔学术水平不高。我前几年读过一本尼泊尔学者写的《尼泊尔史》，觉得水平很一般。于是我就以偏概全，留下了那么一个印象。我今天来到了尼泊尔的最高学府，眼前虽然坐满了学者、教授、博士等等，可是那个印象却始终萦绕在我的头脑中。这是否影响了我讲话的口气呢？我自己认为没有。但是，诚于中，形于外，也未必真正没有。我既然已经张开嘴巴讲了起来，也就顾不得那样多了。

可是，我讲了一个多小时以后，轮到大家提问题的时候，我却又真地吃了一惊。提问者显然对我的报告产生了极大的兴趣。他们几乎都强调，没有中国的史籍，研究尼泊尔史会感有很多困难。他们根据我的报告提了不少有关中尼历史关系的问题。可以看出来，他们确实是下过一番工夫的，他们是行家里手，决非不学无术之辈。我心里直打鼓，但同时又非常高兴。讨论进行得认真而又活泼。我们相互承诺，以后要加强联系。两国大学之间的交往算是开始了。我们应当交换学者，交换图书资料。我看到，尼泊尔朋友脸上个个都有笑容。第二天一大早，特里普文大学的历史系主任威迪耶（Vaidya）教授和特里拉特那（Triratna）教授到宾馆来看我，带给我他们自己的著作。我随便翻看了一下，觉得这些都是认真严肃的著作，心里油然生起敬慕之感。我们又重申加强联系，然后分手告别。我目送两位尼泊尔教授下楼的身影，感到自己同尼泊尔学者之间的隔膜一扫而光，我们的感情接近起来了。

中国有一句俗话："万事开头难。"现在我们总算是开了个头，以后就不难了。古时候从中国到尼泊尔来要经历千山万水。现在从北京飞到加德满都，只需要四个小时。地球大大地变小了。我们两国学者来往实在非常方便。珠穆朗玛峰横亘两国之间，再也不是交通的拦路虎，而是两国永恒友谊的象征。我瞻望前途，不禁手舞足蹈了。

1986年12月20日于燕园

华侨崇圣大学开学典礼

我仿佛是走进了"天方夜谭",仿佛走进了一个童话或神话的世界。

在辨认方向方面我的能力本来就不强,何况现在来到的是一个异国的陌生的大城市,而且只呆了一天,曼谷对我还是一团谜。现在一下子来到了华侨崇圣大学新建的校舍中,参加十分隆重的开学大典。我懵懵懂懂,不辨东西南北,被人扶下了汽车,也不知道是什么时候进的校门,等到我抬眼观望时,已经快走到了大礼堂了。

我现在眼花缭乱,只见马路上站满了男女警察,一律黑色制服,个个威武雄壮。大概是因为国王要御驾亲临,为了安全,为了维持秩序,不得不尔。马路两旁的空地上和草地上,则挤满了男女老幼。穿着整齐的制服的中小学生则坐在草地上。搭了不少的布棚,棚下坐着许多成年人。虽然没有像一些国家那样到处挂满了五颜六色的彩旗,但是在一派喧腾热烈的气氛中,我眼前也闪耀着一些红红绿绿的影子,大概也是彩旗一类的东西吧。国王陛下预定下午四时半驾到,此时才不过二时多,辽阔的校园里已经是万众欢腾,一片祥和、喜庆,而又肃穆矜持的气象,上凌斗牛。这让我立刻想到印度古代佛典中描绘的如来佛到什么地方去受到热烈欢迎的场面,一切天、龙、紧那罗、阿修罗等等,无不在天空中凝神下视,对如来佛合十致敬,连印度教的天老爷天帝释或因陀罗,也伫立于随侍的群神中。真正做到了"天上天下，唯我独尊"。

我们被请进了新落成的富丽堂皇的大礼堂。屋内是另外一番景象。首先让我再明确不过地感觉到的是，室外骄阳如火，室内则因为有空调设备，冷洌如春。几百个座位上坐满了衣着整洁的绅士淑女，有泰国人，也有外国人，人人威仪俨然，说话低声细气，与室外形成了鲜明的对比。我们因为是中国来的贵宾，被引到最高排紧靠主席台就座。我又因为在中国学者中年龄最大，就被安排坐在右边是人行道的第二个座位上。第一个座位看来是贵宾席的首席座位。被邀请坐在那里的是从中国台湾来的年已届一百零四岁的蜚声宇内的摄影大师郎静山先生。看来序齿在这里起了很大的作用。不管怎样，经过了一阵紧张迷乱，现在总算安定下来了，可以休息沉思一会儿了。宇宙宁静，天下太平。

我们在肃穆中恭候国王陛下的御驾。但是距国王驾到的时间还有两个小时，时间是太多太多了。西谚说："你如果不能杀掉时间，时间就会杀掉你。"我现在怎样杀掉时间呢？最轻而易举的办法是同临座的人侃大山。我的邻座是郎静山老先生。他慈眉善目，蔼然可亲，本来是可以侃一气的。但是，他不大说话，我也无话可说。我明显地感觉到，在我们之间横着一条深深的"代沟"。我行年已经八十有三。如果说什么"代沟"的话，那一定会是我同比我年轻一些人之间的"代沟"。然而今天的"代沟"却是我同我年长二十一岁的老人之间的"代沟"。看来这个"代沟"更厉害，我实在无法逾越。我只好沉默不语，任凭时间在杀掉自己。幸亏陈贞煜博士是识时务的俊杰，他介绍给我了德国驻泰国大使和印度驻泰国大使，说了一阵洋话，减少时间宰杀的威力。此后，我们仍然是静静地坐着，恭候着。

有人来请我们中间比较年轻的几位学者到大礼堂外面什么地方去恭迎泰国僧王和国王的圣驾。我同郎老由于年老体弱，被豁免了这一项光荣的任务。我们只是静静地坐着，恭候着。到了下午四点三刻，台上有点骚动。我从台下看上去，那一群身着黑色礼服的绅士都站了起来。因为人太多，包围圈挡住了我的目光，我并没有看清国王。他的宝座大概就设在主席台的正中。只见这些绅士们——后来听说，都是华人企业家——一个一个地从座位上站起来，走到国王宝座前，双膝下跪，双手举着什么，呈递给国王，国王接了以后，他就站起来走回自己的座位，下一位照此行动，一直到大约有四五十位绅士们都完成了自己的任务。

呈递的是什么东西呢？我打听了泰国的华人朋友，他们答复说是：呈递捐款。原来华侨崇圣大学，虽然是郑午楼博士带头创办的，他自己已经捐了一亿铢，以为首倡，但他也罗致华人中有识有力之士，共襄盛举。大家举起响应，捐款者前赴后继。所谓"崇圣"，"圣"指的就是国王，他们要"崇圣报德"，报答国王陛下使他们安居乐业之恩，所以就把捐款呈献给国王本人。那一天呈递的就是这样的捐款。据说捐一千万铢以上者才有资格坐在台上，亲自跪献。其余捐款少于一千万者，就用另外的方式了。

泰国朋友说，捐款完全是自觉自愿的。为了其他的用途，泰国国王也接受捐献。所有这些捐献，国王及其他王室成员都用之于民。国王和王后陛下和其他一些王族，常常深入民众，访贫问苦，救济灾民，布施食品、衣服、医药等等，用中国的话说就是"广行善事"。因此，国王王后以及王室成员，在人民群众中有极高的威信，真正受到了人民的爱戴。在这一点上，泰国王室同当今世界上还保留下来的一些大大小小国家的王室，确实有所不同。对于这样的国王，华裔人士要"崇圣报德"，完全是应该的，是值得赞扬的。

这话说远了，现在再回到我们的礼堂里来。在主席台上，捐献的仪式结束了，只见国王走下了宝座，轻步走到主席台左侧一个用黄布幔子遮住的佛龛似的地方，屈膝一跪。我大吃一惊：万民给他下跪的人现在居然给别的什么神或人下跪了。一打听才知道，幔子里坐的人正是泰国僧王。泰国是佛教国家，同缅甸和斯里兰卡一样，崇奉佛教小乘，中国所谓"南传佛教"。佛教的信条本来就是"沙门不拜王者"，王者反而要拜沙门。作为虔诚佛徒的国王，当然甘愿信守这个律条，所以就有这一跪了。

肃穆隆重的开学大典到这里就算结束了。郑午楼博士恭陪国王到主席台后面的一个大厅里去接见参加大会的显要人物。我们中国的学者们被告知，到大厅的入口处排队迎驾；当国王走到这里时，午楼博士将把我们中最年长的两位介绍给国王陛下：一位当然就是郎静山先生，一位就是我。我们谨遵指教，站在那里。只见大厅里挤满了人，黑鸦鸦一片深色的服装。因为人太多，我并看不清国王是怎样活动的。我们的任务是站在那里等。我虽然已经年届耄耋，但毕竟比郎老还年轻二十多岁。可是站久了，也觉得有点疲倦。身旁的郎老却仍然神采奕奕，毫无倦容。我心里暗暗地佩服。然而，国王已经走到我们眼前。郑午楼博士看样子是做了较详细的介绍，因为说的是泰语，我听不懂。国王点头微笑，然后走出大厅。觐见的一幕也就结束了。

我们跟着国王和一群绅士们后面，走到了一个距大厅不远的新建成的博物馆中，门楣上悬挂着泰国诗琳通公主亲笔书写的"崇圣报德"四个大汉字，这四个字可以说是华侨崇圣大学办学的最高方针，言简意赅，涵义无穷。博物馆里收藏品极多，琳琅满目，美不胜收。国王的兴致看来是非常高的。他仔细看了每一个展览厅里几乎是每一件展品。在里面呆了很长的时间。然后走出博物馆，启驾回宫。他在崇圣大学里呆了已经三个多小时了。

此时暮霭四合，黄昏已经降临到崇圣大学校园中，连在那巍峨的建筑的最高顶上，太阳的余晖也已消逝不见。韩愈的诗说："黄昏到寺蝙蝠飞"。在这距离家乡万里之外的异域，我确实没有期望能看到蝙蝠。我看到的仅仅是仍然静静地坐在道路两旁的地上的男女中小学生，他们在这里坐了已经有五六个小时了。此时他们大概是盼着老师们下命令，集合整队回家了。

我们这一群从中国来的客人，随着人流，向外慢慢地走。在我眼前，在我心中，开学大典的盛况，仍然像过电影似的闪动着。这种"天方夜谭"似的印象，将会永远永远地留在我的心中。

1994 年 5 月 10 日

东方文化书院和陈贞煜博士

在入口处,在一座很高的山墙上,几个镶嵌在上面的大字,发出了闪闪的金光:"东方文化书院"六个极大的汉字。上面是一行印度天城体字母写成的梵文:Prācyasanskritipratisthāna(拉丁字母转写)。这几个金光闪闪的大字,似乎就闪耀出无限深邃的无限神秘的东方智慧。院长陈贞煜博士把这几个字指给我看,并问我最后几个字怎样读。

这就是泰国曼谷的东方文化书院。

顾名思义,书院的目的就是弘扬东方文化,弘扬泰华文化。书院建院伊始,大规模的工作还没有展开。但是,中国古语说:"千里之行,始于跬步。"书院已经有了一个很好的开始,预示着它前程似锦,无限辉煌。

我应邀在这里做了一个学术讲演,讲的仍然是我那一套天人合一。听众人数不多,但多是侨界精英。我讲完了以后,有几位学者发言支持,像著名学者郑彝元先生,还有国内去的中山大学教授著名的中西交通史专家蔡鸿生先生等等。记得鲁迅先生曾说过,一个人发出了声音,如果没有应答,那就是最让人感到寂寞的事情,即使是反对的应答,也比没有强。我现在得到的应答是完全肯定的,乐何如之!庄子在《徐无鬼》中说道:"夫逃虚空者,藜藿柱乎鼪鼬之径,踉位其空,闻人足音跫然而喜矣。"我现在不是处在藜藿之中,而是坐在富丽堂皇的大讲堂里,然而跫然的足音更能给我带来了无量的喜悦。

然而更使我喜悦的是陈贞煜博士作为主席介绍我时那种溢于言表的情谊。陈先生同我一样是德国留学生。我们初见面时,无意之中彼此讲了几句德国话。这样一来,记忆的丝缕把现在同过去的比较天真无邪的青春时期牵在一起了,不由自主地油然而生了一点似浓似淡的甜蜜感。难道这就是我们一见如故"心有灵犀一点通"的原因吗?不管怎样,我们两在中国只见过一面,我来到泰国再见面就仿佛已是老友了。陈先生是学法律的,做过二十年法官,当选过国会议员,担任过泰国最高学府之一的法政大学校长,现在仍然是那里的教授。但是,他为人淳朴,一无官气,二无"法"气。在当今不算太清明的世界上是一个难得的好人。

在离开曼谷的前一天,我们此行的任务可以说是已经完成了,夸大一点,也可以说是胜利完成了,但是好像仍有所不足,似乎还有一点什么东西耿耿于怀。仔细一想:有名的大皇宫还没有逛。"不到皇宫非好汉",到曼谷来旅游的人,没有不到大皇宫的。然而,我们就要走了,这一次是逛不成了。人世间尽如人意的事情是十分难得的,索性给曼谷留下一点我们的心,留下一份怅怅,一份怏怏。

然而,完全出乎我的意料,我们的救星来到了,这个救星就是陈贞煜博士,他忽然偕郑彝元先生和林悟殊先生来到了旅馆,邀我们去游大皇宫。这真是喜从天降,我们立即上车。

谈到皇宫,我是颇有一些经验的。我到过世界上三十多个国家,那里的皇宫我看过不少,举其荦荦大者,中国北京的故宫固无论矣。在印度,莫卧儿王朝的皇宫,我就看过两个:阿格拉的红堡和德里的红堡。两处皇宫的特点几乎完全是一样的:都是用红色岩石筑成,所以名为"红堡";建筑风格都是伊斯兰式的，简单明了，线条清晰，令人一目了然，毫无拖沓繁复浓得化不开之感。所有的拱门，不论大小，所有的窗子，也不论大小，上端都是桃形，这是典型的伊斯兰建筑风格，全世界概莫能外。在俄国，我见过克里姆林宫。在德国，我见过弗雷得里希大帝的无忧宫。这些皇宫都各有其特点。从审美的角度来看，它们泾渭分明，决不容混淆。中国的皇宫以气象胜，巍峨雄伟，大气磅礴，庄严威武，惊心动魄。可远观而不可亵玩，属于阳刚之美。无忧宫和红堡，气势不能说没有，但是格局狭隘，可以近视而不宜远望。雕梁画柱，墙上，柱上，镂金错彩，镶宝嵌玉，盈尺之中，无限风光。虽然不能即归诸阴柔之美一类，但与中国故宫比，其差别可以立见。

现在到了泰国的大皇宫。在进门之前，我自然而然地就会回忆起以前看过的所有的皇宫，在潜意识中加以对比，而产生了一种德国接受美学学派所说的"期望视野"。我究竟期望在这座大皇宫里看到什么样的东西呢？我自己也并不十分清楚，隐隐约约地好像要看到一点类似中国故宫似的东西。泰国毕竟是在东方而且是我们的近邻嘛。

我脑海里似乎就晃动着北京故宫的影像，上面还罩上了一层极薄极薄的无忧宫和红堡的影子，踏进了大皇宫的大门。然而，第一个印象就带给我了一点淡淡的失望：宫门一不巍峨，二不精致，只是比普通邸宅的大门大了一些，不能给人留下深刻的印象。走了进去，庭院也并不宽敞。这同我的期望，即使是朦朦的期望吧，是有极大的距离的。我真感到失望，感到落寞。然而，当我走近一些宫殿时，我看到一些柱子上镶嵌着宝石之类的东西，闪出了炫目的光辉。墙壁上则彩绘着壁画，烟云缭绕，宫阙巍峨，内容多半是《罗摩衍那》中的故事。原来泰国王室与罗摩有什么渊源，所以印度古代英雄罗摩十分受到崇敬。皇宫里壁画上画着罗摩的故事，也就丝毫不足怪了。我的眼前豁然开朗，目为之明，耳为之聪，深悔刚才的失望与落寞了。

但这还不是参观的高潮，高潮还在后面。陈博士带我们走进了崇高宏伟的玉佛宫，金碧辉煌，香烟缭绕。殿非常高，仰头一望，宛如走进了欧洲哥特式的大教堂，藻井高悬在云端。一尊庞大的玉佛，高踞在神龛里，慈眉善目，溢满慈悲。陈博士跪在大理石的地上礼佛。我虽然不信佛教，但是我对真诚信仰任何宗教的人都怀有敬意，除了个别的阴森古怪的邪教外，任何宗教都是教人做好事的。我因此也顺便坐在地上，腿下大理石的清凉立即流遍了我整个身子，同外面三十多摄氏度的炎热相比，真无异进入了清凉世界，甚至是清凉的佛土，我立即神清气爽，好像也颇能分享大殿中跪在地上的善男信女的天福了。

我们离开了玉佛殿，在黑头发、白头发、黄头发、灰头发，黑眼睛、蓝眼睛、高鼻梁、低鼻梁，形形色色的人流中，挤出了大皇宫，走到了大马路上，上了等在那里的汽车。在我的心中，我默默地说了声："再见，大皇宫！我有朝一日，还会回来的。"

现在，时间已靠近中午，天气更热了。这是我到曼谷来后第一次感到热。天公好像又有点作美，想弥补我对曼谷这个大火炉的"失望"。"索性热一下，让你尝一尝热的滋味！"我好像听到天老爷这样说。热滋味我尝到了，身上出了汗，但是肚子里也感到空了。陈博士建议去参观法政大学，并在那里进午餐。前一句受到我的欢迎，后一句受到我的赞赏。于是我们就到了法政大学。

提起法政大学来，真是大大地有名。它同朱拉隆功大学并称泰国最高学府。据陈博士介绍，这所大学有点像北京大学。历次学生运动都在这里涌起，然后波及全曼谷，以至全泰国。校外一片广场似的地方，学潮一起，就旌旗匝地，呼声震天。但是，眼前学校是十分平静的。学生有的上课，有的吃饭，怡怡如也。陈博士请出了校长同我们见面。又领我们到院长办公室，同院长和教授们见面。院长和几位教授都是德国留学生，都讲德国话，一位年轻的教授就用德文给我介绍了情况。我心里暗暗地发笑：原来这一位陈博士悄没声地在这里形成了一个小小的德国派，这在泰国，甚至东南亚国家，都是绝无仅有的，这里流行的是英语。我们离开了院长办公室，又去看了陈博士的办公室，然后走向餐厅。路上碰到很多年轻人，不知道是学生，还是教员。他们都对陈博士合十致敬。看起来这一所擅长闹学潮的学校，并不那么可怕。杏坛春暖，程门立雪，老师循循善诱，学生彬彬有礼，师生之间，其乐融融。另一方面也能看出，陈博士在学生和教员中是很有威望的，离开了法政大学，又到朱拉隆功大学乘车看了看校园。泰国的最高学府我算是都看过了。

就这样，我们在曼谷的最后一天，是很充实很有意义很愉快的一天。这当然都要感谢陈贞煜博士。这一位今雨而又似旧雨的朋友，我永远也不会忘记。临别时，我心里像对大皇宫说的话那样，对陈贞煜博士说："亲爱的朋友！再见了，有朝一日，我们还会见面的，或在曼谷，或在北京！"

1994年5月21日

道路终于找到了

道路终于找到了

在哥廷根，我要走的道路终于找到了，我指的是梵文的学习。这条道路，我已经走了将近六十年，今后还将走下去，直到不能走路的时候。

这条道路同哥廷根大学是分不开的。因此我在这里要讲讲大学。

我在上面已经对大学介绍了几句，因为，要想介绍哥廷根，就必须介绍大学。我们甚至可以说，哥廷根之所以成为哥廷根，就是因为有这一所大学。这所大学创建于中世纪，至今已有几百年的历史，是欧洲较为古老的大学之一。它共有五个学院：哲学院、理学院、法学院、神学院、医学院。一直没有一座统一的建筑，没有一座统一的大楼。各个学院分布在全城各个角落，研究所更是分散得很，许多大街小巷，都有大学的研究所。学生宿舍更没有大规模的。小部分学生住在各自的学生会中，绝大部分分住在老百姓家中。行政中心叫 Aula，楼下是教学和行政部门。楼上是哥廷根科学院。文法学科上课的地方有两个：一个叫大讲堂（Auditorium），一个叫研究班大楼（Seminargebäude）。白天，大街上走的人中有一大部分是到各地上课的男女大学生。熙熙攘攘，煞是热闹。

在历史上，大学出过许多名人。德国最伟大的数学家高斯（Gauss），就是这个大学的教授。在高斯以后，这里还出过许多大数学家。从 19 世纪末起，一直到我去的时候，这里公认是世界数学中心。当时当代最伟大的数学家大卫·希尔伯特（David Hilbert）虽已退休，但还健在。他对中国学生特别友好。我曾在一家书店里遇到过他，他走上前来，跟我打招呼。除了数学以外，理科学科中的物理、化学、天文、气象、地质等，教授阵容都极强大。有几位诺贝尔奖金获得者，在这里任教。蜚声全球的化学家 A. 温道斯（Windaus）就是其中之一。

文科教授的阵容，同样也是强大的。在德国文学史和学术史上占有重要地位的格林兄弟，都在哥廷根大学呆过。他们的童话流行全世界，在中国也可以说是家喻户晓。他们的大字典，一百多年以后才由许多德国专家编纂完成，成为德国语言研究中的一件大事。

哥廷根大学文理科的情况大体就是这样。

在这样一座面积虽不大但对我这样一个异域青年来说仍然像迷宫一样的大学城里，要想找到有关的机构，找到上课的地方，实际上是并不容易的。如果没有人协助、引路，那就会迷失方向。我三生有幸，找到了这样一个引路人，这就是章用。章用的父亲是鼎鼎大名的"老虎总长"章士钊。外祖父是在朝鲜统兵抗日的吴长庆。母亲是吴弱男，曾做过孙中山的秘书，名字见于钱基博的《现代中国文学史》。总之，他出身于世家大族，书香名门。但却同我在柏林见到的那些"衙内"完全不同，一点纨绔习气也没有。他毋宁说是有点孤高自赏，一身书生气。他家学渊源，对中国古典文献有湛深造诣，能写古文，作旧诗。却偏又喜爱数学，于是来到了哥廷根这个世界数学中心，读博士学位。我到的时候，他已经在这里住了五六年，老母吴弱男陪儿子住在这里。哥廷根中国留学生本来只有三四人。章用脾气孤傲，不同他们来往。我因从小喜好杂学，读过不少的中国古典诗词，对文学、艺术、宗教等有自己的一套看法。乐森璕先生介绍我认识了章用，经过几次短暂的谈话，简直可以说是一见如故，情投意合。他也许认为我同那些言语乏味，面目可憎的中国留学生迥乎不同，所以立即垂青，心心相印。他赠过一首诗：

空谷足音一识君，
相期诗伯苦相薰。
体裁新旧同尝试，
胎息中西沐见闻。
胸宿赋才徕物与，
气嘘大笔发清芬。
千金敝帚孰轻重，
后世凭猜定小文。

可见他的心情。我也认为，像章用这样的人，在柏林中国饭馆里面是绝对找不到的。所以也很乐于同他亲近。章伯母有一次对我说："你来了以后，章用简直像变了一个人。他平常是绝对不去拜访人的，现在一到你家，就老是不回来。"我初到哥廷根，陪我奔波全城，到大学教务处，到研究所，到市政府，到医生家里，等等，注册选课，办理手续的，就是章用。他穿着那一身黑色的旧大衣，动摇着瘦削不高的身躯，陪我到处走。此情此景，至今宛然如在眼前。

他带我走熟了哥廷根的路；但我自己要走的道路还没能找到。

我在上面提到，初到哥廷根时，就有意学习古代文字。但这只是一种朦朦胧胧的想法，究竟要学习哪一种古文字，自己并不清楚。在柏林时，汪殿华曾劝我学习希腊文和拉丁文，认为这是当时祖国所需要的。到了哥廷根以后，同章用谈到这个问题，他劝我只读希腊文，如果兼读拉丁文，两年时间来不及。在德国中学里，要读八年拉丁文，六年希腊文。文科中学毕业的学生，个个精通这两种欧洲古典语言，我们中国学生完全无法同他们在这方面竞争。我经过初步考虑，听从了他的意见。第一学期选课，就以希腊文为主。德国大学是绝对自由的。只要中学毕业，就可以愿意入哪个大学，就入哪个，不懂什么叫入学考试。入学以后，愿意入哪个系，就入哪个；愿意改系，随时可改；愿意选多少课，选什么课，悉听尊便；学文科的可以选医学、神学的课；也可以只选一门课，或者选十门、八门。上课时，愿意上就上，不愿意上就走；迟到早退，完全自由。从来没有课堂考试。有的课开课时需要教授签字，这叫开课前的报到（Anmeldung），学生就拿课程登记簿（Studienbuch）请教授签；有的在结束时还需要教授签字，这叫课程结束时的教授签字（Abmeldung）。此时，学生与教授可以说是没有多少关系。有的学生，初入大学时，一学年，或者甚至一学期换一个大学。经过几经转学，二三年以后，选中了自己满意的大学，满意的系科，这时才安定住下，同教授接触，请求参加他的研究班，经过一两个研究班，师生互相了解了，教授认为孺子可教，才给博士论文题目。再经过几年努力写作，教授满意了，就举行论文口试答辩，及格后，就能拿到博士学位。在德国，是教授说了算，什么院长、校长、部长都无权干预教授的决定。如果一个学生不想作论文，决没有人强迫他。只要自己有钱，他可以十年八年地念下去。这就叫作"永恒的学生"（Ewiger Student），是一种全世界所无的稀有动物。

我就是在这样一种绝对自由的气氛中，在第一学期选了希腊文。另外又杂七杂八地选了许多课，每天上课六小时。我的用意是练习听德文，并不想学习什么东西。

我选课虽然以希腊文为主，但是学习情绪时高时低，始终并不坚定。第一堂课印象就不好。1935年12月5日日记中写道：

上了课，Rabbow的声音太低，我简直听不懂。他也不问我，如坐针毡，难过极了。下了课走回家来的时候，痛苦啃着我的心——我在哥廷根做的唯一的美丽的梦，就是学希腊文。然而，照今天的样子看来，学希腊文又成了一种绝大的痛苦。我岂不将要一无所成了吗？

日记中这样动摇的记载还有多处，可见信心之不坚。其间，我还自学了一段时间的拉丁文。最有趣的是，有一次自己居然想学古埃及文。心情之混乱可见一斑。

这都说明，我还没有找到要走的路。

至于梵文，我在国内读书时，就曾动过学习的念头。但当时国内没有人教梵文，所以愿望没有能实现。来到哥廷根，认识了一位学冶金学的中国留学生湖南人龙丕炎（范禹），他主攻科技，不知道为什么却学习过两个学期的梵文。我来到时，他已经不学了，就把自己用的施滕茨勒（Stenzler）著的一本梵文语法送给了我。我同章用也谈过学梵文的问题，他鼓励我学。于是，在我选择道路徘徊踟蹰的混乱中，又增加了一层混乱。幸而这混乱只是暂时的，不久就从混乱的阴霾中流露出来

了阳光。12月16日日记中写道:

> 我又想到我终于非读Sanskrit(梵文)不行。中国文化受印度文化的影响太大了。我要对中印文化关系彻底研究一下,或能有所发明。在德国能把想学的几种文字学好,也就不虚此行了,尤其是Sanskrit,回国后再想学,不但没有那样的机会,也没有那样的人。

第二天的日记中又写道:

> 我又想到Sanskrit,我左想右想,觉得非学不行。

1936年1月2日的日记中写道:

> 仍然决意读Sanskrit。自己兴趣之易变,使自己都有点吃惊了。决意读希腊文的时候,自己发誓而且希望,这次不要再变了,而且自己也坚信不会再变了,但终于又变了。我现在仍然发誓而且希望不要再变了。再变下去,会一无所成的。不知道Sehicksal(命运)可能允许我这次坚定我的信念吗?

我这次的发誓和希望没有落空,命运允许我坚定了我的信念。

我毕生要走的道路终于找到了,我沿着这一条道路一走走了半个多世纪,一直走到现在,而且还要走下去。

哥廷根实际上是学习梵文最理想的地方。除了上面说到的城市幽静，风光旖旎之外，哥廷根大学有悠久的研究梵文和比较语言学的传统。19世纪上半叶研究《五卷书》的一个转译本《卡里来和迪木乃》的大家、比较文学史学的创建者本发伊（T. Benfey）就曾在这里任教。19世纪末弗朗茨·基尔霍恩（Franz Kielhorn）在此地任梵文教授。接替他的是海尔曼·奥尔登堡（Hermann Oldenberg）教授。奥尔登堡教授的继任人是读通吐火罗文残卷的大师西克教授。1935年，西克退休，瓦尔德施密特接掌梵文讲座。这正是我到哥廷根的时候。被印度学者誉为活着的最伟大的梵文家雅可布·瓦克尔纳格尔（Jakob Wackernagel）曾在比较语言学系任教。真可谓梵学天空，群星灿列。再加上大学图书馆，历史极久，规模极大，藏书极富，名声极高，梵文藏书甲德国，据说都是基尔霍恩从印度搜罗到的。这样的条件，在德国当时，是无与伦比的。

我决心既下，1936年春季开始的那一学期，我选了梵文。4月2日，我到高斯—韦伯楼东方研究所去上第一课。这是一座非常古老的建筑。当年大数学家高斯和大物理学家韦伯（Weber）试验他们发明的电报，就在这座房子里，它因此名扬全球。楼下是埃及学研究室，巴比伦、亚述、阿拉伯文研究室。楼上是斯拉夫语研究室，波斯、土耳其语研究室和梵文研究室。梵文课就在研究室里上。这是瓦尔德施密特教授第一次上课，也是我第一次同他会面。他看起来非常年轻。他是柏林大学梵学大师海因里希·吕德斯（Heinrich Lüders）的学生，是研究新疆出土的梵文佛典残卷的专家，虽然年轻，已经在世界梵文学界颇有名声。可是选梵文课的却只有我一个学生，而且还是外国人。虽然只有一个学生，他仍然认真严肃地讲课，一直讲到四点才下课。这就是我梵文学习的开始。研究所有一个小图书馆,册数不到一万,然而对一个初学者来说,却是应有尽有。最珍贵的是奥尔登堡的那一套上百册的德国和世界各国梵文学者寄给他的论文汇集,分门别类,装订成册,大小不等,语言各异。如果自己去搜集,那是无论如何也不会这样齐全的,因为有的杂志非常冷僻,到大图书馆都不一定能查到。在临街的一面墙上,在镜框里贴着德国梵文学家的照片,有三四十人之多。从中可见德国梵学之盛。这是德国学术界十分值得骄傲的地方。

我从此就天天到这个研究所来。

我从此就找到了我真正想走的道路。

学术研究的发轫阶段

我少无大志，从来没有想到做什么学者。中国古代许多英雄，根据正史的记载，都颇有一些豪言壮语，什么"大丈夫当如是也！"什么"彼可取而代也！"又是什么"燕雀焉知鸿鹄之志哉？"真正掷地作金石声，令我十分敬佩，可我自己不是那种人。

在我读中学的时候，像我这种从刚能吃饱饭的家庭出身的人，唯一的目的和希望就是——用当时流行的口头语来说——能抢到一只"饭碗"。当时社会上只有三个地方能生产"铁饭碗"：一个是邮政局，一个是铁路局，一个是盐务稽核所。这三处地方都掌握在不同国家的帝国主义分子手中。在那半殖民地社会里，"老外"是上帝。不管社会多么动荡不安，不管"城头"多么"变幻大王旗"，"老外"是谁也不敢碰的。他们生产的"饭碗"是"铁"的，砸不破，摔不碎。只要一碗在手，好好干活，不违"洋"命，则终生会有饭吃，无忧无虑，成为羲皇上人。

我的家庭也希望我在高中毕业后能抢到这样一只"铁饭碗"。我不敢有违严命，高中毕业后曾报考邮政局。若考取后，可以当一名邮务生。如果勤勤恳恳，不出娄子，干上十年二十年，也可能熬到一个邮务佐，算是邮局里的一个芝麻绿豆大的小官了；就这样混上一辈子，平平安安，无风无浪。幸乎？不幸乎？我没有考上。大概面试的"老外"看我不像那样一块料，于是我名落孙山了。

在这样的情况下,我才报考了大学。北大和清华都录取了我。我同当时众多的青年一样,也想出国去学习,目的只在"镀金",并不是想当什么学者。"镀金"之后,容易抢到一只饭碗,如此而已。在出国方面,我以为清华条件优于北大,所以舍后者而取前者。后来证明,我这一宝算是押中了。这是后事,暂且不提。

清华是当时两大名牌大学之一,前身叫留美预备学堂,是专门培养青年到美国去学习的。留美若干年镀过了金以后,回国后多为大学教授,有的还做了大官。在这些人里面究竟出了多少真正的学者,没有人做过统计,我不敢瞎说。同时并存的清华国学研究院,是一所很奇特的机构,仿佛是西装革履中一袭长袍马褂,非常不协调。然而在这个不起眼的机构里却有名闻宇内的四大导师:梁启超、王国维、陈寅恪、赵元任。另外有一名年轻的讲师李济,后来也成了大师,担任了台湾中央研究院的院长。这个国学研究院,与其说它是一所现代化的学堂,毋宁说它是一所旧日的书院。一切现代化学校必不可少的烦琐的规章制度,在这里似乎都没有。师生直接联系,师了解生,生了解师,真正做到了循循善诱,因材施教。虽然只办了几年,梁、王两位大师一去世,立即解体,然而所创造的业绩却是非同小可。我不确切知道究竟毕业了多少人,估计只有几十个人,但几乎全都成了教授,其中有若干位还成了学术界的著名人物。听史学界的朋友说,中国20世纪30年代后形成了一个学术派别,名叫"吾师派",大概是由某些人写文章常说的"吾师梁任公""吾师王静安""吾师陈寅恪"等衍变而来的。从这一件小事也可以看到清华国学研究院在学术界影响之大。

吾生也晚，没有能亲逢国学研究院的全盛时期。我于1930年入清华时，留美预备学堂和国学研究院都已不再存在，清华改成了国立清华大学。清华有一个特点：新生投考时用不着填上报考的系名，录取后，再由学生自己决定入哪一个系；读上一阵，觉得不恰当，还可以转系。转系在其他一些大学中极为困难——比如说现在的北京大学，但在当时的清华，却真易如反掌。可是根据我的经验：世上万事万物都具有双重性。没有入系的选择自由，很不舒服；现在有了入系的选择自由，反而更不舒服。为了这个问题，我还真伤了点脑筋。系科盈目，左右掂量，好像都有点吸引力，究竟选择哪一个系呢？我一时好像变成了莎翁剧中的 Hamlet 碰到了 To be or not to be—That is the question。我是从文科高中毕业的，按理说，文科的系对自己更适宜。然而我却忽然一度异想天开，想入数学系，真是"可笑不自量"。经过长时间的考虑，我决定入西洋文学系（后改名外国语文系）。这一件事也证明我"少无大志"，我并没有明确的志向，想当哪一门学科的专家。

当时的清华大学的西洋文学系，在全国各大学中是响当当的名牌。原因据说是由于外国教授多，讲课当然都用英文，连中国教授讲课有时也用英文。用英文讲课，这可真不得了呀！只是这一条就能够发聋振聩，于是就名满天下了。我当时未始不在被振发之列，又同我那虚无缥缈的出国梦联系起来，我就当机立断，选了西洋文学系。

从1930年到现在，六十七个年头已经过去了。所有的当年的老师都已经去世了。最后去世的一位是后来转到北大来的美国的温德先生，去世时已经活过了百岁。我现在想根据我在清华学习四年的印象，对西洋文学系做一点评价，谈一谈我个人的一点看法。我想先从古希腊找一张护身符贴到自己身上："吾爱吾师，吾尤爱真理。"有了这一张护身符，我就可以心安理得，能够畅所欲言了。

我想简略地实事求是地对西洋文学系的教授阵容作一点分析。我说"实事求是"，至少我认为是实事求是，难免有不同的意见，这就是平常所谓的"仁者见仁，智者见智"了。我先从系主任王文显教授谈起。他的英文极好，能用英文写剧本，没怎么听他说过中国话。他是莎士比亚研究的专家，有一本用英文写成的有关莎翁研究的讲义，似乎从来没有出版过。他隔年开一次莎士比亚的课，在堂上念讲义，一句闲话也没有。下课铃一摇，合上讲义走人。多少年来，都是如此。讲义是否随时修改，不得而知。据老学生说，讲义基本上不做改动。他究竟有多大学问，我不敢瞎说。他留给学生最深的印象是他充当冰球裁判时那种脚踏溜冰鞋似乎极不熟练的战战兢兢如履薄冰的神态。

现在我来介绍温德教授。他是美国人，怎样到清华来的，我不清楚。他教欧洲文艺复兴文学和第三年法语。他终身未娶，死在中国。据说他读的书很多，但没见他写过任何学术文章。学生中流传着有关他的许多轶闻趣事。他说，在世界上所有的宗教中，他最喜爱的是伊斯兰教，因为伊斯兰教的"天堂"很符合他的口味。学生中流传的轶闻之一就是：他身上穿着500块大洋买来的大衣（当时东交民巷外国裁缝店的玻璃橱窗中摆出一块呢料，大书"仅此一块"。被某一位冤大头买走后，第二天又摆出同样一块，仍然大书"仅此一块"。价钱比平常同样的呢料要贵上五至十倍），腋下夹着10块钱一册的《万人丛书》(Everyman's Library)(某一国的老外名叫 Vetch,在北京饭店租了一间铺面,专售西书。他把原有的标价剪掉,然后抬高四五倍的价钱卖掉),眼睛上戴着用 80 块大洋配好但把镜片装反了的眼镜,徜徉在水木清华的林荫大道上,昂首阔步,醉眼朦胧。

现在介绍翟孟生教授。他也是美国人,教西洋文学史。听说他原是清华留美预备学堂的理化教员。后来学堂撤消,改为大学,他就留在西洋文学系。他大概是颇为勤奋,确有著作,而且是厚厚的大大的巨册,在商务印书馆出版,书名叫 A Survey of European Literature。读了可以对欧洲文学得到一个完整的概念。但是,书中错误颇多,特别是在叙述某一部名作的故事内容中,时有张冠李戴之处。学生们推测,翟老师在写作此书时,手头有一部现成的欧洲文学史,又有一本 Story Book,讲一段文学发展的历史事实;遇到名著,则查一查 Story Book,没有时间和可能尽读原作,因此名著内容印象不深,稍一疏忽,便出讹误。不是行家出身,这种情况实在是难以避免的。我们不应苛责翟孟生老师。

现在介绍吴可读教授。他是英国人,讲授中世纪文学。他既无著作,也不写讲义。上课时他顺口讲,我们顺手记。究竟学到了些什么东西,我早已忘到九霄云外去了。他还讲授当代长篇小说一课。他共选了五部书,其中包括当时才出版不太久但已赫赫有名的《尤里西斯》和《追忆逝水年华》。此外还有托马斯·哈代的《还乡》,吴尔芙和劳伦斯各一部。第一、二部谁也不敢说完全看懂。我只觉迷离模糊,不知所云。根据现在的研究水平来看,我们的吴老师恐怕也未必能够全部透彻地了解。

现在介绍毕莲教授。她是美国人。我也不清楚她是怎样到清华来的。听说她在美国教过中小学。她在清华讲授中世纪英语,也是一无著作,二无讲义。她的拿手好戏是能背诵英国大诗人 Chaucer 的 *Canterbury Tales* 开头的几段。听老同学说,每逢新生上她的课,她就背诵那几段,背得滚瓜烂熟,先给学生一个下马威。以后呢?以后就再也没有什么新花样了。年轻的学生们喜欢品头论足,说些开玩笑的话。我们说:程咬金还能舞上三板斧,我们的毕老师却只能砍上一板斧。

下面介绍两位德国教授。第一位是石坦安,讲授第三年德语。不知道他的专长何在,只是教书非常认真,颇得学生的喜爱。此外我对他便一无所知了。第二位是艾克,字锷风。他算是我的业师,他教我第四年德文,并指导我的学士论文。他在德国拿到过博士学位,主修的好像是艺术史。他精通希腊文和拉丁文,偏爱德国古典派的诗歌,对于其名最初隐而不彰后来却又大彰的诗人薛德林(Hölderlin)情有独钟,经常提到他。艾克先生教书并不认真,也不愿费力。有一次我们几个学生请他用德文讲授,不用英文。他便用最快的速度讲了一通,最后问我们:"Verstehen Sie etwas davon?"(你们听懂了什么吗?)我们瞠目结舌,敬谨答曰:"No!"从此天下太平,再也没有人敢提用德文讲授的事。他学问是有的,曾著有一部厚厚的《宝塔》,是用英文写的,利用了很丰富的资料和图片,专门讲中国的塔。这一部书在国外汉学界颇有一些名气。他的另外一部专著是研究中国明代家具的,附了很多图表,篇幅也相当多。由此可见他的研究兴趣之所在。他工资极高,孤身一人,租赁了当时辅仁大学附近的一座王府,他就住在银安殿上,雇了几个听差和厨师。他收藏了很多中国古代名贵字画,坐拥画城,享受王者之乐。1946年,我回到北京时,他仍在清华任教。此时他已成了家,夫人是一位中国女画家,年龄比他小一半,年轻貌美。他们夫妇请我吃过烤肉。北京一解放,他们就流落到夏威夷。艾锷风老师久已谢世,他的夫人还健在。

我在上面提到过,我的学士论文是在艾锷风老师指导下写成的,是用英文写的,题目是 The Early Poems of Hölderlin。英文原稿已经遗失,只保留下来了一份中文译文。一看这题目,就能知道是受到了艾先生的影响。现在回忆起来,我当时的德文水平不可能真正看懂薛德林的并不容易懂的诗句。当然,要说一点都不懂,那也不是事实。反正是半懂半不懂,囫囵吞枣,参考了几部《德国文学史》,写成了这一篇论文,分数是E(Excellent,优)。我年轻时并不缺少幻想力,这是一篇幻想力加学术探讨写成的论文。本章的题目是"学术研究的发轫阶段"。如果这就算学术研究的话,说它是"发轫",也未尝不可。但是,这个"轫""发"得并不辉煌,里面并没有什么"天才的火花"。

现在再介绍西洋文学系的老师,先介绍吴宓(字雨僧)教授。他是美国留学生,是美国人文主义大师白璧德的弟子,在国内不遗余力地宣传自己老师的学说。他反对白话文,更反对白话文学。他联合了一些志同道合者,创办了《学衡》杂志,文章一律是文言。他自己也用文言写诗,后来出版了《吴宓诗集》。在中国文坛上,他属于右倾保守集团,没有什么影响。他给我们讲授两门课:一门是"英国浪漫诗人",一门是"中西诗之比较"。在美国他人的是比较文学系。在中国,他是提倡比较文学的先驱者之一。但是,他在这方面的文章却几乎不见。就以我为例,"比较文学"这个概念当时并没有形成。如果真有文章的话,他并不缺少发表的地方,《学衡》和天津《大公报·文学副刊》都掌握在他手中。留给我印象最深的只是他那些连篇累牍的关于白璧德人文主义的论述文章。在"英国浪漫诗人"这一堂课上,我记得最清楚的是他让我们背诵那些浪漫诗人的诗句,有时候要背得很长很长。理论讲授我一点也回忆不起来了。在"中西诗之比较"这一堂课上,除了讲点西方的诗和中国的古诗之外,关于理论我的回忆中也是一片空白。反之,最难忘的却是:他把自己一些新写成的旧诗也铅印成讲义,在堂上散发。他那有名的《空轩诗》就是在这种情况下发到我们手中的。雨僧先生生性耿直,古貌古心,却流传着许多"绯闻"。他似乎爱过追求过不少女士,最著名的一个是毛彦文。他曾有一首诗,开头两句是:"吴宓苦爱〇〇〇,三洲人士共惊闻。"隐含在三个〇里面的人名,用押韵的方式呼之欲出。"三洲"指的是亚、欧、美。这虽是诗人的夸大,知道的人确实不少,这却是事实。他的《空轩诗》被学生在小报《清华周刊》上改写为打油诗,给他开了一个不大不小的玩笑。第一首的头两句被译成了"一见亚北貌似花,顺着秋秸往上爬"。"亚北"者,指一个姓欧阳的女生。关于这一件事,我曾在发表在香港《大公报·文学副刊》上的一篇谈叶公超先生的散文中写到过,这里不再重复。回头仍然讲吴先生的"中西诗之比较"这一门课。为这一门课我曾写过一篇论文,题目忘记了,是师命或者自愿,我也忘记了。内容依稀记得是把陶渊明同一位英国浪漫诗人相比较,当然不会比出什么东西来的。我在最近几年颇在一些文章和谈话中,对比较文学的"无限可比性"有所指责。X 和 Y,任何两个诗人或其他作家都可以硬拉过来一比,有人称之为"拉郎配",是一个很形象的说法。焉知六十多年前自己就是一个"拉郎配"者或始作俑者。自己向天上吐的唾沫最终还是落到自己脸上，岂不尴尬也哉！然而这个事实我却无法否认。如果这样的文章也能算科学研究的"发轫"的话，我的发轫起点实在是很低的。但是，话又说了回来，在西洋文学系教授群中，讲真有学问的，雨僧先生算是一个。

下面介绍叶崇智（公超）教授。他教我们第一年英语，用的课本是英国女作家 Jane Austen 的《傲慢与偏见》。他的教学法非常离奇，一不讲授，二不解释，而是按照学生的座次——我先补充一句，学生的座次是并不固定的——从第一排右手起，每一个学生念一段，依次念下去。念多么长，好像也并没有一定之规，他一声令下：Stop! 于是就Stop了。他问学生："有问题没有？"如果没有，就是邻座的第二个学生念下去。有一次，一个同学提了一个问题，他大声喝道："查字典去！"一声狮子吼，全堂愕然、肃然，屋里静得能听到彼此的呼吸声。从此天下太平，再没有人提任何问题了。就这样过了一年。公超先生英文非常好，对英国散文大概是很有研究的。可惜他惜墨如金，从来没见他写过任何文章。

在文坛上，公超先生大概属于新月派一系。他曾主编过——或者帮助编过一个纯文学杂志《学文》。我曾写过一篇散文《年》，送给了他。他给予这篇文章极高的评价，说我写的不是小思想、小感情，而是"人类普遍的意识"。他立即将文章送《学文》发表。这实出我望外，欣然自喜，颇有受宠若惊之感。为了表示自己的感激之情，兼怀有巴结之意，我写了一篇《我是怎样写起文章来的？》送呈先生。然而，这次却大出我意料，狠狠地碰了一个钉子。他把我叫了去，铁青着脸，把原稿掷给了我，大声说道："我一个字都没有看！"我一时目瞠口呆，赶快拿着文章开路大吉。个中原因我至今不解。难道这样的文章只有成了名的作家才配得上去写吗？此文原稿已经佚失，我自己是自我感觉极为良好的。平心而论，我在清华四年，只写过几篇散文：《年》《黄昏》《寂寞》《枸杞树》，一直到今天，还是一片赞美声。清夜扪心，这样的文章我今天无论如何也写不出来了。我一生从不敢以作家自居，而只以学术研究者自命。然而具有讽刺意味的是：如果说我的学术研究起点很低的话，我的散文创作的起点应该说是不低的。

公超先生虽然一篇文章也不写，但是，他并非懒于动脑筋的人。有一次，他告诉我们几个同学，他正考虑一个问题：在中国古代诗歌中人的感觉——或者只是诗人的感觉的转换问题。他举了一句唐诗："静听松风寒。"最初只是用耳朵听，然而后来却变成了躯体的感受"寒"。虽然后来没见有文章写出，却表示他在考虑一些文艺理论的问题。当时教授与学生之间有明显的鸿沟：教授工资高，社会地位高，存在决定意识，由此就形成了"教授架子"这一个词儿。我们学生只是一群有待于到社会上去抢一只饭碗的碌碌青年。我们同教授们不大来往，路上见了面，也是望望然而去之，不敢用代替西方"早安""晚安"一类的致敬词儿的"国礼"："你吃饭了吗？""你到哪里去呀？"去向教授们表示敬意。公超先生后来当了大官：台湾的外交部长。关于这一件事，我同我的一位师弟——一位著名的诗人有不同的看法。我曾在香港《大公报·文学副刊》上发表过的一篇文章中提到此事。此文上面已提到。

现在再介绍一位不能算是主要教授的外国女教授，她是德国人华兰德小姐，讲授法语。她满头银发，闪闪发光，恐怕已经有了一把子年纪，终身未婚。中国人习惯称之为"老姑娘"。也许正因为她是"老姑娘",所以脾气有点变态。用医生的话说,可能就是迫害狂。她教一年级法语,像是教初小一年级的学生。后来我领略到的那种德国外语教学方法,她一点都没有。极简单的句子,翻来覆去地教,令人从内心深处厌恶。她脾气却极坏,又极怪,每堂课都在骂人。如果学生的卷子答得极其正确,让她无辫子可抓,她就越发生气,气得简直浑身发抖,面红耳赤,开口骂人,语无伦次。结果是把百分之八十的学生全骂走了,只剩下我们五六个不怕骂的学生。我们商量"教训"她一下。有一天,在课堂上,我们一齐站起来,对她狠狠地顶撞了一番。大出我们所料,她屈服了。从此以后,天下太平,再也没有看到她撒野骂人了。她住在当时燕京大学南面军机处的一座大院子里,同一个美国"老姑娘"相依为命。二人合伙吃饭,轮流每人管一个月的伙食。在这一个月中,不管伙食的那一位就百般挑剔,恶毒咒骂。到了下个月,人变换了位置,骂者与被骂者也颠倒了过来。总之是每月每天必吵。然而二人却谁也离不开谁,好像吵架已经成了生活的必不可缺的内容。

我在上面介绍了清华西洋文学系的大概情况,决没有一句谎言。中国古话:为尊者讳,为贤者讳。这道理我不是不懂。但是为了真理,我不能用撒谎来讳,我只能据实直说。我也决不是说,西洋文学系一无是处。这个系能出像钱钟书和万家宝(曹禺)这样大师级的人物,必然有它的道理。我在这里无法详细推究了。

专就我个人而论,专从学术研究发轫这个角度上来看,我认为,我在清华四年,有两门课对我影响最大:一门是旁听而又因时间冲突没能听全的历史系陈寅恪先生的"佛经翻译文学",一门是中文系朱光潜先生的"文艺心理学",是一门选修课。这两门不属于西洋文学系的课程,我可万没有想到会对我终生产生了深刻而悠久的影响,决非本系的任何课程所能相比于万一。陈先生上课时让每个学生都买一本《六祖坛经》。我曾到今天的美术馆后面的某一座大寺庙里去购买此书。先生上课时,任何废话都不说,先在黑板上抄写资料,把黑板抄得满满的,然后再根据所抄的资料进行讲解分析;对一般人都不注意的地方提出崭新的见解,令人顿生石破天惊之感,仿佛酷暑饮冰,凉意遍体,茅塞顿开。听他讲课,简直是最高最纯的享受。这同他写文章的做法如出一辙。当时我对他的学术论文已经读了一些,比如《四声三问》等等。每每还同几个同学到原物理楼南边王静安先生纪念碑前,共同阅读寅恪先生撰写的碑文,觉得文体与流俗不同,我们戏说这是"同光体"。有时在路上碰到先生腋下夹着一个黄布书包,走到什么地方去上课,步履稳重,目不斜视,学生们都投以极其尊重的目光。

朱孟实(光潜)先生是北大的教授,在清华兼课。当时他才从欧洲学成归来。他讲"文艺心理学",其实也就是美学。他的著作《文艺心理学》还没有出版,也没有讲义,他只是口讲,我们笔记。孟实先生的口才并不好,他不属于能言善辩一流,而且还似乎有点怕学生,讲课时眼睛总是往上翻,看着天花板上的某一个地方,不敢瞪着眼睛看学生。可他一句废话也不说,慢条斯理,操着安徽乡音很重的蓝青官话,讲着并不太容易理解的深奥玄虚的美学道理,句句仿佛都能钻入学生心中。他显然同鲁迅先生所说的那一类,在外国把老子或庄子写成论文让洋人吓了一跳,回国后却偏又讲康德、黑格尔的教授,完全不可相提并论。他深通西方哲学和当时在西方流行的美学流派，而对中国旧的诗词又极娴熟。所以在课堂上引东证西或引西证东，触类旁通，头头是道，毫无扞格牵强之处。我觉得，这才是真正的比较文学、比较诗学。这样的本领，在当时是凤毛麟角，到了今天，也不多见。他讲的许多理论，我终身难忘，比如Lipps的"感情移入说"，到现在我还认为是真理，不能更动。

陈、朱二师的这两门课，使我终生受用不尽。虽然我当时还没有敢梦想当什么学者，然而这两门课的内容和精神却已在潜移默化中融入了我的内心深处。如果说我的所谓"学术研究"真有一个待"发"的"轫"的话，那个"轫"就隐藏在这两门课里面。

负笈德意志

不管我一生遭遇过多少坎坷，但是，总起来看，我的机遇是出乎意料地好。换一句通俗的话就是，我的运气好。如果我不从家乡到济南，我一生恐怕就只能是一个文盲的贫农。在清华大学毕业以后，我万般无奈回到济南省立高中，当了一年国文教员。我学的是西洋文学，怎么当起国文教员来了呢？当时有一个奇怪的逻辑：写上几篇散文什么的，就算是作家；只要是作家，就能教国文。我就是在这样逻辑的支配下走上了国文讲台的。我能吃几碗干饭，我自己心里有底儿。留学镀金之梦未成，眼前手中的饭碗难捏，因此终岁郁郁寡欢。谁料正在这个关键时刻，命运之神——如果有这样一位神灵的话——又一次来叩我的门：我考上了清华大学同德国协议互派的交换研究生。这第二次机遇的意义决不下于第一次。如果没有这一次机遇的话，我终生大概只能当一个手中饭碗随时都摇摇欲坠的中学教员。至于什么学术研究，即使真如我在上面所说的那样有一个"韧"，这个"韧"即使"发"了，科研之车走不了几步，也会自动停下来的。

进入哥廷根大学

我于 1935 年夏取道西伯利亚铁路到了德国柏林，同年深秋到了哥廷根，入哥廷根大学读书。哥廷根是一座只有十万多人口的小城，但是大学却已有五六百年的历史，历代名人辈出，是一座在世界上有名的大学。这一所大学并没有一个固定而集中的校址，全城各个角落都有大学的学院或研究所。全城人口中约有五分之一是流转不停的大学生。

德国大学有很多特点，总的精神是绝对自由。根本没有入学考试，学生愿意入哪个大学就入哪个。学习期限也没有规定，也无所谓毕业，只要博士学位拿到手，就算是毕了业。常见或者常听说，中国某大学的某教授是德国某大学毕业的，我觉得非常好笑，不知道他的"毕业"指的是什么。这只能蒙蔽外行人而已。一个学生要想拿到博士学位，必须读三个系：一个主系，两个副系。这些系全由学生自己选定，学校不加干涉。任何与主系不相干的系都可以作为副系。据说当年有一个规定：想拿哲学博士学位，三个系中必须有一个是哲学。我去的时候，这个规定已经取消了。听说汉堡有一位学数学的中国留学生，主系当然是数学，两个副系确实有点麻烦。为省力计，他选汉学当副系之一。他自以为中国话说得比德国教授要好，于是就掉以轻心，不把德国教授看在眼中。论文写成后，主系教授批准他口试。口试现场，三系教授都参加。汉学教授跟他开了一个小小的玩笑，开口问他："杜甫与莎士比亚，谁早谁晚？"大概我们这一位青年数学家对中国文学史和英国文学史都不太通，只朦朦胧胧地觉得杜甫在中国属于中世纪，而莎士比亚在英国则似乎属于茫昧的远古。他回答说："莎士比亚早，杜甫晚。"汉学教授没有再提第二个问题，斩钉截铁地说："先生！你落第了！"可怜一个小玩笑，断送功名到白头。

学生上课，也是绝对自由的，可以任意迟到，任意早退。教授不以为忤，学生坦然自若。除了最后的博士论文口试答辩以外，平常没有任何考试。在大课堂上，有的课程只须在开始时请教授在"学习簿"（Studienbuch）上签一个名，算是"报到"（Anmeldung），以后你愿听课，就听；不愿意听，就不必来。听说，有的学生在"报到"之后，就杳如黄鹤，永远拜拜了。有的课程则需要"报到"和课程结束时再请教授签字，叫做 Abmeldung（注销），表示这个课程你自始至终地学习完了。这样的课程比较少，语言课都属于此类。学生中只"报到"而不"注销"者大有人在。好在大学并不规定结业年限。因此，德国大学中有一类特殊人物，叫做 Ewiger Student（永恒的学生），有的都有了十年、二十年学习的历史，仍然照常"报到"不误。

但是，德国教授也并不是永远不关心学生。当一个学生经过在几所大学游学之后最后选定了某一所大学、某一个教授，他便定居下来，决定跟这位教授作博士论文。但是，到了此时，教授并不是任何一个学生都接受的，他要选择、考验。越是出名的教授，考验越严格，学生必须参加他的讨论班（Seminar）。教授认为他孺子可教，然后才给他出博士论文的题目。如果认为他没有培养前途，则坦言拒绝。德国大学对博士论文的要求是相当严的，这在世界上也是有口碑载道的。博士论文当然也有高低之分，但是起码必须有新东西、新思想、新发现；不管多大多小，必须有点新东西，则是坚定不可移的。在世界上许多国家，都有买博士论文的现象，但我在德国十年，还没有听说过，这是颇为难得的。博士论文完成时间没有规定，这是符合客观规律的。据我看，无论是文科，还是理科，要有新发现，事前是无法制订计划的。中国大学规定博士论文必须按期完成，这是不懂科研规律的一种表现，亟须加以改正，以免贻笑方家。

入学五年内我所选修的课程

入哥廷根大学是我一生，特别是在学术研究方面的一个巨大的转折点。我不妨把学习过程叙述得详细一点。我想先把登记在"学习簿"上的课程逐年逐项都抄在下面，这对了解我的学习过程会有极大的用处。时隔半个世纪，我又多次迁徙，中间还插入了一个"文化大革命"，这一本"学习簿"居然能够完整地保留下来，似有天助，实出我意料，真正是喜出望外。

我这一本"学习簿"，封面上写着"全国编号"：A/3438；"大学编号"：/A167。发给时间是1935年11月9日。"专业方向"（Studium，Fachrichtung）最初写的是"德国语文学"，后来改为"印度学"。可见我初到哥廷根大学时，还不甚了解全校课程安排情况。开始想学习德国语文学，第二学期才知道有梵文，所以改为印度学。我现在按年代顺序把我所有选过的课程都一一抄在下面，给读者一个全面而具体的印象，抄完以后，再稍加必要的解释。哥廷根大学毕竟是我的学术研究真正发轫的地方，所以我不厌其详。

1935—1936年冬学期（**Winter-Halbjahr**）
Prof. Neumann　中世纪早期德国文学创作和德国著作
Dr. Lugowski　17世纪德国文学创作史
Prof. Wilde　新英语语言史
Dr. Rabbow　初级希腊文（实际上没去上课）
1936年夏学期（**Sommer-Halbjahr**）

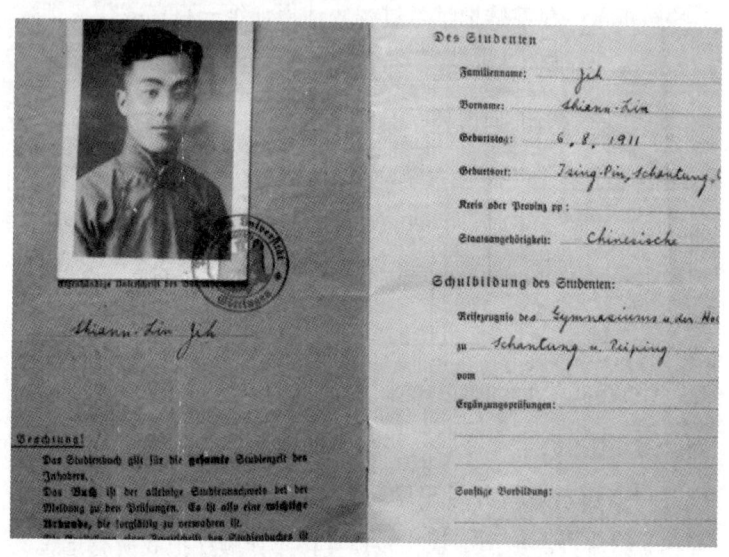

季羡林在哥廷根大学的学习簿。"这一本'学习簿',封面上写着'全国编号':A/3438,'大学编号':/A167。发给时间是1935年11月9日。"

Prof. Neumann 德国骑士文学的繁荣时期

Prof. Wilde 1880年至目前的英国文学

Prof. May 较新的德国文学的分期问题

Prof. Unger 1787年以后的席勒

Dr. Lugowski 人文主义和宗教改革时期的德国文学创作（没有上）

Prof. Roeder 乔叟的语言和诗艺（没有上）

Dr. Weber 英美留学生的德语课程

Prof. Waldschmidt 初级梵文语法

1936—1937年冬学期

Prof. Waldschmidt 梵文简单课文

Prof. Waldschmidt 译德为梵的翻译练习

Prof. Waldschmidt 印度艺术和考古工作（早期）

Prof. Wilde 直至莎士比亚的英国戏剧史

Prof. Wilde 英国语言的结构形成

Prof. May 十九世纪的德国文学创作

1937年夏学期

Prof. Waldschmidt 马鸣菩萨的佛所行赞

Prof. Waldschmidt 巴利文

Prof. von Soden 初级阿拉伯文

1937—1938年冬学期

Prof. Waldschmidt 印度学讨论班：梨俱吠陀

Prof. Waldschmidt 南印度的土地和民族的基本特征

Prof. von Soden 简易阿拉伯文散文

1938年夏学期

Prof. Waldschmidt 艺术诗（Kunstgedicht）（迦梨陀娑）

Prof. Waldschmidt 印度学讨论班：Bṛhadāraṇyaka-Upaniṣad

Prof. von Soden 阿拉伯文散文

Prof. Haloun 汉学讨论班：早期周代的铭文

1938—1939 年冬学期

Prof. Waldschmidt 巴利文：长阿含经

Prof. Waldschmidt 印度学讨论班：东土耳其斯坦的梵文佛典

Prof. Waldschmidt 印度风俗与宗教

Dr. von Grimm 初级俄文练习

1939 年夏学期

Prof. Waldschmidt 梵文 Chāndogyopaniṣat

Prof. Waldschmidt 印度学讨论班：Lalitavistara（普耀经）

Prof. Wilde 英国的德国观

Dr. Barkas J. M. Synge 剧本讲解

Prof. Braun 斯拉夫语言结构的根本规律

Dr. von Grimm 高级俄文练习

1939 年秋学期

Prof. Sieg 印度学讨论班：Daṇḍin 的十王子传

Prof. Sieg 梨俱吠陀选读

Prof. Braun 斯拉夫语句型学和文体学

Prof. Braun 俄国与乌克兰

Prof. Braun 塞尔维亚—克罗地亚文

Dr. von Grimm 高级俄文练习

1939—1940 年冬学期

Prof. Sieg 讨论班：Kāśikā 讲读

Prof. Sieg 梨俱吠陀选读

Prof. Braun 十九世纪俄国文学史

Prof. Braun　斯拉夫语言的主要难点

Dr. von Grimm　高级俄文练习

1940 年夏学期

Prof. Sieg　吠陀散文

Prof. Sieg　讨论班：Bhāravi 的 Kirātārjunīya 讲读

Prof. Roeder　向大自然回归时期的英国文学史

Prof. Braun　俄罗斯精神史中的俄罗斯和欧洲问题

Dr. von Grimm　高级俄文练习

我的学习簿就到此为止，自 1935 年起至 1940 年止，共十一个学期。

在下面我加几条解释。

1. 我在上面已经提到，我原来本想以德国语文学为主系，后来改为印度学。为什么我在改了以后仍然选了这样多的德国语言和文学的课程呢？我原来又想以此为副系，后来又改了。

2. 以英文为副系是我的"既定方针"，因为我在国内清华大学学的就是这一套，这样可以驾轻就熟，节省出点精力来。

3. 为什么我又选了阿拉伯文，而且一连选了三个学期呢？原来我是想以阿拉伯文作为第二个副系的。

4. 一直到第七个学期，我才改变主意，决定以斯拉夫语文学作第二个副系，因此才开始选这方面的课。

5. 按规定，不管是以斯拉夫语文学为主系，还是为副系，只学一门斯拉夫文是不行的，必须学两种以上才算数。所以我选了俄文，又选了塞尔维亚—克罗地亚文。因为只有我一个学生选此课，所以课就在离我的住处不远的 Prof. Braun 家里上。我同他全家都很熟，他的两个小男孩更是我的好友。他还给我画过一幅像。Prof. Braun 是一个多才多艺的人，他跟我学过点汉文，念过几首诗。

6. 梵文和巴利文学习下面专章谈。

7. 吐火罗文学习下面专章谈。

梵文和巴利文的学习

我初到哥廷根大学时，对大学的情况了解得非常少，因此才产生了上面提到的最初想以德国语文学为主系的想法。我之所以选了希腊文而又没有去上课的原因是，我一度甚至动了念头，想以欧洲古典语文学为主系。后来听说，德国文科高中毕业生一般都学习过八年拉丁文和六年希腊文。我在这方面什么时候能赶上德国高中毕业生的程度呢？处于绝对的劣势，我怎么能够同天资相当高的德国大学生去竞争呢？我于是立即打消了那个念头，把念头转向德国语文学。我毕竟还是读过 Hölderlin 的诗的中国大学生嘛。

正在彷徨犹疑之际，1936 年的夏学期开始了。我偶尔走到了大学教务处的门外，逐一看各系各教授开课的课程表。我大吃一惊，眼睛忽然亮了起来：我看到了 Prof. Waldschmidt 开梵文的课程表。这不正是我多少年来梦寐以求而又求之不得的那一门课程吗？我在清华时曾同几个同学请求陈寅恪先生开梵文课。他回答说，他不开。焉知在几年之后，在万里之外，竟能圆了我的梵文梦呢？我喜悦的心情，简直是用语言文字无论如何也表达不出来的，实不足为外人道也。

于是我立即决定：选梵文。

这一个决定当然与我在清华大学旁听陈寅恪先生的"佛经

翻译文学"这一件事是分不开的。没有当时的那一个因，就不会有今天这个果。佛家讲"因缘和合"，谁又能违抗冥冥中这一个规律呢？我不是佛教徒，我也并不迷信；但是我却认为，因缘关系或者缘分——哲学家应该称之为偶然性吧——是无法抗御的，也是无法解释的。

如果说我毕生的学术研究真有一个发轫的话，这个选择才是真正的发轫。我多次说过，我少无大志，干什么事情都是后知后觉。学术研究何独不然！此时距大学毕业已经一年又半，我的年龄已经到了25岁，时间是1936年5月13日，"学习簿"上有准确的记载。

上第一堂梵文课是在5月26日，地点是大学图书馆对门的著名的Gauss-Weber-Haus，是当年两个伟大的德国科学家Gauss和Weber第一次试验、发明电报的地方。房子有三层楼，已经十分古旧，也被称为"东方研究所"，因为哥廷根大学的几个从事东方学研究的研究所都设在这里。一楼是古埃及文研究所和巴比伦亚述文以及阿拉伯文研究所。二楼是印度学研究所、中东语言（波斯文和土耳其文）研究所、斯拉夫语言研究所。印度学研究所虽然在楼上，上课却有时在楼下。所有这一些语言，选的学生都极少，因此教室也就不大。

梵文课就在楼下的一间极小的教室里上。根据我的"学习簿"上的记载，我Anmeldung的时间是1936年5月26日，这也就是第一堂课开始的日子，也是我开始学习梵文的时候。选这一门课的只有我一个学生，然而教授却照上不误。教授就是我毕生的恩师Ernst Waldschmidt。他刚从柏林大学的讲师位置上调来哥廷根大学充任正教授。他的前任Emil Sieg教授也是我终生难忘的恩师，刚刚由于年龄关系离任退休。

道路终于找到了　175

Waldschmidt 很年轻，看样子也不过三十七八岁。他的老师是梵学大师、蜚声全球的 Heinrich Lüders 教授。Lüders 在梵文研究的许多方面都有突出的划时代的贡献，在古代梵文碑铭研究方面，是一代泰斗。印度新发现了碑铭，本国的梵文学者百读不通，总会说："到德国柏林大学去找 Lüders！"我的老师陈寅恪先生在柏林留学时也是 Lüders 的弟子，同 Waldschmidt 是同门，Waldschmidt 有时会对我提起此事。在德国梵文学者中，Waldschmidt 也享有崇高的威望。Sieg 就曾亲口对我说过："Der Lüders is ganz fabelhaft！"（这个 Lüders 简直是"神"了！）Waldschmidt 继承师门传统，毕生从事中国新疆出土的古代梵文典籍的研究。这些梵典基本上都属于佛教，间亦有极少数例外。此外，他对中亚和新疆古代艺术也有精深的研究。

在这里，我想插入一段话，先讲一讲德国，特别是哥廷根大学对一般东方学，特别是对梵文研究的历史和一般情况，这对于了解我的研究过程会有很大的帮助。德国朋友有时对我说："德国人有一个特点，也可以算是民族性吧，越离他们远的东西，他们越感兴趣。"这是德国人的"夫子自道"，应该说是可靠的。据我个人的观察，这话真是八九不离十，是符合实际情况的。古代希腊和罗马，从时间上来看，离开他们很远，所以他们感兴趣；因此，欧洲古典语文学的研究，德国堪称独霸。从空间和时间上来看，古代东方对他们很遥远，所以他们更感兴趣；因此，德国的东方学也称霸世界。后来一些庸俗的政治学家，专门从政治上，从德国一些统治者企图扩张领土的野心方面来解释这个问题，虽不能说一点道理都没有，实际上却是隔靴搔痒，没有说到点子上。在研究学问方面，民族的心理因素决不能低估。

德国立国的时间并不太长,统一成一个大帝国,时间就更短。可是从一开始,德国人就对东方感兴趣,这可以算是东方学的萌芽吧。许多德国伟大的学者都对东方感兴趣,主要是对中国和印度。Leibniz(1646—1710年)通晓中国和印度等东方主要国家的典籍和学问。Hegel(1770—1831年)、Arthur Schopenhaner(1788—1860年)等都了解东方学术,后者的哲学思想深受印度的影响,是众所周知的。德国最伟大的诗人歌德(Goethe,1749—1832年),对东方国家,主要是中国和印度文学艺术以及哲学思想推崇备至,简直到了迷信的程度。读一读他的文学作品,就能够一清二楚。他的杰作《浮士德》一开头就模仿了印度剧本的技巧。他又作诗歌颂印度古诗人迦梨陀娑的《沙恭达罗》,想把这个印度剧本搬上德国舞台。再读一读他同艾克曼的《谈话录》,经常可以读到他对中国或印度文学的赞美之辞。他晚年对一部在中国文学史上根本占不到什么地位的才子佳人小说《好逑传》的高度赞扬,也是人们所熟知的。

德国的梵文研究是什么情况呢?在欧洲,梵文研究起步很晚,比中国要晚上一千多年。原因很明显,由于佛教在汉代就已传入中国,对梵文的研究以后就跟踪而起;虽然支离破碎,不成什么气候,但毕竟有了开端。而欧洲则不然,直至英国殖民主义者侵入印度,才开始有梵学的研究。"近水楼台先得月",按理说,英国应当首开其端。英国人 Walliam Jones 确实在18世纪末就已把印度名剧《沙恭达罗》由梵文译为英文,在欧洲引起了强烈的震动;但是真正的梵学研究并未开端。开始的地点是在法国巴黎。一些早期的德国梵文学者——从他们的造诣来看,可能还算不上真正的学者——比如早期的浪漫诗人 Friedrich Schlegel（1772—1829 年）就曾到巴黎去学过梵文。印欧语系比较语言学的创立者 Franz Bopp（1791—1867 年），是一个德国学者，他也学过梵文。传统的比较语言学都是以梵文、古希腊文和拉丁文为最坚实的基础的。因为在所有的印欧语言中，这几种古老的语言语法变化最复杂、最容易解剖分析。后来的语言语法变化日趋简单，原始的形式都几乎看不出来了，这大大地不利于解剖分析，难于追本溯源以建立语言发展规律。一直到今天，相沿成习，研究比较语言学的专家学者，都或多或少必须具备梵文知识。德国有的大学中，梵文讲座和比较语言学讲座，集中在一位教授身上。此外，建立比较文学史的学者 Th. Benfey（1809—1881 年）也是一个德国人。他对印度古代梵文名著《五卷书》（后来传到了波斯和阿拉伯国家，改名为《卡里来和笛木乃》）进行了追踪研究，从而形成了一门新学科：比较文学史，实际上也可以算是比较文学的前身。他当然也是一个梵文学者。19 世纪，世界梵文研究的中心在德国，比较语言学的中心也在德国。当时名家辈出，灿如繁星。美国的梵学研究的奠基人 Whitney 是德国留学生。英国最伟大的梵文学者 Max Müller(1823—1900 年)，是《梨俱吠陀》梵文原本的校订出版者，他也是德国人。

至于哥廷根大学的梵文研究，也是有一段非常辉煌的历史的。记得 Th. Benfey 就曾在这里呆过。被印度学者称为"活着的最伟大的梵文学家"的 Wackernagel 也曾在哥廷根大学呆过。他那一部《古代印度文文法》（*Altindische Grammatik*）蜚声世界学坛。他好像是比较语言学的教授。真正的梵文讲座的第一任教授是在印度呆了很长时间的 F. Kielhorn，他专治梵文语法学。他的《梵文文法》有德文和英文两个本子，在梵学界享有极高的权威。他的接班人是 H. Oldenberg，是一位博学多能的印度学家，研究的范围极广，既涉及梵文，又涉及巴利文；既涉及佛教，又涉及印度教（婆罗门教）。他既是一个谨严的考证学家，又是一个极富有文采的作家。他的那一部名著《佛陀》，德文原文印行了二十多版，又被译为多种外国语言出版，其权威性至今仍在。Oldenberg 的接班人是 Emil Sieg 教授。在梵文方面，Sieg 的专长是《吠陀》波你尼语法和《大疏》(*Mahābhāṣya*)。德国考古学家在中国新疆发掘出来了大量用婆罗米字母写的残卷，其中有梵文，由 Lüders、Waldschmidt、Hoffmann 等学人加以校订出版，影响了全世界的梵学研究。这个传统由 Waldschmidt 带到了哥廷根大学，至今仍然是研究重点之一。除了整理研究残卷本身，还出版了一部《吐鲁番梵文残卷字典》。这些残卷，虽然是用同一种字母写成的，但却不是同一种语言。除梵文外还有一些别的语言，吐火罗文 A（焉耆文）和 B（龟兹文）都包括在里面。详细情况下面再谈。在治梵文的同时，Sieg 教授又从事吐火罗文的解读工作。Sieg 先生的接班人就是 Waldschmidt 先生，换届时间正是我来到哥廷根的时候。

上面我简略地谈了谈德国的梵学研究的历史以及哥廷根大学梵学研究的师承情况。山有根，水有源，有了这样一个历史背景，才能了解我自己学习梵文的师承来源。上面这一篇很冗长又颇为显得有点节外生枝的叙述，决非无用的废话。

现在回头再来谈我第一次上课的情况。因为只有我一个学生，而且还是一个"老外"，我最初颇为担心，颇怕教授宣布不开课。我听说，国内外都有一些大学规定：如果只有一个学生选课，教授可以宣布此课停开。Waldschmidt 不但没有宣布停开，而且满面笑容地先同我寒暄了几句，然后才正式开课。课本用的是 Stenzler 的《梵文基础读本》(*Elementarbuch der Sanskrit*)。提起此书，真正是大大地有名。至今已有一百多年的历史，在德国已经出了 17 版，还被译成了许多外语出版。1960 年，我在北京大学开梵文课时，采用的就是这一本书。原文是德文，我用汉文意译，写成讲义。一直到今天还活跃在中国学坛上的七八位梵文学者，都是用这本书开蒙的。梵文语法变化极为复杂，但是这一本薄薄的小书，却能用极其简练的语言、极其准确地叙述了那一套稀奇古怪的语法变化形式，真不能不使人感到敬佩。顺便说一句，此书已经由我的学生段晴和钱文忠，根据我的讲义，补充完整，在北京大学出版社出版。Waldschmidt 的教学法是典型的德国方法。第一堂课先教字母读音，以后的"语音""词形变化"等等，就一律不再讲解，全由我自己去阅读。我们每上一堂课，都在读附在书后的练习例句。19 世纪德国一位东方学家说，教学生外语，拿教游泳来做比方，就是把学生带到游泳池旁，一下子把学生推入水中，倘不淹死，即能学会游泳，而淹死的事几乎是绝无仅有的，甚至是根本不可能的。"文化大革命"期间，这方法被批判为"德国法西斯的教学方法"，为此我还多挨了几次批斗。实际上却是行之有效的。学习外语，让学生一下子就跟外语实际接触，一下子就进入实践，这比无休无止地讲解分析效果要好得多。不过这种方法对学生要求极高，每周两小时的课，我要费上一两天的时间来备课。在课堂上，学生念梵文，又将梵文译为德文，教授只从旁帮助改正。一个教授面对一个学生，每周两小时的课，转瞬就过。可是没想到这么一来，从 5 月 26 日 Anmeldung 到 6 月 30 日 Abmeldung，不到 40 天的工夫，这一个夏学期就过去了，我们竟把《梵文基础读本》的练习例句几乎全部念完，一整套十分复杂的梵文文法也讲完了。今天回想起来，简直像是一个奇迹。

这里还要写上一个虽极简短但却极为重要的插曲。在最后一堂课结束时，Waldschmidt忽然问我："你是不是决定以印度学为主系呢？"我立即回答说："是的。"这就决定了我一生要走的学术道路。大概他对我的学习还是满意的。

到了1936年—1937年冬学期，我当然又选了梵文。Anmeldung的时间，也就是本学期第一堂上课的时间是1936年12月7日。Abmeldung的时间是1937年2月19日，共上课两个月加12天。念的课文是Stenzler书上附录的"阅读文选"、大史诗《摩诃婆罗多》中的一个故事《那罗传》。这也是德国梵文教学的传统做法。记得是从这学期开始，班上增加了一个学生，名叫Heinrich Müller，是一个以历史为主系的德国学生。他已经是一个老学生，学历我不十分清楚，只知道他已经跟Sieg教授学过两个学期的梵文。他想以印度学为副系，所以又选了梵文，从此就结束了我一个人独霸讲堂的局面。一直到1939年第二次世界大战爆发，他被征从军，才又离开了课堂。他初来时，我对他真是肃然起敬，他毕竟比我早学两个学期。可是，后来我慢慢地发现，他虽有希腊文和拉丁文的基础，可他并不能驾驭梵文那种既复杂又奇特的语法现象。有时候在翻译过程中，老师猛然提出一个语法问题，Müller乍听之下，立即慌张起来，瞠目结舌，满脸窘态可掬。Waldschmidt并不是脾气很好的人，很容易发火。他的火越大，Müller的窘态越厉害，往往出现难堪的局面。后来我教梵文时，也碰到过这样的学生。因此我悟到，梵文虽不神秘，可决不是每一个人都能学通的。Müller 被征从军后，还常回校来看我，聊一些军营中的生活。一直到我在哥廷根呆了十年后离开那里时，Müller 依然是一个大学生。我上面曾提到德国的特产"永恒的学生"，Müller 大概就是一个了。

以后班上又陆续增添了两名学生：一名是哥廷根附近一个乡村里的牧师；一名是靠送信打工上学的 Paul Nagel，他的主系是汉学，但没见他选过汉学的课。后来汉学教授 Gustav Haloun 调往英国剑桥大学去任正教授，哥廷根大学有很长一段时间根本没有汉学教授。Nagel 曾写过一篇相当长的讨论中国音韵学的论文，在国际上负有盛名的《通报》上发表。但是他自己却也成了一个"永恒的学生"了。

我跟 Waldschmidt 学的课程都见于上面我开列的"学习簿"上的课程表中，这里不再细谈。到了 1939 年的秋学期，第二次世界大战爆发，Waldschmidt 被征从军。久已退休的 Sieg 又走回课堂，代他授课。我的身份也早有了变化。清华大学同德国约定的交换期只有两年。到了 1937 年，期限已届，我本打算回国的。但是这一年发生了日军侵华的七七事变，不久我的故乡就被占领，我是有家难归，只好留在德国了。为了维持生活，我接受了大学的聘任，担任了汉文讲师。有一段时间，在战争最激烈的时候，我曾奉命兼管印度学研究所和汉学研究所两所的事情。一进大学的各个建筑和课堂，几乎是清一色的女学生，人们仿佛走进"女人国"了。

在 Sieg 先生代 Waldschmidt 授课以前我就认识他了。他虽已逾古稀之年，但身体看上去很硬朗，身板挺直，走路不用手杖，是一位和蔼、慈祥得像祖父一样的人物。他开始授课以后，郑重地向我宣告：他决心把他的全套本领都一一毫无保留地传授给我这个异域的青年。看来他对把德国印度学传播到中国来抱有极大的信心和希望。我们中国人常说："学术乃天下之公器。"然而在中国民间童话中却有猫作老虎的老师的故事。老虎学会了猫的全套本领，心里却想：如果我把猫吃掉的话，我不就成了天下第一了吗？正伸爪子想抓猫时，猫却飞身爬上了树。爬树这一招是猫预先准备好不教给老虎的最后的护身之招。如果它不留这一招的话，它早已被老虎吞到肚子里去了。据说中国教武术的老师，大都留下一招，不教给学生，以作护身之用。然而，在德国，在被中国旧时代的顽固保守分子视作"蛮夷之邦"的地方，情况竟迥乎不同。Sieg 先生说得到，也做得到。在他代课的三个学期中，他确实把他最拿手的《梨俱吠陀》和《大疏》都把着手教给了我。关于吐火罗文，下面再谈。一直到今天，我对我这一位祖父般的恩师还念念不忘，一想到他，我心中便油然漾起了幸福之感与感激之情。可惜我自己已经到了望九之年了。

吐火罗文的学习

我在上面已经说到 Sieg 先生读通了吐火罗文的事情。事实上，Sieg 后半生的学术生涯主要是与吐火罗文分不开的。他同 Prof. Siegling，再加上柏林大学印欧语系比较语言学的教授 W. Schulze 三位学者通力协作，费了二十多年的工夫，才把这一种原来简直被认为是"天书"的文字读通；一直到1931年，一册皇皇巨著《吐火罗文文法》（*Tocharische Grammatik*）才正式出版。十年以前，在1921年，Sieg 和 Siegling 已经合作出版了《吐火罗文残卷》（*Tocharische Sprachreste*）。第一册是原文拉丁字母的转写，第二册是原卷的照相复制（即影印本）。婆罗米字母，不像现在的西方语言那样每个字都是分开来书写的，而是除了一些必须分开来书写的字以外，都是连在一起或粘在一起书写的。如果不懂句子的内容，则根本不知道如何把每个字都分拆开来。1921年，这两位著名的吐火罗文破译者在拉丁字母的转写中已经把一个个的字都分拆开来。这就说明，他们已经基本上懂了原文的内容。我说"基本上"，意思是并不全懂。一直到今天，我们仍然不能全懂，还有很多词的含义不明。

吐火罗文，根据学者的研究，共有两个方言，语法和词汇基本相同，但又有不少的区别。根据残卷出土的地点，学者分之为两种方言，前者称之为吐火罗文A，或焉耆文；后者称之为吐火罗文B，或龟兹文。当年这两个方言就分别流行在焉耆和龟兹这两个地区。上面讲到的Sieg、Siegling和Schulze共同合作写成的书主要是讲吐火罗文A焉耆文，间或涉及B方言。原因是B方言的残卷主要贮存在法国巴黎。Sieg和Siegling并非不通吐火罗文B方言。Sieg也有这方面的著作，只是在最初没有集中全力去研究而已。一直到1952年，世界上第一部研究吐火罗文B方言龟兹文的文法，还是出自一个德国学者之手，这就是哥廷根大学的比较语言学教授W. Krause的《西吐火罗文文法》(*Westtocharische Grammatik*)。"西吐火罗文"就是B方言，是相对于处于东面的A方言焉耆文而言的。我在哥廷根大学时，Krause好像还没有进行吐火罗文的研究。后来不知从什么时候起才开始此项研究，估计仍然是受教于Sieg。Krause双目失明而能从事学术界号称难治的比较语言的研究，也算是一大奇事。Krause简直是一个天才，脑子据说像照相机一样，过耳不忘。上堂讲课，只须事前让人把讲义读上一遍，他就能滔滔不绝地讲上两个钟头，一字不差。他能在一个暑假到北欧三国去度假，学会了三国的语言。

吐火罗文的发现与读通，在世界语言学界，特别是在印欧语系比较语言学界，是一件石破天惊的大事。在中国，王静安先生和陈寅恪先生都曾讲过，有新材料的发现才能有新学问的产生。征之中国是如此，征之世界亦然。吐火罗文的出现，使印欧语系这个大家族增添了一个新成员，而且还不是一般的成员，它给这个大家庭带来了新问题。印欧语系共分为两大支派：西支叫做 centum，东支叫做 satam。按地理条件来看，吐火罗文本应属于东支，但实际上却属于西支。这就给学者们带来了迷惑：怎么来解释这个现象呢？这牵涉到民族迁徙的问题，到现在也还没有得到解决。最近在新疆考古发掘，发现了古代印欧人的尸体。这当然也引起了有关学者的关注。

现在来谈我的吐火罗文的学习。

先谈一谈我当时的学习情况。根据我的"学习簿"，我选课的最后一个学期是 1940 年的夏学期。上 Sieg 先生的课，Anmeldung 的日期是这一年的 6 月 25 日，Abmeldung 是在 7 月 27 日。这说明，我的博士论文写完了，而且教授也通过了。按照德国大学的规定，我可以参加口试答辩了。三个系的口试答辩一通过，再把论文正式印刷出来，我就算是哲学博士了。由于当时正在战争中，正式印刷出版这一个必经的手续就简化了，只需用打字机打上几份（当时还没有复印机）交到文学院院长办公室，事情就算完了。因为 Waldschmidt 正在从军，我的口试答辩分两次举行。第一次是两个副系（Nebenfach）：英国语文学和斯拉夫语文学。前者主试人是 Prof. Roeder，后者是

Prof. Braun。完全出我意料，我拿了两个"优"。到了1941年春天，Waldschmidt教授休假回家，我才又补行口试答辩，加上博士论文，又拿了两个"优"，这倒没有出我意料。我一拿就是四个"优"，算是没给祖国丢人。

我此时已经不用再上课，只是自己看书学习，脑筋里想了几个研究题目，搜集资料，准备写作。战争还正在激烈地进行着，Waldschmidt还不能回家，Sieg仍然代理。有一天，他忽然找到了我，说他要教我吐火罗文。世界上第一个权威要亲自教我，按道理说，这实在是千金难买、别人求之不得的好机会。可我听了以后，在惊喜之余，又有点迟疑。我觉得，自己的脑袋容量有限，现在里面已经塞满了不少稀奇古怪的语言文字，好像再也没有空隙可以塞东西了，因此才产生了迟疑。但是，看到Sieg老师那种诚挚认真的神色，我真受到了感动，我当即答应了他。老人脸上漾起了一丝微笑，至今栩栩如在眼前，这是我永世难忘的。

正在这个时候，一位比利时的青年学者，赫梯文的专家Walter Couvreur来到哥廷根，千里寻师，想跟Sieg先生学习吐火罗文。于是Sieg便专为两个外国学生开了一门不见于大学课程表上的新课：吐火罗文。上课地点就在印度学研究所。我的"学习簿"上当然也不会登记上这一门课程。我们用的课本就是我在上面提到的Sieg和Siegling的《吐火罗文残卷》拉丁字母转写本。如果有需要也可对一下吐火罗文残卷的原本的影印本。婆罗米字母老师并不教，全由我们自己去摸索学习。语法当时只有一本，就是那三位德国大师著的那一本厚厚的《吐火罗文文法》。这些就是我们这两个学生的全部"学习资料"。老师对语法只字不讲，一开头就念原文。首先念的是《吐火罗文残卷》中的前几张。我在这里补充说一个情况。吐火罗文残卷在新疆出土时，每一张的一头都有被焚烧的痕迹。焚烧的面积有大有小，但是没有一张是完整的。我后来发现，甚至没有一行是完整的。读这样真正"残"的残卷，其困难概可想见。Sieg 的教法是，先读比较完整的那几张。Sieg 屡屡把这几张称之为 Prachtstücke（漂亮的几张）。这几张的内容大体上是清楚的，个别地方和个别字含义模糊。从一开始，主要就是由老师讲。我们即使想备课，也无从备起。当然，我们学生也绝不轻松，我们要翻文法，学习婆罗米字母。这一部文法绝不是为初学者准备的，简直像是一片原始森林，我们一走进去，立即迷失方向，不辨天日。老师讲过课文以后，我们要跟踪查找文法和词汇表。由于原卷残破，中间空白的地方颇多。老师根据上下文或诗歌的韵律加以补充。这一套办法，在我后来解读吐火罗文 A《弥勒会见记剧本》时，完全使用上了。这是我从 Sieg 老师那里学来的本领之一。这一套看来并不稀奇的本领，在实践中却有极大的用处。没有这一套本领，读残卷是有极大困难的。

我们读那几张 Prachtstücke，读了不久我就发现，这里面讲的故事就是中国大藏经中的《福力太子因缘经》中讲的故事。我将此事告诉了 Sieg 先生，他大喜过望。我曾费了一段时间就这个问题用德文写了一篇相当长的文章，我把我在许多语言中探寻到的同经的异本择其要者译成了德文。Sieg 先生说，这对了解吐火罗文原文有极大的帮助，对我奖誉有加。这篇文章下面再谈。

我现在已经记不清楚我们开始学习吐火罗文的准确时间，也记不清楚每周的时数。大概每周上课两次，每次两小时。因为不是正课，所以也不受学期的限制。根据我那一本《吐火罗文残卷》中的铅笔的笔记来看，我们除了读那几张Prachtstücke之外，还读了大量的其他残卷。当时Sieg先生对原文残缺部分建议补充的字，我都有笔记。根据现在的研究水平来看，这些补充基本上都是正确的，由此可见Sieg先生造诣之博大精深。我现在也记不清我们学习时间究竟用了多长，反正时间是不会短的。

读完了吐火罗文A，又接着读吐火罗文B，也就是龟兹文，或西吐火罗文。关于吐火罗文B，当时德国还没有现成的资料和著作。因此，Sieg先生只能选用法国学者的著作。他选用的一本是法国东方学者烈维（Sylvain Lévi）的 *Fragments de Textes Koutchéens, Udānavarga, Udānastotra, Udānālaṁkāra et Karmavibhaṅga, publiés et traduits avec une vocabulaire et une introduction sur le"Tokharien"*（《库车（龟兹）文残卷》，包含着 *Udānavarga* 等四种佛典，有一个词汇表和一篇论"吐火罗文"的导论），出版时间是1933年，巴黎Imprimerie Nationale。在这里，我要加入一段话。第一，"吐火罗文"这个名称是德国学者、首先是Sieg等坚持使用的。法国学者还有一些其他国家的学者是反对的。为此事还引发了一场笔战，Sieg撰文为此名辩护。第二，德国学者不大瞧得起欧美其他国家的东方学者。在闲谈中，Sieg也经常流露出轻蔑之意。但他们对英国学者H. W. Bailey表示出相当大的敬意，这几乎是唯一的一个例外。在迫不得已的情况下，Sieg使用了烈维这一本书。学习时，更是我们只听Sieg先生一个人讲，因为当时还没有吐火罗文B的文法可供参考。Sieg从这一本书里选了一些章节来念，并没有把全书通读。每次上课时，他总是先指出烈维读婆罗米字母读错的地方，这样的地方还真不算太少。Sieg 老师是一个老实厚道的德国学者，我几乎没有听到他说过别人的坏话，他总是赞美别的学者，独独对于烈维这一本书，他却忍不住经常现出讽刺的微笑。每一次上课总是说："先改错！"我们先读的是 *Udānavarga*，后来又读 *Karmavibhaṅga*。原文旁边有我当时用铅笔写的字迹，时隔半个多世纪，字迹多已漫漶不清，几乎没有法子辨认了。

我在上面已经说过，学习吐火罗文的确切时间已经记不清了。我觉得，确切时间并不是重要问题。我现在也没有时间去仔细翻检我的日记，就让它先模糊一点吧。留在我的回忆中最深刻难忘的情景，是在冬天的课后。冬天日短，黄昏早临，雪满长街，寂无行人。我一个人扶掖着我这位像祖父般的恩师，小心翼翼地踏在雪地上，吱吱有声。我一直把他送到家，看他进了家门，然后再转身回我自己的家。此情此景，时来入梦，是我一生最幸福、最愉快的回忆之一。有此一段回忆，我就觉得此生不虚矣。我离开了德国以后，老人于 50 年代初逝世。由于资料和其他条件的限制，我回国后长期没有能从事吐火罗文的研究。这辜负了恩师的期望，每一念及，辄内疚于心，中夜辗转反侧，难以安睡。幸而到了 80 年代，新疆博物馆的李遇春先生躬自把在新疆新出土的 44 张、88 页用婆罗米字母写成的吐火罗文 A 残卷送到我手里。我大喜过望，赶快把多年尘封的一些吐火罗文的资料和书籍翻了出来，重理旧业，不久就有了结果。我心里感到了很大的安慰，我可以告慰恩师在天之灵了。我心中默祝："我没有辜负了你对我殷切的希望！"然而我此时已经到了耄耋之年，我的人生历程结束有日了。

其他语言的学习

我在哥廷根大学除了学习梵文和吐火罗文外,还学习了一些别的语言。我在上面已经提到过,从1937年夏学期开始,不知为什么,我忽然异想天开,想以阿拉伯文为副系之一,选了Prof. von Soden 的课:初级阿拉伯文。上课的地方就在Gauss-Weber-Haus 楼下。这一次不是我一个学生了,还有一个名叫 Bartels 的德国学生,他的主系是经济学。他人长得英俊漂亮,又十分聪明,很有学语言的天才。他的俄文非常好。有一次我们闲谈,他认为阿拉伯文很难,而俄文则很容易。我则认为阿拉伯文容易,而俄文则颇难。我想,原因大概是,俄文虽然语法复杂,但毕竟同德文一样是一个印欧语系的语言,所以 Bartels 觉得容易。我的母语是汉语,在欧洲人眼中,是一种稀奇古怪的语言。阿拉伯文对他们来说也同样是稀奇古怪的。我习惯于稀奇古怪的语言,两怪相遇,反而觉得不怪了。在第一学期,我们读了一本阿拉伯文法,念了许多例句。教学方法也是德国式的,教授根本不讲语法,一上来就读例句。第二学期,我们就读《古兰经》,没感到有多大困难。阿拉伯文是一种简洁明了的语言,文体清新简明,有一种淳朴的美。我只选了两个学期的阿拉伯文。后来不知为什么,自己又忽然灵机一动,心血来潮,决定放弃阿拉伯文的学习,改以斯拉夫语文学为副系了。

以斯拉夫语文学为副系,除了俄文以外,还必须学习另外一种斯拉夫语言。我选了塞尔维亚—克罗地亚文。虽然写入"学习簿",实际上没有在研究所上课。Prof. Braun 的家同我住的地方只隔一条街,就在他家里上课。他给我选了一本语法,照样是一字不讲，全由我自己去读。我们读的东西不算太多。我恐怕只能算是勉强进了门。这种语言的特点是有声调，不像汉文有四声或者更多的声，而只有两个声调：升和降。这种情况在欧洲其他语言中是没有的。

语言这种东西不是学了就一成不变、永远不忘的，而是很容易忘掉的。就是自己的母语，如果长时间不用也会忘掉的。1946年我回到上海时，长之就发现我说的汉语有点别扭，这一点我自己也略有所感觉。

学习阿拉伯文和塞尔维亚—克罗地亚文，也是用了不少的精力的；可是到了今天，这两种语言对我的研究工作一点用处都没有，早已几乎全部交还给了老师，除了长了点知识以外，简直等于"竹篮子打水一场空"。人在一生中难免浪费一些时间，难免走一点弯路的。如果从小学起就能决定自己一生研究学问的方向，所学的东西都与这个方向有关，一点时间也不浪费，一点弯路也不走，那该有多好啊！然而这样的人恐怕是绝无仅有的。现在社会上用非所学的大有人在。有些人可能浪费的时间比我要长，走的弯路比我要多。

博士论文

梵文学习了几个学期以后，Waldschmidt教授大概认为我"孺子可教"，愿意把我收为门下弟子，便主动找我谈博士论文的事情。他征求我的意见，问我有什么想法。我直率地告诉他，论文题目决不能同中国有任何牵连。我在国内时就十分瞧不起那一些在国外靠中国老祖宗老子、庄子等等的威名写出论文，回国后又靠西方诸大师的威名两头吓唬人的所谓学者。这引得 Waldschmidt 也笑了起来。一般说来，德国教授并不勉强把论文题目塞给学生。他在研究工作中，觉得他这门学问中还有哪一部分需要补充研究，他就把自己的意思告诉学生，征求学生的意见。学生如果同意，题目就算定下来了。Waldschmidt 问我的兴趣何在，我回答说：在研究佛典梵语的语法。早期佛典，除巴利文佛典外，还有许多是用"混合梵文"写成的，不是纯粹的古典梵文，而是搀杂了许多方言成分。方言分东部、西部、西北部等等不同地区，语法变化各有特点。这些佛典原来可能就是方言写成的，在"梵文化"的大趋势下，各个向梵文转化，但转化的程度极不相同，转化所处的阶段也各个不同，从中可以探求一部佛典的原产地。这对印度佛教史的研究有重要意义。我同教授商量的结果是，他把一部分量非常大的混合梵文的佛典交给我去研究。因为其量过大，不可能把全部书的语法现象都弄清楚，于是首先限制在动词上。就是这样，其量也还是过大，于是又限定在限定动词上。这一部大书就是 Mahāvastu（《大事》）。全书用散文和诗歌（伽陀 Gāthā）混合写成。散文部分梵文化的程度较深，因为散文不受韵律限制，容易梵文化，而诗歌部分则保留原来的方言成分较多。我的论文题目定为 Die Konjugation des finiten Verbums in den Gāthās des Mahāvastu（《〈大事〉中伽陀部分限定动词的变化》）。Mahāvastu 一书厚厚的三巨册，校刊出版者是法国梵文学家 E. Senart。从此以后，我每天课余就都在读这一本书。我每天的生活程序是：凌晨起床，在家里吃过早点，就穿过全城从城东走到城西的梵文研究所；中午不回家，在外面饭馆里吃过午饭，仍回研究所，浏览有关的杂志，从来没有什么午睡；一直工作到6点，才回家吃晚饭。天天如此，像刻板一样。只要有书可读，我从来没有感到单调或寂寞，乐也融融。

这一部大书并不容易读。我要查好多字典，梵文的、巴利文的都有，还要经常翻阅 R. Pischel 那一部著名的《俗语语法》。边读边把所有的动词形式都写成卡片，按字母顺序排列起来。遇到困难问题，我从来不找教授。因为这种古怪的文字，对教授来说，也会是陌生的。Senart 的法文注释，也可以参考。主要是靠自己来解决。一时解决不了，就放一放。等到类似的现象发现多了，集拢起来，一比较，有的困难问题自然能得到解决。

写论文的过程，实际上就是学习的过程。我读 Mahāvastu 共用了两年多的时间。同时当然也读了许多与此有关的参考书。书读完后，卡片也做完了，就开始分类编排，逐章逐段写成文章。论文主体写完，又附上了一篇 Anhang：Über die Endung-matha（附录：《论词尾 -matha》），还附上了一个详细的动词字根表。我这一篇博士论文的框架就是如此。

我现在讲一讲"导论"（Einleitung）的问题。论文主体完成以后，我想利用导论来向教授显示一下自己的才华。我穷数月之力，翻阅了大量的专著和杂志，搜集有关混合梵文的资料以及佛典由俗语逐渐梵文化的各种不同的说法。大学图书馆就在印度研究所对面，借书非常方便，兼之德国人素以细致、彻底、效率高闻名全世界，即使借一本平常几乎没有人借阅的古旧的杂志，都不用等很长时间，唾手可得。这也给我提供了写作的便利。结果写成了一篇洋洋万言的"导论"，面面俱到，巨细不遗，把应该或者甚至不太应该、只有点沾亲带故的问题，都一一加以论列。写完以后，自我感觉非常良好，沾沾自喜，把全部论文请 Irmgard Meyer 小姐用打字机打好，等到

Waldschmidt休假时，亲自呈送给他，满以为他会大大地把自己褒奖一番的。然而，事与愿违。过了几天，他把我叫了去，并没有生气，只是面带笑容地把论文稿子交给了我。对其余部分他大概还是非常满意的，只是我的心肝宝贝，那一篇"导论"却一字未动，只在文前划了一个前括号，在最后划了一个后括号，意思很明显，就是统统删掉。这完全出我期望，几乎一棍子把我打晕。他慢慢地对我解释说："你讨论这个问题，面面俱到。其实哪一面也不够充实、坚牢。人家如果想攻击你，从什么地方都能下手。你是防不胜防！"他用了"攻击"这个字眼儿，我至今忆念不忘。我猛然省悟，心悦诚服地接受了他这一"棒喝"，把"导论"一概不要，又重新写了一篇相当短而扎实得多的"导论"，就是现在出版的这一篇。在留德十年中，我当然从这位大师那里学习了不少的本领、不少的招数。但是，给我留下印象最深的还是这一篇"导论"，我终生难忘。以后我教我的学生时也经常向他们讲这个故事。写学术论文，千万不要多说废话，最好能够做到每一句话都有根据。我最佩服的中外两个大学者Heinrich Lüders和陈寅恪就是半句废话也不说的典范。可惜有时候我自己也做不到，我的学术论文中还是有废话的。

现在再谈一谈论文的附录：*Über die Endung-matha*的问题。这一个动词第一人称复数的词尾，不见于其他佛典内。Senart也觉得奇怪，他想把它解释为-ma atha。但是，我把*Mahāvastu*全书中所有有-matha这个词尾的动词形式都搜集到一起，明确无误地证明了-matha只能是一个完整的动词词尾，Senart的解释是完全站不住脚的。虽然我也意识到这是我的一个新发现，所以才以"附录"的形式让它独立出来；但是，由于我对印欧语系比较语言学钻研不深，我还不能理解这个新发现的重要意义。上面提到的 Krause 教授，我的论文一写完，就让人读给他听。当他听到关于 -matha 的这一段时，大为惊喜，连声说："这是一个了不起的发现！"原来同样或者类似的词尾在古代希腊文中也有。一个西方的希腊，一个东方印度的 *Mahāvastu*，相距万里，而竟有同样的词尾，这会给印欧语系比较语言学的研究带来新问题，给予新启发。他逢人便讲，至少在 Gauss-Weber-Haus 里，颇引起了一点轰动。连专攻斯拉夫语文学的 Boehncke 小姐，见面时也对我提起此事。

最早的几篇德文论文

1. *Parallelversionen zur tocharischen Rezension des Puṇyavanṭa-Jātaka*（《吐火罗文本的〈佛说福力太子因缘经〉诸异本》）

博士论文结束以后，脑筋里就考虑如何进一步再读一些书，写一些论文。我一向习惯于同时进行多篇论文的写作，不喜欢单打一。当时正在跟 Sieg 教授读吐火罗文。第一篇读的就是《福力太子因缘经》。我当时整天翻看汉译《大藏经》，首先发现，我们正在读的吐火罗文在《大藏经》中有多种平行的异本。其中最重要的就是《福力太子因缘经》。汉文以外，在许多其他的语言中也能找到与吐火罗文故事相仿的故事，比如藏文、于阗文、梵文等等。*Mahāvastu* 中就有这个故事。我在上面曾说过，吐火罗文残卷残得非常厉害，解释起来非常困难。同一个故事，同一种佛经，倘能在其他我们能读懂的文字中找到哪怕是内容接近的本子，对于解释吐火罗文也会有极大的帮助。Sieg 和 Siegling 之所以能读通吐火罗文，主要使用的也是这种方法。但是，找这种内容相同或相近的异本也并非易事，有时简直是可遇而不可求。在读《福力太子因缘经》时，因为我对汉译佛典比较熟一些，所以我找起来就比较容易。拿这一点来要求西方的吐火罗文学者，是不公平的、不切实际的。在读的过程中，我陆续发现了汉文异本，有的与整个故事相同，有的同大故事中的小故事相同或者相似。原来吐火罗文中有一些不认识的字，经过同汉文一对比，立即可以认识了。我只举几个例子。《吐火罗文残卷》中 *Prachtstücke* 就是《福力太子因缘经》。其中 No. 1，反面第一行 lyom，原来不知何意；同汉文一对，确切知道它的含义是"泥"。反面第三行 iṣanäs，原来也不知何意；同汉文一对比，可以肯定它的含义是"堑"，也就是"护城河"。类似的例子还有不少，都是多少年来让两位学者迷惑不解的。现在一旦有了汉文的平行异本，困难和迷惑就涣然冰释，豁然开朗。这一位已届垂暮之年的老教授，其心中狂喜的程度概可想见了。他立即敦促我把找到的资料写成文章。我从汉译佛典中选出了一些经文，译成了德文，加上了必要的注释。这样对以后的研究者会有很大的好处。全文请参阅拙著《印度古代语言论集》，中国社会科学出版社，1982年，133—187页。又见《季羡林文集》。

2. *Die Umwandlung der Endung -aṃ in -o und -u im Mittelindischen*（《中世纪印度语言中语尾 -aṃ 变为 -o 和 -u 的现象》）

我在阅读用混合梵文写成的佛典时，在不少地方发现语尾 -aṃ 变成了 -o 和 -u 的现象，这是一个不寻常的音变。于是我就留意搜集资料，准备做一番比较彻底的探讨。我在阿育王碑铭里找到这个现象，在比较晚的用佉卢字母（一种由右向左写的字母）写成的碑铭里，在中国新疆尼雅（Niya）地区发现的俗语文书里，在和阗俗语里，在 Dutreuil de Rhins 所搜集到的残卷里，在用混合梵文所写成的佛典里，在 Apabhraṃsa 里，甚至在于阗塞种语、窣利语和吐火罗文 B（龟兹文）等等里面，都发现了这种现象。这个音变现象延续的时间很长，传布的地区很广，很值得深入研究。

我在这里顺便插入一段话，讲一讲确定印度古代俗语的地域的办法。根据 Heinrich Lüders 在很多文章中讲到的观点，我认为，比较可靠的确定地域的办法是利用阿育王碑。Lüders 说，阿育王统治的版图，在印度古代史上，是前无古人的。他制定了一些敕令，其中多半是一些道德教条和有利于自己统治的规定。他命令大臣用他的首都所在地的东部的方言写成敕令，他不用梵文。Lüders 称阿育王使用的语言为"古代半摩揭陀语"。这种方言显然不能流通于他所统治的天下，而他偏又想使所有地域的人民都能明白他的敕令的内容。于是他就让人把用古代半摩揭陀语写成的敕令翻译——有时候并不是严格的直译——成各地的方言，刻在石碑或石柱上，便于普天之下的臣民阅读。因此，他在全国许多地方所竖立的石碑的语言是不相同的。把这些不相同的语言——本来是来自同一种语言的——排列在一起，其不同之处昭然可见。用这种办法来探讨各地方言语法特点，是行之有效的，是无可非议的。

我就是用这种办法来确定语尾 -aṃ 变为 -o 和 -u 的地域性的。读者如有兴趣，请参阅《印度古代语言论集》189—190 页我所列的表。看了这个表，就一目了然。-aṃ 变成 -o 是印度古代西北部方言的特点。事实俱在，实际上是无可争议的。这个方言特点从印度西北部一直传布到与之接壤的中国新疆，这也是完全合情合理的。我在这一篇论文里，非常慎重地、非常细致地考察了几种佛典，比如《妙法莲华经》等等，从中找到了一些证据，证明一些佛典由原来的古代半摩揭陀语向西北方言转化，然后或者同时梵文化。具体的叙述，请参阅那一篇论文。我自谓，自己的做法是步步为营，稳扎稳打，似乎是无懈可击了。然而以美国梵文学者爱哲顿（Franklin Edgerton）为代表的几个不同国家的梵文学者却提出了异议，不同意我的说法。研究学问有异议，是一个非常好的现象。真理愈辩愈明，不要怕争论，不要怕异议。但是，古今中外都有一些学者，总想用从鸡蛋里挑刺的办法，来显示自己的高明和权威。在 -aṃ＞o 和 u 这个问题上，爱哲顿就是这样一位学者。可惜他的论证本身就不能自圆其说，矛盾层出。这个问题，下面我还会谈到，这里就先不提了。

3. *Pāli Āsīyati*

这是一篇比较短的论文，但是对巴利文 āsīyati 这个词的来源，却做出了可以肯定是正确的答案。许多巴利文学者都对这个词的来源提出了自己的看法。但是，他们的目光都为巴利文所限。我是第一个冲破这个限制的。我在混合梵文里找到了这个词，而且根据上下文，提出了我的看法。

4. *Die Verwendung des Aorists als Kriterium für Alter und Ursprung buddhistischer Texte*（《应用不定过去时的使用以断定佛典的产生时间和地区》）

这是我在哥廷根大学继博士论文之后最长的一篇论文，用了我几年的时间。我原来的题目是 *In den Mittelindischen Aoristen*（《论中世纪印度语言中的不定过去时》），发表时我的老师 Waldschmidt 教授改为现在这个题目。

我原来并无意写这样一篇文章。但是,多少年来,在阅读许多用混合梵文写成的佛典时,我逐渐注意到了不定过去时这个通常并不太常见的语法形式,做了一些笔记和卡片。积久渐多,综合起一看,顿时觉得其中大有文章可做。于是就对不定过去时这个语法形式认真严肃地注意起来。我把我自己所能找到的梵文原文的佛典统统搜集到一起,仔细阅读,特别注意不定过去时。有的同一部佛典,最初的文本可能只有一种,后来由于梵文化的原因,文字有了改变。专就不定过去时而论,有的被保留了下来,有的就被替换掉。这是一个非常有趣的语法现象。为什么会出现这种情况呢?这就是我要探讨的问题。

有不少用混合梵文写成的佛典,明显地可以分出两种文体来:早一点的和晚一点的。佛典的编纂者几乎都"代圣人立言",把自己编的经说成是"佛说"。《大藏经》里面有大量的"佛说这种经""佛说那种经",都根本不是"佛说"的。还有一种常见的现象:一个和尚在写一部经,他眼前有现成的古本,于是他就从古本抄一段,自己又加上一段。他就这样编写下去。如果他肯用一点心的话,他至少应当把书本的文体和他自己的文体统一一下。把分歧很大的地方抹抹平。但是有时这一点力他们也不想费,尽量抄开,抄开。因此有不少留传下来的佛典在文体上有明显的分歧。要区分新旧文体,有的简直易如反掌。

在佛经中还有一种情况:有时,一段古经——即使是古经,也很难说就是从"原始佛典"(Urkanon)抄来的。关于"原始佛典"的问题,有人主张有,有人坚决否认,我属于前者——后来被许多用不同文字纂成的佛典辗转抄录,抄录一遍,文字改动一点。改动的原因有的是由于方言的不同,有的是由于地域的不同,有的可能就属于"梵文化"的问题。不管怎样,文字反正是改动了。如果细心注意这种改动,就能发现一些新问题。

我注意到这种改动了,我发现新问题了。新问题中最突出的就是不定过去时的改动。我的探讨是从 *Mahāvastu* 开始的。H. Oldenberg 写过一篇关于 *Mahāvastu* 的论文。他明确无误地在这一部佛典中分出了两种文体:一老,一新。证据确凿,无可怀疑。我从中引了几段,用与之相对应的古本,比如 *Mahāvagga*、*Dīghanikāya* 等来对比。结果是,新本里面几乎没有不定过去时,旧本里则有不少。这些老本里面的不定过去时,到了新本里,则被其他形式所代替,有的是过去时,有的是未完成时。这同样的现象我又在其他佛典中发现,比如 *Divyāvadāna*、*Lalītavistara* 等等。之后,我又考察了许多佛典,包括巴利文佛典、大乘佛典在内,专门探讨不定过去时这个语法现象。结果是一样的。我的结论是:老的佛典中不定过去时多,而新的佛典则少,甚至根本没有。

以上讲的是时间问题,佛典产生的地域有没有问题呢?我的极其肯定的回答是:有的。这里就牵涉到印度佛教史上的一个重大问题:有没有一种所谓 Urkanon("原始佛典",Lüders 常用这个词)呢?西方梵文学者对此有完全针锋相对的意见,一派说有,一派说无。前者的代表人物是 Heinrich Lüders,后者则以一部分德国学者和一部分法国学者为代表,人数上占绝对优势。我自附于 Lüders 一派。真理并不决定于人数的多少,有时候,特别是一种新学说初出现时,真理是掌握在少数人,甚至一两人手中的。我认为,Urkanon 就是如此。Lüders 曾在很多地方讲到"原始佛典"的问题。他逝世后由他的徒弟,我的老师 Waldschmidt 把他生前想写而且也确实写成了的关于 Udānavarga 的文章（此文由于战争关系已丢失）的侥幸留下的卡片等东西编纂整理成了一部书《原始佛典语言的观察》(Beobachtungen Über die Sprache des buddhistischen Urkanon)，充分说明了佛教原始经典的语言特点。有这样一部原始佛典存在，是无可争议的。

在这里，我想插上一段闲话，绝对不是"嘉话"或者"佳话"，而是不"佳"的话。Lüders 毕生著作等身，几乎篇篇著作都有新发现或新见解。据说他一生用力最勤、自己也最为看重的一部书，就是研究 Udānavarga 的。然而在第二次世界大战中丢失了的却偏偏就是这一部分的稿子。这是无论如何也无法挽回的一个损失。然而，无独有偶，在中国抗日战争时期，衣冠南渡，陈寅恪师以毕生精力，经过了几十年的时间，为《世说新语》写注。在他丢失的书籍中，偏偏有这一部书，这也是无论如何也无法弥补的损失。东西两位大师遭受同样的厄运。我们真不知道怎样说好。

现在仍然谈"原始佛典"问题。据我的看法，Lüders 所说的佛典决不是像后来的包括经、律、论三大部分的整整齐齐的经典。"原始佛典"的形成，应该同中国的《论语》差不多。孔子向弟子们说的一些话，弟子们牢牢记了下来，结果就形成了《论语》这样一部书。释迦牟尼的情况大概也差不多。他经常向弟子们说的一些话，弟子们记在脑子里。与孔子时代不同的是，释迦牟尼时代印度还没有文字，弟子们只能依靠记忆。佛祖最初讲的不出他在菩提树悟道时想到的那些"道"，不出十二因缘、四圣谛一类。他经常讲，弟子们记在心中。以后就以此为基础，像滚雪球那样越滚越大，最后才形成了具备经、律、论的《大藏经》。西方一些学者反对"原始佛典"的一些说法，说明他们根本不了解我在上面想象的那一个非常合情合理的过程，硬说释迦牟尼刚涅槃以后不久不可能有完备的佛典。Lüders 从来没有说过有完全成一套的佛典。我同意 Lüders 的说法，我要捍卫他的说法。在欧洲一些国，只有少数德国梵文学者反对这种说法。在法国和比利时，则几乎所有的梵文学者都反对。我发现，欧洲梵文学者中，门户之见还是相当严重的。我并不是因为在德国留学才成为"德国派"的，我的无上标准就是真理。我总感觉到，欧美一些梵文学者，方法不严密，偏见根深蒂固；同他们写文章辩论，好像是驴唇对不上马嘴。

由于反对"原始佛典"，他们也就反对"原始佛典"最初是用东部方言，Lüders 称之为"古代半摩揭陀语"纂成的。Lüders 在上面提到的那一部大著中以及在许多论文里，都十分明确地讲到东部方言的特点，详细的例子请参阅该书。其中最明显的，简直是无法驳倒的，我认为就是名词阳性复数的体格和业格，甚至阴性名词也包括在里面。古典梵文名词阳性复数的语尾体格是 āḥ，业格是 ān，而在东部方言里则变成了 āni，体、业相同。如果仅有少数几个例子，可能解释为词类变换，由阳性变为中性，因为中性名词是这样变化的。但是例子极多，多到无法用词类变换来解释的程度。一个崇尚实事求是的学者本应该承认这个事实的。然而不然，有一些学者，举不出理由，硬是坚决不承认。

我是笃信有一个最初用东部方言纂成的（还不能说"写"成，因为当时还没有发明文字）"原始佛典"的。我在同一部佛典的较古的部分中找到许多东部方言的特点。我在上面已经说到，"原始佛典"的语言是东部方言，古代半摩揭陀语。我着重寻找了古典梵文阳性和阴性名词复数体格和业格的语尾是āni的单词，数量颇大（请参看《印度古代语言论集》，281—290）。这样大量的例子，西方一些梵文学者硬是视而不见，殊不可解。抱这种态度来研究学问，真不免令人忧心忡忡。

总之，一句话在这些有东部方言特点的较古的部分中，不定过去时也就多。到了东部方言特点逐渐消失了的新的部分，不定过去时也逐渐为其他语法形式所取代。因此，结论就在眼前：不定过去时这个语法形式最初流行于东部方言纂成的接近"原始佛典"的一些佛典中。在晚出的一些佛典中就构成了两部分中的较古部分；在较晚的或者较新的部分中则逐渐消失。我个人认为这个结论是持之有据、言之成理的。

但是，有的学者，比如Lamotte之流则表现了颇为奇怪的态度。他对我提出的那一些东部方言的特点，横挑鼻子竖挑眼，挖空心思，找出个把例外，以期推翻全部例证，方法既不周密，论证亦复牵强。说实话，这种治学方法我无论如何也不敢恭维。我已经习惯于德国学者（有少数例外）的那种坚实、周到、细致、彻底的，几乎是滴水不漏的治学方法，对其他国家的一些梵文学者，比如Edgerton、Lamotte等等那种轻率的学风，总觉得不是味儿，总觉得，做学问不该这样子。

对我这一篇论文，我就说这么多。

我还想借这个机会谈几点离题不太远的问题。首先是做文章选题。在这里无非有两种形式，一个是别人出题，你写文章。过去的八股文，都是试官出题。后来的学校考试，也都是学校命题。此外，还有不少事情是别人出题的。某个部分或科学院的某一个所或某一个学校，要制定科学研究规划，都必须先有题目，然后作文。其结果是众所周知的。一千多年的科举考试，几乎没有一篇优秀的文章流传下来。其原因并不难找。别人出题，应试者非按题作文不行，毫无兴趣，毫无灵感，这样怎么能出好文章？我最反对科研制定规划（从宏观上规定研究范围，是可以的），然而言者谆谆，听者藐藐。这样主持科研的人，为数颇多，贻害亦大。

另外一种方式是自己选题。选题的契机是多种多样的。"从杂志缝里找题目"，是其中之一。过去在极"左"思想流毒的时期，"以论带史"被视为天经地义；从杂志缝里找题目，则被批判，被嘲笑，滔滔者天下皆是也。真正懂科学研究的人，新题目往往是从杂志缝里找来的。所谓"杂志缝里"指的是别人的文章。读别人的文章时，往往顿时发现其中的不足之处，或者甚至错误之处，灵机一动，自己提起笔来，写一篇文章，加以补充，或加以纠正。补充与纠正都是进步。我们人文社会科学研究者，除了那些非说不行的假、大、空、废四话之外，说真话才能有真文章。离开了别人的论文，你就难以知道真话在什么地方。

我认为，我的这一篇关于不定过去时的论文，就是从"杂志缝里"找到的题目。

其次，我还想借题发挥一下我研究印度古代混合语言佛典的一些特点。关于这个问题，我在上面已经零零星星地讲到过了，现在再归纳起来讲一讲。世界上几个大宗教都有自己的圣经宝典，比如伊斯兰教的《古兰经》，天主教和基督教的《新约》《旧约》等。佛教则不然，它没有仅仅一两部大家公认的宝典，而是有不知多少部。在梵文佛典写成以前，除了巴利文《大藏经》之外，用混合梵语写成的佛典也大量存在。这些佛典原来方言俗语成分多，或者净是纯粹的方言俗语，以后逐渐梵文化，这我在上面已经提到过。方言俗语有时间的不同，有地域的不同。研究这些方言俗语的原型和梵文化，就能大体上确定一部佛典产生的时间和地域，以及它在流布中吸收其他方言俗语的情况。我觉得这个方法是可靠的。研究印度古代佛教史，不能不研究佛教的部派，而部派除了各自在教义上有某一些特点外，在语言上也各有各的经堂语。因此，研究佛教史，决不能忽视语言问题。

再次，我想谈一谈研究方法问题。我始终认为当年胡适之先生提出来的十字方针"大胆的假设，小心的求证"，是不刊之论。在极左思潮泛滥时期，许多学者奉命批判胡适，不知道列举了他多少罪状，大多捕风捉影，牵强附会，栽赃诬陷，玩弄刀笔。抓住一点——还不一定是有把握的一点——无限上纲。学术要为政治服务，自古已然，司马光的《资治通鉴》是一个著名的例子。但是，为政治服务，并不等于抹煞真理。如果以抹煞真理为代价而为政治服务，必然会给政治帮倒忙。殷鉴不远，中国当代史上的极"左"时期，就是一个最鲜明的例子。其结果只能扼杀学术，而破坏经济。胡适之先生的一生功过自有公论，这里不是谈这个问题的地方。专就他这个十字方针而论，我认为是放之天下而皆准的。无论是人文社会科学，还是自然科学，莫不皆然。研究一个问题，你总会有初步的想法的，总会有初步的假设的。除非你是奉命为文，结论早已经有了，你只是用做八股文的办法，"代圣人立言"。写这种文章，用不着什么假设，你只需东抄西抄，生搬硬套，然后寻摘几句语录。因此，写这种文章连脑筋都用不着。有谁会认真读，会真相信这样的文章呢？只有天晓得。胡先生提出了"大胆的假设"，我再补充一点：假设越大胆越好。想当年，人们都说太阳绕地球而行，而哥白尼偏偏假设地球绕太阳而行，这个胆可谓大矣。假设大小与对科学既成学说的突破成正比。缩手缩脚地来假设，成不了大气候。但是，胡先生的第二句话："小心的求证"，更为重要。我在这里也补充一句：求证越小心越好。求证必须以万分认真的态度，不厌其烦，不厌其难，打破砂锅问到底，上下四周，前后左右，眼观四面，耳听八方，来搜寻证据。这里还必须有足够的学术良心。自己的假设，不管自己多么喜爱，多么认为是神来之笔、石破天惊，倘遇到过硬的证据，证明这个假设不能成立，或者部分不能成立，自己必须当机立断，抛弃全部或者一部分假设。然后再奋勇前进，锲而不舍，另立新的假设，或者补充旧的假设。这种舍弃与补充有时可能循环往复，重复上很多遍，最终才能达到符合实际的，也就是符合真理的结论。这才是真正的科学研究。可惜古今中外都有少数所谓"科学家"，为了维护自己认为非常"妙"的假设，碰到了过硬的证据，证明其伪，却不愿意抛弃，于是就伪造证据。对自然科学家来说，就是伪造实验数据，以蒙蔽世人，求得名誉。一旦被戳破，则人格扫地，不齿于士林。我们都应当以此为戒。这种玩火自焚的事，千万干不得。

我在写关于不定过去时这一篇论文时，经过多次修改或补充自己初步的假设，最后才得出了现在这个结论。不管什么人，也不管出于什么动机，曾反对过这一篇论文的某一部分。但是到今天，已经过了半个多世纪，我真诚地检阅全文，我的结论并无破绽，还是正确的。在下面我还将再谈这个问题。

但是，我不敢骄傲自满——那不是我的本性。我经常想到，论文里面还有一个重大问题有待于解决，这就是：为什么巴利文中不定过去时特别多？巴利文一向被视为一种西部方言，本来不该有这样多的不定过去时的。我的初步考虑是，对巴利文的归属问题还有待于重新探讨。按照印度的传统说法，巴利文是摩揭陀方言，也就是东部方言。西方学者中也有这样主张的，德国学者 Wilhelm Geiger 就是其中之一。将来如能有充足的时间，找到充分的资料，我还准备写这样一篇论文的。

最后，我还想补充一点。上面讲到的文章，第一篇关于吐火罗文《福力太子因缘经》的那一篇，由 Sieg 先生推荐，发表在著名的《德国东方学会的杂志》（*Zeitschrift der Deutschen Morgenländischen Gesellschaft*）上。第二篇 -aṃ＞o 和 u 那一篇和第四篇关于不定过去时的那一篇，前一篇由 Sieg 先生推荐，后一篇由 Waldschmidt 先生推荐，刊登在哥廷根科学院的院刊上。熟悉德国学术界情况的人都知道，科学院院刊都是享有至高无上的权威的刊物，在上面发表文章者多为院士一级的学者。我以一个二十多岁至三十岁出头的毛头小伙子，竟能在上面发表文章，极为罕见。我能滥竽其中，得附骥尾，不能不感到光荣。可惜由于原文是德文，在国内，甚至我的学生和同行，读过那几篇论文的，为数甚少。介绍我的所谓"学术成就"的人，也大多不谈。说句老实话，我真感到多少有点遗憾，有点寂寞。

在德国十年的学术回忆，就到此为止。

十年回顾

自己觉得德国十年的学术回忆好像是写完了。但是，仔细一想，又好像是没有写完，还缺少一个总结回顾，所以又加上了这一段。把它当做回忆的一部分，或者让它独立于回忆之外，都是可以的。

在我一生六十多年的学术研究的过程中，德国十年是至关重要的关键性的十年。我在上面已经提到过，如果我的学术研究有一个发轫期的话，真正的发轫不是在清华大学，而是在德国哥廷根大学。我也提到过，如果我不是出于一个非常偶然的机遇来到德国的话，我的一生将会完完全全是另一个样子。我今天究竟会在什么地方，还能不能活着，都是一个未知数。

但是，这个十年并不是一个简单的十年，有它辉煌成功的一面，也有它阴暗悲惨的一面。所有这一切都比较详细地写在我的《留德十年》一书中，读者如有兴趣，可参阅。因为我现在写的《自述》重点是在学术；在生活方面，如无必要，我不涉及。我在上面写的我在哥廷根十年的学术活动，主要以学术论文为经，写出了我的经验与教训。我现在想以读书为纲，写我读书的情况。我辈知识分子一辈子与书为伍，不是写书，就是读书，二者是并行的，是非并行不可的。

我已经活过了八个多十年，已经到了望九之年。但是，在读书条件和读书环境方面，哪一个十年也不能同哥廷根的十年相比。在生活方面，我是一个最枯燥乏味的人，所有的玩的东西，我几乎全不会，也几乎全无兴趣。我平生最羡慕两种人：一个是画家，一个是音乐家。而这两种艺术是最需天才的，没有天赋而勉强对付，决无成就。可是造化小儿偏偏跟我开玩笑，只赋予我这方面的兴趣，而不赋予我那方面天才。《汉书·董仲舒传》说："古人有言曰：'临渊羡鱼，不如退而结网。'"我极想"退而结网"，可惜找不到结网用的绳子，一生只能做一个羡鱼者。我自己对我这种个性也并不满意。我常常把自己比做一盆花，只有枝干而没有绿叶，更谈不到有什么花。

在哥廷根的十年，我这种怪脾气发挥得淋漓尽致。哥廷根是一个小城，除了一个剧院和几个电影院以外，任何消遣的地方都没有。我又是一介穷书生，没有钱，其实也是没有时间冬夏两季到高山和海滨去旅游。我所有的仅仅是时间和书籍。学校从来不开什么会。有一些学生会偶尔举行晚会跳舞。我去了以后，也只能枯坐一旁，呆若木鸡。这里中国学生也极少，有一段时间，全城只有我一个中国人。这种孤独寂静的环境，正好给了我空前绝后的读书的机会。我在国内不是没有读过书，但是，从广度和深度两个方面来看，什么时候也比不上在哥廷根。

我读书有两个地方，分两大种类，一个是有关梵文、巴利文和吐火罗文等等的书籍，一个是汉文的书籍。我很少在家里读书，因为我没有钱买专业图书，家里这方面的书非常少。在家里，我只在晚上临睡前读一些德文的小说，Thomas Mann 的名著 *Buddenbrooks* 就是这样读完的。我早晨起床后在家里吃早点，早点极简单，只有两片面包和一点黄油和香肠。到了后来，第二次世界大战爆发后，首先在餐桌上消逝的是香肠，后来是黄油，最后只剩一片有鱼腥味的面包了。最初还有茶可喝，后来只能喝白开水了。早点后，我一般是到梵文研究所去，在那里一呆就是一天，午饭在学生食堂或者饭馆里吃，吃完就回研究所。整整十年，不懂什么叫午睡，德国人也没有午睡的习惯。

我读梵文、巴利文、吐火罗文的书籍，一般都是在梵文研究所里。因此，我想先把梵文研究所图书收藏的情况介绍一下。哥廷根大学的各个研究所都有自己的图书室。梵文图书室起源于何时、何人，我当时就没有细问。可能是源于 Franz

Kielhorn，他是哥廷根大学的第一个梵文教授。他在印度长年累月搜集到的一些极其珍贵的碑铭的拓片，都收藏在研究所对面的大学图书馆里。他的继任人 Hermann Oldenberg 在他逝世后把大部分藏书都卖给了或者赠给了梵文研究所。其中最珍贵的还不是已经出版的书籍，而是零篇的论文。当时 Oldenberg 是国际上赫赫有名的梵学大师，同全世界各国的同行们互通声气，对全世界梵文研究的情况了如指掌。广通声气的做法不外一是互相邀请讲学，二是互赠专著和单篇论文。专著易得，而单篇论文，由于国别太多，杂志太多，搜集颇为困难。只有像 Oldenberg 这样的大学者才有可能搜集比较完备。Oldenberg 把这些单篇论文都装订成册，看样子是按收到时间的先后顺序装订起来的，并没有分类。皇皇几十巨册，整整齐齐地排列书架上。我认为，这些零篇论文是梵文研究所的镇所之宝。除了这些宝贝以外，其他梵文、巴利文一般常用的书都应有尽有。其中也不乏名贵的版本，比如 Max Müller 校订出版的印度最古的典籍《梨俱吠陀》原刊本，Whitney 校订的《阿闼婆吠陀》原刊本。Boehtlingk 和 Roth 的被视为词典典范的《圣彼德堡梵文大词典》原本和缩短本，也都是难得的书籍。至于其他字典和工具书，无不应有尽有。

我每天几乎是一个人坐拥书城，"躲进小楼成一统"，我就是这些宝典的伙伴和主人，它们任我支配，其威风虽南面王不易也。整个 Gauss-Weber-Haus 平常总是非常寂静，里面的人不多，而德国人又不习惯于大声说话，干什么事都只静悄悄的。门外介于研究所与大学图书馆之间的马路，是通往车站的交通要道；但是哥廷根城还不见汽车，于是本应该喧闹的马路，也如"结庐在人境，而无车马喧"。这真是一个读书的最理想的地方。

除了礼拜天和假日外,我每天就到这里来。主要工作是同三大厚册的 Mahāvastu 拼命。一旦感到疲倦,就站起来,走到摆满了书的书架旁,信手抽出一本书来,或浏览,或仔细阅读。积时既久,我对当时世界上梵文、巴利文和佛教研究的情况,心中大体上有一个轮廓。世界各国的有关著作,这里基本上都有。而且德国还有一种特殊的购书制度,除了大学图书馆有充足的购书经费之外,每一个研究所都有自己独立的购书经费,教授可以任意购买他认为有用的书,不管大学图书馆是否有复本。当 Waldschmidt 被征从军时,这个买书的权力就转到了我的手中。我愿意买什么书,就买什么书。书买回来以后,编目也不一定很科学,把性质相同或相类的书编排在一起就行了。借书是绝对自由的,有一个借书簿,自己写上借出书的书名、借出日期;归还时,写上一个归还日期就行了。从来没有人来管,可是也从来没有丢过书,不管是多么珍贵的版本。除了书籍以外,世界各国有关印度学和东方学的杂志,这里也应有尽有。总之,这是一个很不错的专业图书室。

我就是在这样的情况下畅游于书海之中。我读书粗略地可以分为两类:一类是细读的,一类是浏览的。细读的数目不可能太多。学梵文必须熟练地掌握语法。我上面提到的 Stenzler 的《梵文基础读本》,虽有许多优点,但是毕竟还太简略;入门足够,深入却难。在这时候必须熟读 Kielhorn 的《梵文文法》,我在这一本书上下过苦工夫,读了不知多少遍。其次,我对 Oldenberg 的几本书,比如《佛陀》等等都从头到尾细读过。他的一些论文,比如分析 Mahāvastu 的文体的那一篇,为了写论文,我也都细读过。Whitney 和 Wackernagel 的梵文文法,Debruner 续 Wackernagel 的那一本书,以及 W. Geiger 的关于巴利文的著作,我都下过工夫。但是,我最服膺的还是我的太老师 Heinrich Lüders,他的书,我只要能得到,就一定仔细阅读。他的论文集 Philologica Indica 是一部很大的书,我从头到尾仔细读过一遍,有的文章读过多遍。像这样研究印度古代语言、宗教、文学、碑铭等的对一般人来说都是极为枯燥、深奥的文章,应该说是最乏味的东西。喜欢读这样文章的人恐怕极少极少,然而我却情有独钟;我最爱读中外两位大学者的文章,中国是陈寅恪先生,西方就是 Lüders 先生。这两位大师实有异曲同工之妙。他们为文,如剥春笋,一层层剥下去,愈剥愈细;面面俱到,巨细无遗;叙述不讲空话,论证必有根据;从来不引僻书以自炫,所引者多为常见书籍;别人视而不见的,他们偏能注意;表面上并不艰深玄奥,于平淡中却能见神奇;有时真如"山重水复疑无路",转眼间"柳暗花明又一村";迂回曲折,最后得出结论,让你顿时觉得豁然开朗,口服心服。人们一般读文学作品能得美感享受,身轻神怡。然而我读两位大师的论文时得到的美感享受,与读文学作品时所得到的迥乎不同,却似乎更深更高。也许有人会认为这是我个人的怪癖;我自己觉得,这确实是"癖",然而毫无"怪"可言。"此中有真意,欲辨已忘言",实不足为外人道也。

上面谈的是我读梵文著作方面的一些感受。但是,当时我读的书绝不限于梵文典籍。我在上面已经说到,哥廷根大学有一个汉学研究所。所内有一个比梵文研究所图书室大到许多倍的汉文图书室。为什么比梵文图书室大这样多呢?原因是大学图书馆中没有收藏汉籍,所有的汉籍以及中国少数民族的语言,如藏文、蒙文、西夏文、女真文之类的典籍都收藏在汉学研究所中。这个所的图书室，由于 Gustav Haloun 教授的惨淡经营，大量从中国和日本购进汉文典籍，在欧洲颇有点名气。我曾在那里会见过许多世界知名的汉学家，比如英国的 Athur Waley 等等。汉学研究所所在的大楼比 Gauss-Weber-Haus 要大得多，也宏伟得多；房子极高极大。汉学研究所在二楼上，上面还有多少层，我不清楚。我始终也没有弄清楚，偌大一座大楼是做什么用的。十年之久，我不记得，除了打扫卫生的一位老太婆，还在这里见到过什么人。院子极大，有极高极粗的几棵古树，样子都有五六百年的树龄，地上绿草如茵。楼内楼外，干干净净，比梵文研究所更寂静，也更幽雅，真是读书的好地方。

我每个礼拜总来这里几次，有时是来上课，更多地是来看书。我看得最多的是日本出版的《大正新修大藏经》。有一段时间，我帮助 Waldschmidt 查阅佛典。他正写他那一部有名的关于释迦牟尼涅槃前游行的叙述的大著。他校刊新疆发现的佛经梵文残卷，也需要汉译佛典中的材料，特别是唐义净译的那几部数量极大的"根本说一切有部律"。至于我自己读的书，则范围广泛。十几万册汉籍，本本我都有兴趣。到了这里，就仿佛回到了祖国一般。我记得这里藏有几部明版的小说。是否是宇内孤本，因为我不通此道，我说不清楚。即使是的话，也都埋在深深的"矿井"中，永世难见天日了。自从 1937 年 Gustav Haloun 教授离开哥廷根大学到英国剑桥大学去任汉学讲座教授以后，有很长一段时间，汉学研究所就由我一个人来管理。我每次来到这里，空荡荡的六七间大屋子就只有我一个人，万籁俱寂，静到能听到自己心跳的声音。在绝对的寂静中，我盘桓于成排的大书架之间，架上摆的是中国人民智慧的结晶，我心中充满了自豪感。我翻阅的书很多；但是我读得最多的还是一大套上百册的《中国笔记丛刊》，具体的书名已经忘记了。笔记是中国特有的一种著述体裁，内容包罗万象，上至宇宙，下至鸟兽虫鱼，以及身边琐事、零星感想，还有一些历史和科技的记述，利用得好，都是十分有用的资料。我读完了全套书，可惜我当时还没有研究糖史的念头，很多有用的资料白白地失掉了。及今思之，悔之晚矣。

我在哥廷根读梵、汉典籍，情况大体如此。

德国学习生活回忆

我于1934年在清华大学西洋文学系毕业,到母校济南省立高中去教了一年国文。1935年秋天,考取清华大学与德国交换研究生,到德国著名的大学城哥廷根去继续学习。

首先碰到的一个问题就是学习科目。我曾经想学习古希腊文和拉丁文。但是当时德国中学生要学习八年拉丁文、六年希腊文。我补习这两种古代语言至少也要费上几年的时间,那是无论如何也做不到的。为这个问题,我着实烦恼了一阵。有一天,我走到大学的教务处去看教授开课的布告。偶然看到Waldschmidt教授要开梵文课。这一下子就勾引起我旧有的兴趣:学习梵文和巴利文。从此以后,我在这个只有十万人口的小城住了整整十年,绝大部分精力就用在学习梵文和巴利文上。

我到哥廷根时,法西斯头子才上台两年。又过了两年,1937年,日本法西斯就发动了侵华战争。再过两年,1939年,德国法西斯就发动了第二次世界大战。在漫长的十年当中,我没有过上几天平静舒适的日子。到了德国不久,就赶上黄油和肉定量供应,而且是越来越少。二次大战一爆发,面包立即定量,也是同样的规律:越来越少,而且越来越坏。到了后来,黄油基本上不见,做菜用的油是什么化学合成的。每月分配到的量很少,倒入锅中,转瞬一阵烟,便一切俱逝。做面包的面粉大部分都不是面粉。德国人自己也不知道是什么东西,有的

乔冠华是季羡林的清华校友,比季羡林高两级。当年二人同被录取为交换生赴德留学,季羡林入哥廷根大学前,二人曾一起在柏林大学补习德语,形影不离。图为乔冠华(左)与季羡林(右)在德国的合影。

说是海鱼粉做成，有的又说是木头炮制的。刚拿到手，还可以入口。放上一夜，就腥臭难闻。过了几年这样的日子，天天挨饿，做梦也梦到祖国吃的东西。要说真正挨饿的话，那才算是挨饿。有一次我同一位德国小姐骑自行车下乡去帮助农民摘苹果，因为成丁的男子几乎都被征从军，劳动力异常缺少。劳动了一天，农民送给我一些苹果和五磅土豆。我回家以后，把五磅土豆一煮，一顿饭吃个精光，但仍毫无饱意。挨饿的程度，可以想见。我当时正读俄国作家果戈理的《钦差大臣》，其中有一个人没有东西吃，脱口说了一句："我饿得简直想把地球一口气吞下去。"我读了，大为高兴，因为这位俄国作家在多少年以前就说出了我心里的话。

然而，我的学习并没有放松。我仍然是争分夺秒，把全部的时间都用于学习。我那几位德国老师使我毕生难忘。西克教授（Prof. Emil Sieg）当时已到耄耋高龄，早已退休，但由于 Waldschmidt 被征从军，他又出来代理。这位和蔼可亲诲人不倦的老人治学谨严，以读通吐火罗语，名扬国际学术界。他教我读波颠阇利的《大疏》，教我读《梨俱吠陀》，教我读《十王子传》，这都是他的拿手好戏。此外，他还殷切地劝我学习吐火罗语。我原来并没有这个打算，因为，从我的能力来说，我学习的东西已经够多的了。但是他的盛意难却，我就跟他念起吐火罗语来。同我同时学习的还有一个比利时的学者 W. Couvreur，Waldschmidt 教授每次回家休假，还关心指导我的论文。就这样，在战火纷飞下，饥肠辘辘中，我完成了我的学习，Waldschmidt 教授和其他两个系——斯拉夫语言系和英国语言系——的有关教授对我进行了口试。学习算是告一段落。有一些人常说：学术无国界。我以前对于这句话曾有过怀疑：学术怎么能无国界呢？一直到今天，就某些学科来说，仍然是有国界的。但是，也许因为我学的是社会科学，从我的那些德国老师身上，确实可以看出，学术是没有国界的。他们对我从来没有想保留一手。循循善诱，谆谆教导，连想法和资料，对我都是公开的。他们为什么这样做呢？难道他们不是想使他们从事的那种学科能够传入迢迢万里的中国来生根发芽结果吗？

此时战争已经形势大变。德国法西斯由胜转败，只有招架之功，没有还手之力。最初英美的飞机来德国轰炸时，炸弹威力不大，七八层的高楼仅仅只能炸坏最上面的几层。法西斯头子尾巴大翘，狂妄地加以嘲讽。但是过了不久，炸弹威力猛增，往往是把高楼一炸到底，有时甚至在穿透之后从地下往上爆炸。这时轰炸的规模也日益扩大，英国白天来炸，美国晚上来炸，都用的是"铺地毯"的方式，意思就是炸弹像铺地毯一样，一点空隙也不留。有时候，我到郊外林中去躲避空袭，躺在草地上仰望英美飞机编队飞过，机声震地，黑影蔽天，一躺就是个把小时。

我就是在这样饥寒交迫、机声隆隆中学习的。我当然会想到祖国，此时祖国在我心头的分量比什么时候都大。然而它却在千山万水之外，云天渺茫之中。我有时候简直失掉希望，觉得今生再也不会见到最亲爱的祖国了。同家庭也失掉联系。我想改杜甫的诗："烽火连三岁，家书抵亿金。"我曾在当时写成的一篇短文里写道："乡思使我想到：我是一个有故乡和祖国的人。"也许现在的人们无法理解这样一句平凡简单然而又包含着许多深意的话。我当时是了解的，现在当然更了解了。

在这里，我想着重提一下德国人民的友好情谊。大家都知道，在三十年代末四十年代初，中国，除了解放区以外，是在国民党统治下的，外交无能，内政腐败，黄钟毁弃，瓦釜雷鸣，是一个被人家瞧不起的国家，何况德国法西斯更是瞧不起所谓"有色人种"的。法西斯头子希特勒时有所表露，而他的话又是被某一些德国人奉为金科玉律的。然而，在广大人民群众中，情况却完全两样。我在德国住了那样长的时间，从来没有碰到种族歧视的粗野对待。我的女房东待我像自己的孩子一样。离别时她痛哭失声。我的老师，我上面已经讲到过，对我在学术上要求极严，但始终亲切和蔼，令我如在春风化雨中。对一个远离祖国有时又有些多愁善感的年轻人来说，这是极大的安慰，它使我有勇气在饥寒交迫、精神极度愁苦中坚持下去，一直看到法西斯的垮台。

法西斯垮台以后，德国已经是一片废墟。我曾到哈诺弗①去过一趟。这个百万人口的大城，城里面光留下一个空架子。几乎没有什么居民。大街两旁全是被轰炸过的高楼大厦，只剩下几堵墙。沿墙的地下室窗口旁，摆满上坟用的花圈。据说被埋在地下室里的人成千上万。当时轰炸后，还能听到里面的求救声，但没法挖开地下室救他们。声音日渐微弱，终于无声地死在里边。现在停战了，还是无法挖开地下室，抬出尸体。家人上坟就只好把花圈摆在窗外。这种景象实在让人毛骨悚然。

这时已是1945年深秋，我到德国已经整整十年了。我同几个中国同乡，乘美军的汽车，到了瑞士，在那里住了将近半年。1946年夏天回国。从此结束了我那漫长的流浪生活。

1981年5月11日

---

① 哈诺弗：通称为汉诺威。

我的老师们

在深切怀念我的两个不在眼前的母亲的同时,在我眼前那一些德国老师们,就越发显得亲切可爱了。

在德国老师中同我关系最密切的当然是我的 Doktor-Vater(博士父亲)瓦尔德施密特教授。我同他初次会面的情景,我在上面已经讲了一点。他给我的第一个印象是,他非常年轻。他的年龄确实不算太大,同我见面时,大概还不到四十岁吧。他穿一身厚厚的西装,面孔是孩子似的面孔。我个人认为,他待人还是彬彬有礼的。德国教授多半都有点教授架子,这是他们的社会地位和经济地位所决定的,是不以人的意志为转移的。后来听说,在我以后的他的学生们都认为他很严厉。据说有一位女士把自己的博士论文递给他,他翻看了一会儿,一下子把论文摔到地下,忿怒地说道:"Das ist aber alles Mist!(这全是垃圾,全是胡说八道!)"这位小姐从此耿耿于怀,最终离开了哥廷根。

我跟他学了十年,应该说,他从来没有对我发过脾气。他教学很有耐心,梵文语法抠得很细。不这样是不行的,一个字多一个字母或少一个字母,意义方面往往差别很大。我以后自己教学生,也学他的榜样,死抠语法。他的教学法是典型的德国式的。记得是德国 19 世纪的伟大东方语言学家埃瓦尔德(Ewald)说过一句话:"教语言比如教游泳,把学生带到游泳池旁,把他往水里一推,不是学会游泳,就是淹死,后者的可

"他给我的第一个印象是,他非常年轻。他的年龄确实不算太大,同我见面时,大概还不到四十岁吧。他穿一身厚厚的西装,面孔是孩子似的面孔。"图为恩斯特·瓦尔德施密特(1897—1985年)教授。

能是微乎其微的。"瓦尔德施密特采用的就是这种教学法。第一二两堂，念一念字母。从第三堂起，就读练习，语法要自己去钻。我最初非常不习惯，准备一堂课，往往要用一天的时间。但是，一个学期四十多堂课，就读完了德国梵文学家施滕茨勒的教科书，学习了全部异常复杂的梵文文法，还念了大量的从梵文原典中选出来的练习。这个方法是十分成功的。

瓦尔德施密特教授的家庭，最初应该说是十分美满的。夫妇二人，一个上中学的十几岁的儿子。有一段时间，我帮助他翻译汉文佛典，常常到他家去，同他全家一同吃晚饭，然后工作到深夜。餐桌上没有什么人多讲话，安安静静。有一次他笑着对儿子说道："家里来了一个中国客人，你明天大概要在学校里吹嘘一番吧？"看来他家里的气氛是严肃有余，活泼不足。他夫人也是一个不大爱说话的人。

后来，大战一爆发，他自己被征从军，是一个什么军官。不久，他儿子也应征入伍。过了不太久，从1941年冬天起，东部战线胶着不进，相持不下，但战斗是异常激烈的。他们的儿子在北欧一个国家阵亡了。我现在已经忘记了，夫妇俩听到这个噩耗时反应如何。按理说，一个独生子幼年战死，他们的伤心可以想见。但是瓦尔德施密特教授是一个十分刚强的人，他在我面前从未表现出伤心的样子，他们夫妇也从未同我谈到此事。然而活泼不足的家庭气氛，从此更增添了寂寞冷清的成分，这是完全可以想象的了。

在瓦尔德施密特被征从军后的第一个冬天，他预订的大剧院的冬季演出票，没有退掉。他自己不能观看演出，于是就派我陪伴他夫人观看，每周一次。我吃过晚饭，就去接师母，陪她到剧院。演出有歌剧，有音乐会，有钢琴独奏，有小提琴独奏等等，演员都是外地或国外来的，都是赫赫有名的人物。剧场里灯火辉煌，灿如白昼；男士们服装笔挺，女士们珠光宝气，一片升平祥和气象。我不记得在演出时遇到空袭，因此不知道敌机飞临上空时场内的情况。但是散场后一走出大门，外面是完完全全的另一个世界，顶天立地的黑暗，由于灯火管制，不见一缕光线。我要在这任何东西都看不到的黑暗中，送师母摸索着走很长的路到山下她的家中。一个人在深夜回家时，万籁俱寂，走在宁静的长街上，只听到自己脚步的声音，跫然而喜。但此时正是乡愁最浓时。

我想到的第二位老师是西克教授。

他的家世，我并不清楚。到他家里，只见到老伴一人，是一个又瘦又小的慈祥的老人。子女或什么亲眷，从来没有见过。看来是一个非常孤寂清冷的家庭，尽管老夫妇情好极笃，相依为命。我见到他时，他已经早越过了古稀之年。他是我平生所遇到的中外各国的老师中对我最爱护、感情最深、期望最大的老师。一直到今天，只要一想到他，我的心立即剧烈地跳动，老泪立刻就流满全脸。他对我传授知识的情况，上面已经讲了一点，下面还要讲到。在这里我只讲我们师徒二人相互间感情深厚的一些情况。为了存真起见，我仍然把我当时的一些日记，一字不改地抄在下面：

1940年10月13日

昨天买了一张Prof.Sieg的相片，放在桌子上，对着自己。这位老先生我真不知道应该怎样感激他。他简直有父亲或者祖父一般的慈祥。我一看到他的相片，心里就生出无穷的勇气，觉得自己对梵文应该拼命研究下去，不然简直对不住他。

1941年2月1日

五点半出来，到Prof.Sieg家里去。他要替我交涉增薪，院长已答应。这真是意外的事。我真不知道应该怎样感谢这位老人家，他对我好得真是无微不至，我永远不会忘记！

原来他发现我生活太清苦，亲自找文学院长，要求增加我的薪水。其实我的薪水是足够用的，只因我枵腹买书，所以就显得清苦了。

1941年，我一度想设法离开德国回国。我在10月29日的日记里写道：

十一点半，Prof. Sieg去上课。下了课后，我同他谈到我要离开德国，他立刻兴奋起来，脸也红了，说话也有点震颤了。他说，他预备将来替我找一个固定的位置，好让我继续在德国住下去，万没想到我居然想走。他劝我无论如何不要走，他要替我设法同Rektor（大学校长）说，让我得到津贴，好出去休养一下。他简直要流泪的样子。我本来心里还有点迟疑，现在又动摇起来了。一离开德国，谁知道哪一年再能回来，能不能回来？这位像自己父亲一般替自己操心的老人十有八九是不能再见了。我本来容易动感情。现在更制不住自己，很想哭上一场。

像这样的情况，日记里还有一些，我不再抄录了。仅仅这三则，我觉得，已经完全能显示出我们之间的关系了。还有一些情况，我在下面谈吐火罗文的学习时再谈，这里暂且打住。

我想到的第三位老师是斯拉夫语言学教授布劳恩（Braun）。他父亲生前在莱比锡大学担任斯拉夫语言学教授，他可以说是家学渊源，能流利地说许多斯拉夫语。我见他时，他年纪还轻，还不是讲座教授。由于年龄关系，他也被征从军。但根本没有上过前线，只是担任翻译，是最高级的翻译。苏联一些高级将领被德军俘虏，希特勒等法西斯头子要亲自审讯，想从中挖取超级秘密。担任翻译的就是布劳恩教授，其任务之重要可想而知。他每逢休假回家的时候，总高兴同我闲聊他当翻译时的一些花絮，很多是德军和苏军内部最高领导层的真实情况。他几次对我说，苏军的大炮特别厉害，德国难望其项背。这是德国方面从来没有透露过的极端机密，给我留下了深刻的印象。

他的家庭十分和美。他有一位年轻的夫人，两个男孩子，大的叫安德烈亚斯，约有五六岁，小的叫斯蒂芬，只有二三岁。斯蒂芬对我特别友好，我一到他家，他就从远处飞跑过来，扑到我的怀里。他母亲教导我说："此时你应该抱住孩子，身子转上两三圈，小孩子最喜欢这玩意！"教授夫人很和气，好像有点愣头愣脑，说话直爽，但有时候没有谱儿。

布劳恩教授的家离我住的地方很近，走二三分钟就能走到。因此，我常到他家里去玩。他有一幅中国古代的刺绣，上面绣着五个大字：时有溪山兴。他要我翻译出来。从此他对汉文产生了兴趣，自己买了一本汉德字典，念唐诗。他把每一个字都查出来，居然也能讲出一些意思。我给他改正，并讲一些语法常识。对汉语的语法结构，他觉得既极怪而又极有理，同他所熟悉的印欧语系语言迥乎不同。他认为，汉语没有形态变化，也可能是优点，它能给读者以极大的联想自由，不像印欧语言那样被形态变化死死地捆住。

他是一个多才多艺的人，擅长油画。有一天，他忽然建议要给我画像。我自然应允了，于是有比较长的一段时间，我天天到他家里去，端端正正地坐在那里，当模特儿。画完了以后，他问我的意见。我对画不是内行，但是觉得画得很像我，因此就很满意了。在科学研究方面，他也表现了他的才艺。他的文章和专著都不算太多，他也不搞德国学派的拿手好戏：语言考据之学。用中国的术语来说，他擅长义理。他有一本讲19世纪沙俄文学的书，就是专从义理方面着眼，把列夫·托尔斯泰和陀斯妥耶夫斯基列为两座高峰，而展开论述，极有独特的见解，思想深刻，观察细致，是一部不可多得的著作。可惜似乎没有引起多少注意。我都觉得有寂寞冷落之感。

总之，布劳恩教授在哥廷根大学是颇为不得志的。正教授没有份儿，哥廷根科学院院士更不沾边儿。有一度，他告诉我，斯特拉斯堡大学有一个正教授缺了人，他想去，而且把我也带了去。后来不知为什么，没有实现。一直到四十多年以后我重新访问西德时，我去看他，他才告诉我，他在哥廷根大学终于得到了一个正教授的讲座，他认为可以满意了。然而他已经老了，无复年轻时的潇洒英俊。我一进门他第一句话说是："你晚来了一点，她已经在月前去世了！"我知道他指的是谁，我感到非常悲痛。安德烈亚斯和斯蒂芬都长大了，不在身边。

老人看来也是冷清寂寞的。在西方社会中，失掉了实用价值的老人，大多如此。我欲无言了。去年听德国来人说，他已经去世。我谨以心香一瓣，祝愿他永远安息！

我想到的第四位德国老师是冯·格林（Dr. von Grimm）博士。据说他是来自俄国的德国人，俄文等于是他的母语。在大学里，他是俄文讲师。大概是因为他从来没有发表过什么学术论文，所以连副教授的头衔都没有。在德国，不管你外语多么到家，只要没有学术著作，就不能成为教授。工龄长了，工资可能很高，名位却不能改变。这一点同中国是很不一样的。中国教授贬值，教授膨胀，由来久矣。这也算是中国的"特色"吧。反正冯·格林始终只是讲师。他教我俄文时已经白发苍苍，心里总好像是有一肚子气，终日郁郁寡欢。他只有一个老伴，他们就住在高斯—韦伯楼的三楼上。屋子极为简陋。老太太好像终年有病，不大下楼。但心眼极好，听说我患了神经衰弱症，夜里盗汗，特意送给我一个鸡蛋，补养身体。要知道，当时一个鸡蛋抵得上一个元宝，在饿急了的时候，鸡蛋能吃，而元宝则不能。这一番情意，我异常感激。冯·格林博士还亲自找到大学医院的内科主任沃尔夫（Wolf）教授，请他给我检查。我到了医院，沃尔夫教授仔仔细细地检查过以后，告诉我，这只是神经衰弱，与肺病毫不相干。这一下子排除了我的一块心病，如获重生。这更增加了我对这两位孤苦伶仃的老人的感激。离开德国以后，没有能再见到他们，想他们早已离开人世了，却永远活在我的心中。

我回想起来的老师当然不限于以上四位，比如阿拉伯文教授冯·素顿（Von Soden），英文教授勒德（Roeder）和怀尔德（Wilde），哲学教授海泽（Heyse），艺术史教授菲茨图姆（Vitzthum）侯爵，德文教授麦伊（May），伊朗语教授欣茨（Hinz）等等，我都听过课或有过来往，他们待我亲切和蔼，我都永远不会忘记。我在这里就不一一叙述了。

汉学研究所

章用一家走了，1937年到了，我的交换期满了，是我应该回国的时候了。然而，国内"七七"事变爆发，不久我的家乡山东济南就被日军占领，我断了退路，就同汉学研究所发生了关系。

这个所的历史，我不清楚，我从来也没有想去研究过。汉学虽然也属于东方学的范畴，但并不在高斯—韦伯楼东方研究所内，而是在另外一个地方，在一座大楼里面。楼前有一个大草坪，盖满绿草，有许多株参天的古橡树。整个建筑显得古穆堂皇，颇有一点气派。一进楼门，有极其宽敞高大的过厅，楼梯也是极宽极高，是用木头建成的。这里不见什么人，但是打扫得也是油光锃亮。研究所在二楼，有七八间大房子，一间所长办公室，一间课堂，其余全是藏书室和阅览室。这里藏书之富颇令我吃惊。在这几间大房子里，书架从地板一直高达天花板，全整整齐齐地排满了书，中国书和日本出版的汉籍，占绝大多数，也有几架西文书。里面颇有一些珍贵的古本，我记得有几种明版的小说，即使放在国内图书馆中，也得算做善本书。其中是否有海内孤本，因为我对此道并非行家里手，不敢乱说。这些书是怎样到哥廷根来的，我也没有打听。可能有一些是在中国的传教士带回去的。

所长是古斯塔夫·哈隆（Gustav Haloun）教授，是苏台德人，在感情上与其说他是德国人，毋宁说他是捷克人。他反对法西斯，自是意内事。我到哥廷根后不久，章用就带我来看过哈隆。在过去二年内，我们有一些来往，但不很密切。我交换期满的消息，传到了他的耳朵里，他主动跟我谈这个问题，问我愿意不愿意留下。我已是有家归不得，正愁没有办法。他的建议自然使我喜出望外，于是交换期一满，我立即受命为汉文讲师。原来我到汉学研究所来是做客，现在我也算是这里的主人了。

哈隆教授为人亲切和蔼，比我约长二十多岁。我到研究所后，我仍然是梵文研究所的博士生，我仍然天天到高斯—韦伯楼去学习，我的据点仍然在梵文研究所。但是，既然当了讲师，就有授课的任务，授课地点就在汉学研究所内，我到这里来的机会就多了起来，同哈隆和他夫人见面的机会也就多了起来。我们终于成了无话不谈的知心朋友，也可以说是忘年交吧。哈隆虽然不会说中国话，但汉学的基础是十分雄厚的。他对中国古代文献，比如《老子》《庄子》之类，是有很高的造诣的。甲骨文尤其是他的拿手好戏，讲起来头头是道，颇有一些极其精辟的见解。他对古代西域史地钻研很深，他的名作《月氏考》，蜚声国际士林。他非常关心图书室的建设。闻名欧洲的哥廷根大学图书馆，不收藏汉文典籍。所有的汉文书都集中在汉学研究所内。购买汉文书籍的钱好像也由他来支配。我曾经替他写过不少的信，给中国北平琉璃厂和隆福寺的许多旧书店，订购中国古籍。中国古籍也确实源源不断地越过千山万水，寄到研究所内。我曾特别从国内订购虎皮宣，给这些线装书写好书签，贴在上面。结果是整架的蓝封套上都贴上了黄色小条，黄蓝相映，闪出了异样的光芒，给这个研究所增添了无量光彩。

季羡林虽然到汉学研究所做汉文讲师,但是仍然天天到高斯——韦伯楼去学习。图为高斯——韦伯楼。

因为哈隆教授在国际汉学界广有名声，他同许多国家的权威汉学家都有来往。又由于哥廷根大学汉学研究所藏书丰富，所以招徕了不少外国汉学家来这里看书。我个人在汉学研究所藏书室里就见到了一些世界知名的汉学家。留给我印象最深的是英国汉学家阿瑟·韦利（Arthur Waley），他以翻译中国古典诗歌蜚声世界。他翻译的唐诗竟然被收入著名的《牛津英国诗选》。这一部《诗选》有点像中国的《唐诗三百首》之类的选本，被选入的诗都是久有定评的不朽名作。韦利翻译的中国唐诗，居然能置身其间，其价值概可想见了，韦利在英国文学界的地位也一清二楚了。

我在这里还见到了德国汉学家奥托·冯·梅兴—黑尔芬（Otto von Mänchen-Helfen）。他正在研究明朝的制漆工艺。有一天，他拿着一部本所的藏书，让我帮他翻译几段。我忘记了书名，只记得纸张印刷都异常古老，白色的宣纸已经变成了淡黄色，说不定就是明版书。我对制漆工艺毫无通解，勉强帮他翻译了一点，自己也不甚了了。但他却连连点头。他因为钻研已久，精于此道，所以一看就明白了。从那一次见面后，再没有见到他过。后来我在一本英国杂志上见到他的名字。此公大概久已移居新大陆，成了美籍德人了。

可能就在七七事变后一两年内，哈隆有一天突然告诉我，他要离开德国到英国剑桥大学，去任汉学教授了。他在德国多年郁郁不得志，大学显然也不重视他，我从没有见到他同什么人来往过。他每天一大早同夫人从家中来到研究所。夫人做点针线活，或看点闲书。他则伏案苦读，就这样一直到深夜才携手回家。在寂寞凄清中，夫妇俩相濡以沫，过的几乎是形单影只的生活。看到这情景，我心里充满了同情。临行前，我同田德望在市政府地下餐厅为他饯行。他以极其低沉的声调告诉我们，他在哥廷根这么多年，真正的朋友只有我们两个中国人！泪光在他眼里闪动。我此时似乎非常能理解他的心情。他被迫去国，丢下他惨淡经营的图书室，心里是什么滋味，难道还不值得我一洒同情之泪吗？后来，他从英国来信，约我到英国剑桥大学去任教。我回信应允。可是等到我于1946年回国后，亲老，家贫，子幼。我不忍心再离开他们了。我回信说明了情况，哈隆回信，表示理解。我再没有能见到他。他在好多年以前已经去世，岁数也不会太大。一直到现在，我每想到我这位真正的朋友，心内就悲痛不已。

《学者论大学生的知识结构与智能》序

任何人的一生,都是一个学习——广义的学习的过程。区别只在于有的人意识到这一点,有的人没有意识到;有的人主动,有的人被动。而意识到这一点又主动去学习的,其效果往往高于没有意识到这一点、只是被动地去学习的。这个道理其实并不难理解,稍一思考,就豁然了。

我们现在把青少年时期的学习,划分为幼儿园、小学、中学、大学、研究院等阶段。这只是一种不得已而为之的办法,为了计算方便、工作方便,不得不尔。每一个阶段,都规定了具体的学习任务、具体的要求。看来阶段与阶段之间的界限,似乎十分分明。事实上决不是这个样子。从宏观上来看,一个人一生的学习,是一个浑然不可分割的整体。哪一个阶段学习完,也不等于整个学习任务完。古人说"学无止境",就是这个意思。有的人认为,大学一毕业,或者研究院一毕业,就算学到头了,这是一种误解,是对学习很不利的。

同上面说的这一层意思有密切联系的,是另外一个事实。这就是,从知识结构上来看,它决不可能是一成不变的,而是须要随时变动,随时调节。知识结构在上述几个学习阶段中,都不可能，也不应该一样。世界在千变万化，社会在飞速前进，特别在今天所谓"信息爆炸"的时代，我们的知识结构，必须随时更新，随时调节。一天不更新，一天不调节，就可能被时代潮流抛在后面。我可以借用一句现成的话来表达这个看法：稍纵即逝。

就拿研究学问来说吧。一个人一生不可能只研究一个题目，探讨一个问题。学者们都往往要研究一个以上的题目。而且研究什么题目，往往很难预先制定计划，由一个题目想到另一个题目，其中难免有些偶然性。古今中外许多大学者都可以作证。从他们的著作中就能够看出这种情况。我们自己的经验，也能证明同一个事实。研究一个题目，只要深入下去，就会发现，自己的知识结构有不足之处。如果换一个题目，另起炉灶，那情况就更严重，非调节自己的知识结构不行。这种调节往往是螺旋式地上升的。开头时，所知甚少；但是随着研究工作的深入，随着调节的加多、加速，知识也越来越多，知识结构也调节得越来越能适应研究工作的要求。这反过来又能促进研究工作的深入和提高。如此循环往复，宛如芝麻开花节节高，以至无穷。

在这里，我不妨举几个我自己的研究工作来作例子。我是搞语言研究工作的，研究过古代印度语言——吠陀语、史诗梵语和古典梵语，后来把兴趣集中到佛教语言——巴利语和佛教混合梵语上，又扩大到中亚古代语言——吐火罗语。回国以后，受到资料的限制，被迫搞佛教史和中印文化交流史。从表面上看起来，都同自然科学联系不大。但是，当时想确定巴利语和混合梵语的 āsīyati 这个字的含义时，就碰到了水结冰后体积膨胀的问题,这属于自然科学。在这里,我必须调节一下自己的知识结构,看一点自然科学的书。后来,我因为探讨中外文化交流的问题,必须弄清楚中国沙糖制造的历史。在某些环节上,这又与自然科学联系起来了。我的知识结构又必须调节了。类似的例子还可以举出一些来。但是,我觉得,这两个例子也足以说明问题了。

怎样来调节自己的知识结构呢?

本书中王通讯同志的文章《知识结构与智能结构》,提出了调节知识结构两个要诀:一是靠反馈,二是靠预测。我认为,他提出这两个要诀是非常重要的,深中肯綮的。文章俱在,我不必重复了。

我在上面讲到,在人生的青少年阶段上,人们人为地划分为许多阶段。每一个阶段同另一些阶段,既互相联系,又互有区别。从调节知识结构的观点上来看,也是如此。但是我在这里想特别强调一点:调节知识结构,大学(包括研究院)是一个关键时期。这是因为,在中小学时期,学习基本上是按部就班地进行,主动性少而被动性多。知识结构比较简单。学生独立思考问题者不多。到了大学,也就是按部就班学习的最后阶段,毕业后就要进入社会,转入人生一个新阶段。此时,按部就班的学习,虽然依然存在,但是学生的主动性增多,被动性减少。知识结构逐渐丰满,独立思考问题的必要与可能都与日俱增。在这个关键时刻,要最大限度地发挥自己的主观能动性,根据反馈与预测两个要诀,随时注意调节自己的知识结构。至于怎样进行调节,本书中许多老师的文章都讲到了自己的经验。只要仔细阅读,认真思考,

"我们毕生的座右铭应该是：锲而不舍，持之以恒，老而不已，学习终生。"

必有收获。

最后,我还想再重复一遍我在开头时讲的那一段话:人的一生是一个学习过程。大学或研究院毕业,只是这个过程的一个阶段的结束,而决不是学习的终结。我们还要继续学习下去的,一直到不能学习的那一天。我们毕生的座右铭应该是:锲而不舍,持之以恒,老而不已,学习终生。

1990 年 11 月 29 日

教学科研应结合，人才要交流

现在学校出现了人人关心改革，人人谈论改革，人人希望改革的好形势。

改什么呢？

首先，要逐步解决教学和科学研究脱节，教学、科研与生产和应用脱节的问题。从全国讲，我们最大的毛病是照搬外国的模式，成立了两个科学院，国家花了大量科研经费，投资巨，效益不高。现在绝大多数国家都已不这样做。据我所知，国外有些很有名气的科研机构，或者跟高等学校结合，附设在学校内，既出成果，又出人才；或者跟某些公司、企业结合，使研究成果同生产和应用结合起来。有些国家的科学院只有一个名称，人员几乎都在大学教书。我们的学校也有一个教学和科研结合的问题。一些外国朋友对我们的一些做法，觉得不可理解。他们说，不进行科研怎么能搞好教学；不教学怎么能称教授。我们的教学、科研方面，人员老化、知识老化问题很严重。再说，科学研究缺少生气勃勃的青年人，也是有问题的。所以我主张，搞科研的人员，应抽出时间到大学里讲讲课，教学人员也必须抽出时间进行科研。教学和科研人员应定期轮换。

其次，为了解决人才积压、人员老化、知识老化问题，应该促进人才流动，大力培养新生力量。大的大学应该组成讲师团，定期到小城市或边疆的高等学校去任教半年、一年，或者更长一点的时间都可以，使大学教师不至形成学校所有制。我赞成老教师实行退休制度。年纪大了不退休，占着编制，青年人就不容易上来。退休以后，有条件的老教师可以继续发挥作用，带研究生，著书立说。多数老教师总是想把自己的学识贡献给社会的。他们对退休的顾虑，是退休后的研究条件，是否还有好的助手。学校应考虑安排解决。

总之，我们要从积极方面理解当前的改革，这就是要破除过时的条条框框，最大限度地调动人的积极性。人是要有一点压力的，没有压力，没有一点竞争，人就容易变懒。

1983 年 4 月

对21世纪人文学科建设的几点意见

首先我要向大家表示抱歉,让我来邵逸夫科学馆报告厅作报告,很怕耽搁大家的时间。另外,我想简单说一说,为什么我是山东大学校友。

这话说起来有点跟历史一样:1926年我15岁,1928年我17岁,我在山东大学附设高中(当时在北园白鹤庄)念书,所以我现在算是山大校友,当时我们校长是前清状元王寿彭。这件事交代完了以后,就来作我的所谓报告。

昨天,我的学生,也是我的朋友,《文史哲》杂志主编蔡德贵教授"突然袭击",说今天让我作报告。说句老实话,我没有这个思想准备。而他是这样讲的,您愿讲什么就讲什么。这就麻烦了。不如他给我出一个题,作八股好作,而让我愿意讲什么就讲什么,这是一个天大的难题,因为我脑袋里乱七八糟的东西,古今中外的,杂七杂八什么都有。究竟讲什么?昨天晚上我就考虑这个问题。我想今天是不是结合我们这个讨论会,面向21世纪的人文学科建设这个总的方向,谈一谈我的几点意见。

我这个意见嘛,现在争论很大。学术上有争论的是好事,如果发表一个意见,没有人理,那最寂寞,最难过,有争论好。什么问题呢?就是中西文化。

我这个人是搞语言的,很死板。清朝桐城派有义理、辞章、考据三门学问，我对义理最没有兴趣。可是到了晚年，却突然"老年忽发少年狂"，考虑义理就多了。我没有受过什么严格的训练，因为我讨厌这个东西。不过现在想起的问题，都跟义理有关。

首先，是中西文化。中、西文化有区别，这个大家都承认，可是讲中、西文化有区别，不是现在才开始。在唐朝初年，也就是穆斯林运动开始的时候，大家知道，穆罕默德，按时代来讲，生在中国的陈朝，跨过隋，隋只有几十年，到唐初他才逝世。没有穆罕默德，就没有穆斯林，没有伊斯兰。在伊斯兰教初期，也就是相当于在中国的唐代初期，7世纪，在阿拉伯国家，在伊朗（那时叫波斯），流传着一个说法。一个什么说法呢？就是世界的民族，只有两个民族有文化，一个是中国，一个是古代希腊。这话也没有错。可又说，希腊人只有一只眼睛，中国人有两只眼睛。这就是一个价值判断，就说明我们中国比希腊高。他们为什么这么讲呢？他们说希腊人只有理论，没有技术。这话也对，世界上几大发明希腊都是一点没沾边。中国呢，是只有技术，没有理论。这句话应该做点小小的纠正，中国也有理论，他们说得太绝对了。我们的四大发明一直到现在，在全世界起那么大的作用，希腊没有。因此就说中国人有两只眼睛。在7世纪，在阿拉伯国家，在伊朗，有这种说法，必然有它的根据。根据我在这里就不讲了。

这样，我就感觉到，中、西文化有区别的说法，不是现在才开始的。1300年以前，就开始了。区别到底在什么地方呢？根据我的经验，胡思乱想的结果，感觉到中、西文化既然叫文化，必然有共同的地方，不成问题。物质、精神两个方面，为人类造福，这就是文化。这个中、西都一样，没有什么差别。

可区别在什么地方呢？区别就在于中、西思维模式，思维方式不一样。西方思维模式的基础是分析，什么东西都分析，一分为二，万世不竭。东方呢，思维模式是综合。综合是八个字：整体概念，普遍联系，这叫综合。举例子很简单，西医，要是头痛了，他给你敷上一块湿凉手巾，这就是我们说的头痛医头。中国呢，头痛了，他给你在下边，在涌泉穴扎针，中国是头痛医脚，西方是头痛治头。这就表现出我们是拿人作为一个整体，整体概念，普遍联系，头与脚是有联系的。我们有大宇宙、小宇宙，人是小宇宙。从这儿开始，我想中、西文化是有区别的。后来，我看了一本书，是中国科学院一个有名的数学家，大数学家吴文俊教授，他给《九章算术》写了一篇序，他就讲，数学（吴文俊教授并不搞哲学，也不搞什么中西文化，他就是数学家），东方的数学与西方的不一样。西方的数学，从公理出发，亚里士多德三段论法：凡人必死，张三人也，故张三必死，它从公理出发。立一公理：凡人必死，凡人怎么怎么样，下面演绎。中国呢，是从问题出发，从实际出发，所以中国数学的发展，不是从公理来的，是从问题来的，是从实际来的。这是吴文俊先生的意见。后来有一次，我们在一起开会，吴文俊教授也参加了。他不搞文化，也不搞中西文化，这证明不但人文社会科学中、西不一样，就连自然科学也是中、西不一样。这个不一样，并不是说中国就能2+2=5，不是这个意思，而是说西方是从公理出发，中国是从问题出发，从实际出发。因此我更对自己的想法沾沾自喜。梁漱溟先生20年代初写过一部《东西文化及其哲学》，很出名，他讲的跟我们讲的不一样，他那个"西"，是把印度放在中间。我在这里考虑，我们"东"，包括印度、阿拉伯国家在内，相当于东方。我们东方思维，就是综合的，普遍联系，整体概念，是从整体来看问题的。因此，就讲"天人合一"。

我考虑"天人合一"问题也是很偶然的。我看到原来北京大学教授钱穆（他后来到台湾，到香港，现在已经过世了。若从辈分上讲，他应该是我的老师，但我没有听过他的课，我不是北大毕业的）的一篇文章，那意思就是搞了一辈子中国学问，可后来到了晚年忽然悟出一个道理来，这就是"天人合一"，讲得不是那么很清楚。后来他就过世了，没有写下去。可是我一想，"天人合一"到底应该怎么解释？在座的有好多哲学家，同学们也有许多研究哲学、研究历史的。"天人合一"，你翻看中国哲学史任何一本，从孔子、老子、墨子，一直到清代，谈"天人合一"的多得不得了，都讲"天人合一"。可是究竟什么叫"天人合一"，每个人都有一个说法，最近我写了一篇文章，可能会引起很大轰动，还没有发表，叫做《真理愈辨愈明吗？》，有时候我考虑真理不是愈辨愈明，而是愈辨愈糊涂。《新民晚报》有个副刊"夜光杯"要发。"天人合一"，你要讲清楚写文章，就是写上一万字，十万字，一百万字，也写不完。几乎每一个哲人，儒家、道家、佛家都讲"天人合一"。我写了一篇文章，叫《"天人合一"新解》。所谓"新解"也者，就是我的解释，跟孔子、老子、孟子，都没有关系，他们讲他们的"天人合一"，我讲我的"天人合一"。后来文章在全国古籍整理小组主办的杂志《传统文化与现代化》创刊号上发表以后，引起了全国很大的争论。

我刚才说了，有争论就是好事。你发表一篇文章，提出一个看法，人家不理，那最难受。理的话，有两种理法，一种是赞成，一种是反对。后来，我想围绕这个问题的争论，全国实在是太多了，我就想了个办法，出一本书，叫《东西文化议论集》，不是辩论集，也不是讨论集，叫议论集。什么叫议论呢？就是你打你的，我打我的。《东方文化集成》是我几年前发起编写的一套专讲东方文化的书，500种，不是500册，可能是600册，700册，其中中国占100种，日本给50种，印度给50种，阿拉伯国家给50种，这是250种，其余的250种，各东方国家每个国家，最少一本，最多几本，韩国、朝鲜、蒙古甚至马尔代夫，马尔代夫可能有些同学不知道在什么地方，是一个很小的国家。只要是东方国家，就给一本。最近我们搞了几年，现在开始出版了，出版了10种11册。今天下午，我要献给我的母校。其中有一本书叫《东西文化议论集》。议论就是刚才说的，你打你的，我打我的。我写了一个序，我说我那篇《"天人合一"新解》发表以后，有人跟我辩论，有人跟我商榷，也有人赞成，外国也有赞成的，德国人、日本人都有赞成的，中国人也有反对的，激烈反对的，都好，都收录到里边来。我说我们共同唱一出戏——《十字坡》。《十字坡》是一出武松打店的戏，夜里边，是不是一丈青，不是一丈青，可能是母夜叉孙二娘，我忘记了，《水浒传》上的。因为在黑暗中，想杀人蒸包子，满台刀光剑影，可是谁也打不着谁。我们大家共唱一出《十字坡》，你耍你的，我耍我的，你也别碰我，我也别碰你，我也不给你"挡车"，你的意见我也给你发表。那个议论集共两本，两本还不够，再出两本也不够，这样一个大问题，就与21世纪的人文社会科学建设有关。

"天人合一"如果你觉得值得考证，那可以写成十万，八万，一百万，都可以写，没有什么了不起，多搜集资料，多看几部古书就可以了。我跟那些无关，我是"新解"，新解是我的解释。说你怎么这么讲,现在有人对我激烈反对。我说你们忘记了,我是新解,是我自己的解释。说我跟哪个哪个不同啊,跟过去哪个哪个不一样啦,要一样的话,怎么叫新解呢?新解就是不一样。那么我的"新解"是什么呢?我的新解就是:天,就是大自然;人,就是人类。人类和大自然要合一,不应该矛盾。①

这个问题怎么解决?

现在有人讲,你说那个"天人合一"有什么用,还得用科学来解决。科学犯了错误,由科学自己来解决,来纠正。当然是要科学的,我不否定,科学还是要的。不过,首先要解决思想问题,认识这个问题的重要性、严重性,否则的话,你会无能为力。我们中国工业发展比较晚,可是晚有晚的好处,最早要建工厂,根本不讲究怎么来处理工业废水,怎么处理烧煤的煤气,现在我们讲究了,有这个概念了。建工厂之前一定要处理好烧煤的技术设备,处理好冲向天空的煤烟,不然要出黑烟。黑烟里边据说有炭末,白烟就好一点。污水,要想办法花点钱治理,所以工业化晚有晚的好处。

我们中国现在建工厂就已经意识到工厂非盖不行,现代化非盖工厂不行,不可能离开工厂,避免灾害的工作我们正在做,做到什么程度呢?还很难说。因此我就想到为了21世纪人类的生存,我们必须先解决思想问题,思想问题一解决,天,就是大自然,与我们人类要合一,要成为朋友,不能成为敌人,不能征服和被征服,那是不行的。解决思想问题以后,

---

① 以下删去两段,叙述、观点与《"天人合一"新解》(《季羡林东西方文化沉思录》)相同。

上下一致，然后再来发展我们的工业。不是不发展，工业不发展是不行的；可是弊端要避免，不避免也是不行的。总起来说，就是这么一个大体轮廓。我刚才说过，我自己不是搞义理这一行的，是搞语言的，很枯燥的，现在考虑这个问题，就发现东、西文化就是不一样，不承认这一点就不行。

前一阶段，我应邀到中国科学院去讨论21世纪科学的远景规划，我发言说首先要谈，要搞清楚中国与西方有什么不同。

"天人合一"思想是十分重要的，不然，这样子污染下去，到2050年（在座的有好多能到2050年，我到不了啦），到那个时候，人类就会很困难了，非常麻烦，因此要未雨绸缪。所以我们现在谈21世纪，讲人文科学，不但讲人文科学，连所有的科学，包括自然科学、技术科学也在内，必须考虑这个问题。不考虑是不行的。

现在有人对我的意见激烈地反对，说解决这个问题还得靠科学，我不是反对科学，是要科学来解决，但是科学是人来使用的一种东西，科学本身是活的。有人提倡科学主义，科学主义现在是个贬义词，认为科学能够解决一切问题。科学不能解决一切问题。因此21世纪人文科学的发展必须考虑这个问题，考虑东方与西方的不同之处，弘扬"天人合一"的思想，上上下下，脑子里的这根弦要绷得紧紧的，时刻想到这个问题，以后的事情就好办了。

我们搞社会科学的人有一个较一致的看法，就是在国际上没有中国人的声音，鲁迅说过"无声的中国"，没有我们的声音。这话是指，不但人文社会科学没有我们的声音，诺贝尔文学奖，直到现在中国没有一个获得者。这里边有个政治问题，诺贝尔文学奖政治性是非常强的，它歧视社会主义国家，原来也歧视苏联。反对苏联的作家（我不是说苏联多么好，现在苏联已解体了），它就给诺贝尔奖金。中国这么一个大国，诺贝尔奖快到100年了（1901年起），没有一个中国的，印度、日本，也都有两个三个的，就是没有中国的。瑞典科学院院士管中国的叫马悦然，是高本汉的弟子，他管这个事。有人问马悦然（我不认识他，他的弟子我认识），为什么中国拿不到诺贝尔奖金，你不是汉学家吗？你说话是管用的呀！他讲，中国的创作，诗歌、小说、戏剧、散文，翻译不好。他这话没有道理！什么是翻译不好啊？那日本人的作品就翻译得好吗？所以这里边有政治问题，我讲不要羡慕它，诺贝尔奖金不都是什么好东西。那里边也有优秀作家，不过二、三流的作家占大部分。它给我们一个诺贝尔奖金，我们中华人民共和国照样存在；不给，我们也照样存在，我们还会越存在越好。

这话说远了。我感觉我们人文社会科学在国际上没有声音，文艺理论、文艺批评没有我们的地位，美学也没有我们的地位。中国人真的那么蠢吗？现在世界上还没有哪一个人敢说中国人蠢。有人敢说的话，这个人就是最蠢的。为什么？我们不蠢，那是我们不勤奋吗？我不能说我们的学者都勤奋。这里我插一句。昨天蔡德贵教授让我讲一讲，人文社会科学，大学、社会科学院"水土流失"严重的问题。年轻人不愿意做，不愿干这一行，山大是这样，北大也一样。我是这么看：要建设一个国家，应该两手抓。我们讲两手抓，实际上有时候是一手抓。现在是重工轻理，重理轻文，工科是第一，理科是第二，文科是第三。这对学文科的人有影响。实际上，我看大家不必有多么大的心理负担。世界各国真正经济腾飞、文化发达的，都是两手抓，光抓科技不行。日本之所以发展那么快，是因为它抓文化，抓教育。

我到日本去看过庆应大学，这是私立的，日本大学排榜能排第二或第一，早稻田和庆应，就像美国的哈佛和耶鲁一样，英国的牛津、剑桥一样。东京大学排第三位。庆应大学的创办人叫福泽谕吉，一进校门有一座塑像，他抓文化教育，办了个庆应大学。不搞文化不抓教育而想经济腾飞，小的可以腾，大的腾不起来。不要因为眼前文科显得用处不大，不要这么想。当然我并不是要大家都学文科。你们记着范老（文澜）的几句话：板凳甘坐十年冷，文章不写一句空。文科（其他科也一样）要出成绩，必须有这个本领。没有坐十年冷板凳的决心，一事无成。

我并不反对有些年轻人下海、留洋，我叫它"海洋主义"。"海洋主义"我不反对。因为大学里边用不了那么多人，社会科学院里也用不了那么多人。有的青年下海还有好处，我不反对。留洋我只反对不回来。我对不回来的深恶痛绝，可我没有办法。到一个国家留学不回来，在国外做一个三等公民。现在大家排了排，在美国甚至要做到五等公民，不是三等，不够三等。第一等是美国白人，第二等是西欧移民，第三等是拉美移民，第四等是黑人，第五等才是我们华人。所以不是做三等公民，而是五等公民，你这样舒服吗？饭吃得下去吗？天天吃大餐，肯德基、麦当劳，天天吃那个玩意儿，你吃得舒服吗？我觉得真正想有成就，真正爱我们国家，就得在我们国内才有前途。到美国可以教个书，当个教授，甚至当个终身教授，没有什么了不起，真正有出息是在中国。再等10年、20年，你再想一下当年季羡林讲过这么一句话，真正有出息是在中国。这不是狭隘爱国主义。所以，我想昨天蔡德贵面授机宜，让我讲

"我到日本去看过庆应大学",图为季羡林在庆应义塾图书馆前与友人合影留念。

一点看法，我就讲一点看法。

现在再回头来讲我们的 21 世纪人文社会科学。我觉得 21 世纪的人文社会科学，现在的基础要发展，但是必须有新的指导思想，就是我刚才说的"天人合一"，有了这个指导思想以后，不管是人文科学，社会科学，自然科学，工程技术，都一样，有这个指导思想和没有这个指导思想很不一样。要没有这个指导思想，21 世纪还跟在西方的屁股后头转，还是无声的中国，那就太惨了。

拿文艺批评来讲，拿语言学来讲，西方是过几个月就出现一个新学说。出来以后，过不久就销声匿迹，然后再出现一个新学说。可是这里边我们中国为什么就没有？我想这里边有好多问题，其中有一个，就是"贾桂思想"，老觉着自己不行。《法门寺》这出戏剧里不是有个贾桂吗？觉着自己不行，只有洋人能够脑袋瓜灵，能创新学说，我们中国人创不了。哪有那么回事啊？西方人的那些东西，什么流派，不管是文艺理论、语言学，还是其他的学问，我们应该注意，它对你讲什么东西，一定要注意，一定要研究，可是无论如何不要迷信，没有什么了不起。清代赵翼有一首诗："李杜诗篇万口传，至今已觉不新鲜。江山代有才人出，各领风骚数百年。""江山代有才人出，各领风骚数百年"，这句话实际上没有说对。各领风骚数百年，李杜已领了一千多年了，我们现在还要念李白、杜甫啊！这句话本身是不对的，这里我不管它，我套用了一句：现在世界上不少学说是"江山年有才人出，各领风骚数十天"。庄子讲"蟪蛄不知春秋"，好多学说刚一出就完了。也有比较长一点的，但现在也不行了。而我们偏偏迷信，好像只有他们才能创新学说，我们不能创。我对这种现象深恶痛绝。

我举一个具体的例子,最近我写了一篇"怪论"——《美学的根本转型》。美学,在座的有好多是研究美学的,我们山大的周来祥教授是美学专家。我也来谈一谈美学的根本转型。我看过一篇文章,叫《美学的转型》,讲美学这门学问是舶来品,是传进来的。传进来以后,有人就跟着西方学者屁股后头转,转到今天,转到死胡同里去了。讨论什么美是客观的,美是主观的,美是主客观相结合的,越讨论越糊涂,谁也说服不了谁。现在有的美学家就提出要转型,我也写了《美学的根本转型》。什么叫"根本转型"呢？根本转型就是把西方的那一套根本丢掉。我不是瞎说的,美学这个词儿是舶来品,美学这个词英文是 aesthetics,是从希腊文来的,是讲感官,与外界接触得到的美感。感官有眼、耳、鼻、舌、身等五官。我们现在看西方美学,什么黑格尔、Croce,他们在五官里边只讲两官:一官指眼睛,看雕塑,看绘画,讲美学是用眼睛看的。另一官指耳朵,听的是音乐。五官只讲两官,光讲眼睛和耳朵,光讲美术和音乐,是不是这个情况？当年我在大学念书的时候,听过朱光潜先生讲的美学,"文艺心理学",当时对我影响很大,后来没有怎么接触。

最近我忽然想到,西方美学之所以走到绝路,因为它不全。中国怎么办呢？美学是研究美的学问,中国人的美,跟西方人不一样。有的当然一样,如这个姑娘很漂亮,中国人眼中看着漂亮,西方人眼中看着也漂亮,有共同的地方。但也有很大的区别,是"美"这个字,美这个字,一查《说文》在羊部,"羊大为美"。羊长大了,肉很好吃。是讲舌头的。我们不是说美味佳肴吗？美跟味联在一起,是讲舌头的。西方美学不讲舌头,是讲别的。中国人讲美学,要讲中国人的美。中国的美首先不是从眼睛出发，不从耳朵出发，而是从舌头出发。善，善良的善，也是羊部；仁、义、礼、智、信的义，也是羊部，都是羊。我们中国人喜欢吃，这个事情也很简单。我的想法是中国在游牧社会，羊大了，吃羊肉，就觉得美得不得了。从这开始，从味觉开始，然后是美人啊，就到了眼睛了。很美的音乐，就到了耳朵了。是不是这么个道理？

中国美和西方美不一样。美学的根本转型，就要把西方的那一套都丢掉，根据我们中国人的美，我们认为什么是美，我们认为是五官，不光是眼睛和耳朵，一官或两官。是不是这样子？这篇文章大概年内可以发表，社科院的《文学评论》要发表。它为什么要压一压呢？他们说你这篇怪论，很有意思，到了快年终的时候，发你一篇文章，引起争论，可以增加订数，这是开玩笑。我说没有关系，这篇怪论你什么时候发都行。反正副标题就叫《一篇怪论》。我举这么个例子，就说明我们到21世纪，要搞人文科学，必须搞出我们中国的特色。文艺理论也一样。文艺理论的一篇已经发表了，在《文学评论》今年春天发表的，第2期听说就有反对我的意见的文章。我还是那个老办法，你打你的，我打我的，我也不跟你商榷，也不讨论。你赞成，我同意；你不赞成，我也同意。这就是要考虑我们中国特点。要考虑中、西不一样。美这个英文词是 beautiful，讲人，beautiful 可以。讲这个菜，说 beautiful 不行，面包是美味，说 beautiful bread，没有这个说法。从语言学来讲，也不一样。我们讲美味佳肴，香港美食城，山东不知道有没有美食城。我们的美是从舌头出发的，讲美学的话，应该讲眼、耳、鼻、舌、身，不能光讲眼睛和耳朵。

美，有以心理为主要因素的，有以生理因素为主的。以心理为主要因素者为眼、耳，以生理为主要因素者为鼻、舌、身，部位不同，但是同为五官，同为感觉器官则一也。其感觉之美，虽性质微有不同，其为美则一也。在中国当代汉语中，"美"字的涵盖面非常广阔。眼、耳、鼻、舌、身五官，几乎都可以使用"美"字。比如眼：这幅画美，人美，自然风光美；耳：乐声美；鼻：香味美；舌：味道美。只有身稍微困难一点，但是从人们口中常说"美滋滋的"，也可以表示"舒服"，这样使用到"身"身上，也就没有困难了。这样含义涵盖广，难道同"美"的词源有关吗？五官所感受的美好的东西，既然可以同称"美"，其间必有相通之处。只要抓住这相通之处，加以探讨，必然有成。在西方则不然。以英文为例，含义是"美"的字眼，比如 beautiful, pretty, handsome 等等，涵盖面都有限，恐怕只限于眼。耳可用 sweet 等。鼻也可用 sweet, fragrant, aromatic。舌用 delicious 等。身用 comfortable 等。这些例子不全，也用不着全，只不过想略表中西之不同而已。

中国现在的美学研究既然走到死胡同，那就要改弦更张，另起炉灶，建构起一个全新的美学框架，扬弃西方美学中没有用的误导的那一套东西，保留其有用的东西。但是西方美学只限于眼、耳，是不全面的，中国美学"美"字的语源意义，只限于舌，也是不全面的，都必须加以纠正补充。要把眼、耳、鼻、舌、身所感受到的美都纳入美学框架，把心理和生理所感受的美冶于一炉，建构成一个新体系。这是大破大立，是根本转型，而不是修修补补。21世纪要发展人文社会科学，必须有新东西，要根据我们中国自己的实际情况。

语言学也是这样。我不知道在座的有没有搞语言学的。中国语言学在世界上是最古老的，许慎《说文》《尔雅》，都很古老。可到现在呢，在国际上没有中国的理论，只有外国的。原因是汉语的研究方法，应该彻底改变。现在研究汉语的方法，实际上是从《马氏文通》来的，是用研究英文、法文、拉丁文等有曲折变化的语言的方法来研究没有曲折变化的汉语。那能行吗？英文等的语序可以不那么固定，如我打你，你打我，"你""我"都有专词表述，语序不那么固定，也可以的。但在中文里不得了，是很大的不同。梵文的语序可以随便。中文就复杂，不能那么随便。如人，你说是名词，那韩愈的"人其人"，第一个"人"是动词。如火，也是韩愈的"火其书"，第一个"火"是动词，这种现象在印欧语系是没有的。所以拿英文的方法研究汉文是不行的，也要改弦更张，要根据汉语的具体情况来研究，不能用外国那一套。

建立一种理论也是这样。怎么能够使我们在国外没有声音，是我们自己没有发。我觉得我们中国人的聪明才智，不差于任何国家，不低于任何国家。首先要去掉"贾桂思想"，觉得我们很不行，这是很不对的。

研究文学批评也是这样。现在有好多学派。研究文学批评有一些理论，当年主要是从苏联来的，毕达柯夫，在座中文系的老先生都知道，他的教科书，他的文艺理论也是西方的。我们过去也有文艺理论，《文心雕龙》、几个《诗品》，那就是文艺理论，很高的文艺理论。我们研究文艺理论要用中国的做法，我在《门外中外文论絮语》一文中讲过，中国的文论家从整体出发，把他们从一篇文学作品中悟出来的道理或者印象，用形象化的语言，来给它一个评价，比如"清新庾开府，俊逸鲍参军"，对李白则称之曰"飘逸豪放"，对杜甫则称之为"沉郁顿挫"，这是与西方文论学家把一篇文学作品加以分析，解剖，给每一个被分析的部分一个专门名词，支离繁琐，很不一样。中国诗，没法翻译成英文，翻译成英文谁也不懂，如"池塘生青草"，翻成英文是池塘旁边长出了青草来，这算是什么诗啊。又比如"明月照高楼"，这也是名句，翻译成英文，完了，成了月亮照着高楼。中、外不一样。中国文艺理论的书不多，《文心雕龙》，钟嵘、司空图各有一部《诗品》，这些都值得读一读。中国有诗话。诗话这东西很奇怪，我注意到，诗话世界上只有两个国家有，中国和韩国，日本没有诗话。

中国人吃东西，我写过两篇东西，是给《新民晚报》"夜光杯"用的，一篇是论中餐、西餐，另一篇题目挺吓人：《从哲学的高度来看中餐和西餐》，大家可以看看，并不吓人。我讲的是实话，中餐和西餐没有什么差别，很简单，中餐就是肉、菜炒在一起；肉与菜分离，就是西餐，就这么简单。实际情况当然不那么简单。法国西餐就好，做得比德国的好。看问题要抓住要害。不要迷信外国，外国要研究，不要迷信。一定要有我们的雄心壮志，不是只有蓝眼睛、高鼻子的人才能提出理论。山东大学在中国的大学里边，在山东当然是最高学府，在中国的综合大学里也是排在前边的。我自己作为一个山东人，作为山大的一个老校友，我是双重校友，既当过学生，又当过教员，我在济南"省立高中"教过书，高中是山大附中改建的。希望我们山大能够一天比一天好，为山东争光，为中国争光。

为了能适应21世纪人文社会科学发展的需要，我劝文科的同学多学习点理科的内容，至少选修一门理科的课程。原来，我1930年上清华大学时，有一个规定，文科学生必须学一门理科的课。当年蔡元培先生在北大也有这个规定，文科学生必须学一门理科的课程。可惜，清华用了一个通融办法，逻辑可以代替，结果三个逻辑教师讲，三个教室还都是满的。原因是什么呢？我是文科高中毕业的，生物、物理、化学是理科，我都不懂，你让我怎么学理科？其他人也有和我一样的，所以，三个逻辑课教室都满堂。我看这是变了样的，不对的。蔡元培先生也提出这个意见来，北大用另外一种方式来改变了一下，即用"科学方法"。大家都不熟悉。我1930年同时考北大、清华，北大出国文题就是"何谓科学方法？试分析评论之"。这是国文题，也不大对头。到今天，过了有六十多年了，现在的青年同学、青年学者，你们一定要通一门理科。我这么讲的原因，就是从学术发展来看，学术交融越来越明显，在最初，欧洲只有物理，只有化学、生物，分得清清楚楚，现在呢？物理化学、生物化学，已经交叉了。现在我看21世纪，文、理都很难分。所以文科必须用理科的知识，理科必须用文科的知识。这一点从学术发展的情况来看，绝对没有问题。21世纪，文、理科到底会融合到什么程度？这个我不敢说。这是我对青年学生要求的第一点。

　　第二点，就是学文科、理科，不管是什么科的同学，你必须掌握好一门外语。听说写读译，五会，一会不行，二会不行，三会、四会也不行，必须五会，有了一门外语，研究学问，出国参加学术会议，都有好处。同时对你们研究学问有好处，不能满足于现状，那是不行的，必须与外语结合。具体地讲，就是英语。英语现在实际上是世界语，会了英语，走遍世界不困难。根据我的经验，就是走到苏联时碰到过一点困难。一过苏联边界，一到波兰，英文什么都解决了。苏联当时只讲俄文，我在那里还闹过一个笑话。因为我学过俄文，拿辞典勉强可以看书。但有一个词"香肠"我忽然忘了怎么说，在旅馆吃早点，想吃香肠，怎么比划，服务员都不懂，最后就没吃到香肠。学会英语走到哪儿都不会碰到困难。苏联只是一个特例。

第三，要不断扩大知识面，吸收新知识。现在我有点倚老卖老了，但是我还是报纸、杂志，都翻一翻。有的年龄和我相当的一些老先生，报纸也不看，杂志也不翻，那就有点玄乎。

最后一点，最好要能掌握电脑。电脑，我不会的，有人要教我，说5分钟包会，我说5分钟我也不干，我是老顽固。因为学电脑有个过程，因为我们写文章，舞文弄墨几十年，写的过程就是构思的过程，一改变工具，我这构思就没法构思，灵感就没有了。所以我没有办法，我说我现在就原样对付几年吧。你们年轻人一定要掌握电脑，新的通讯知识，一定要掌握。年轻人到21世纪要是缺乏刚才我说的这些基础，我觉得有点困难。现在我们就整个中国学术界来讲，人文社会科学我们现在还是有人，不能说没有人。不过有的学科有点后继无人，像北大这个学校，到明年100年了，当然要算的话，可以算2000年，从周朝开始，但是我们不那么算，从1898年算起。现在就是这样子，北大的台柱是哪个系？我没有研究过，办学不能平均撒胡椒面，要办出特点来，你不可能每个系都是全国第一，你要选那么几个重点出来。北大大家一致的意见是，全校重点应是文科的中文、历史、哲学。我们过去一个副校长王路宾，山东人，做过济南市委书记，公安厅长，他是搞理科的（我与他同时当副校长），但是我的文章他看。我问过他，路宾同志，你考虑要北大办出特点来，哪个系？他说：文、史、哲。就是蔡德贵他们这个杂志《文史哲》，这个道理是很正确。可最近，我们文、史、哲"水土流失"厉害，年轻人留不下，留下的呢，他没法养家，这都是实际问题。不过尽管这样，实际上一个系里边，真正有学问、有造诣、有声望的教授用不了多少，多了也用不着。年轻人，老、中、青这个班子，一个系里有十个八个二十个，就够了。这同国外的大学情况一样，你这个大学有没有名，你这个系有没有名，决定于教授。过去，我进的那个哥廷根大学，从19世纪末到20世纪20年代，是世界数学中心。不是德国的，是世界的。因为当时有两个大师，一个叫希尔伯特（David Hilbert），一个是克莱因（Klein），还有高斯（Gauss），我去的时候高斯早已不在了，希尔伯特还活着。这几个人一不在，大学里的数学水平立刻就下降。如果有接班人可以，没有接班人立刻就下降。所以，我有个怪论，就是办学究竟应该怎么办？

北京大学现在举行百年校庆展览，来征求我的意见，我说我有个怪论，大学的组成部分有四部分：第一部分是教师；第二部分是学生，这个为主；第三部分是图书馆、实验室；第四部分，行政管理。行政管理怎么排在第四部分？这是因为第三、第四部分是为第一、第二部分服务的。没有第一、第二部分，第三、第四部分没有存在的必要。他们觉得这也有道理。没有学生，没有教员，图书馆干么？实验室干么？行政班子干么？大学里学生是非常重要的，你招的学生的素质不一样，培养出来的学生，人与人之间就很不一样。要是你考进来的时候素质高，再加上教授的水平高，实验设备好，图书馆好，行政管理好，必然出人才，为我们国家建设，为我们学术发展，必然出人才。现在大家不愿意在学校，我感觉是暂时的。现在我们国家财政上有困难，我们应该体谅国家。工资我们跟外国人没法谈。就是香港大学的工资也没法比，我自己是知识分子，在知识分子堆里混了七八十年，我写过一篇文章《一个老知识分子的心声》，里边也有刺，也有牢骚，可是也有正面的。中国知识分子的最大特点是最爱国家，我说句不好听的话，我们老知识分子的爱国，恐怕比你们中年还要厉害。这话怎么讲呢？是唯物的。我们在解放前过过半封建半殖民地的生活，你们没过过。中国人在海外的，华侨最爱国，因为什么呢？因为他在国外，离我们中国，祖国，很远，但实际上给他以很大影响。1951年，我到印度去访问，到了一个叫海德拉巴地方的一个中国餐馆，主人一定要请我们吃饭。我们那个团很大，是建国后第一个大型代表团，有很多名人，这么多人一定要请吃饭，我们问他为什么？他说，中华人民共和国一成立，我们在印度人眼中的地位立刻升高。你说他能不爱国吗？很简单，这是唯物的。年老的吃过那个苦头，你们年轻一点的不知道。

我刚才讲的，涉及业务的几个条件，都是我自己根据经验谈出的一点意见，仅供参考。谢谢大家。

1997年10月

本篇为作者在1996年10月4日—6日山东大学"面向21世纪的人文学科建设暨季羡林学术思想研讨会"上的讲话，根据录音整理而成。

希望在你们身上

李羡林

希望在你们身上

人类社会的进步,有如运动场上的接力赛。老年人跑第一棒,中年人跑第二棒,青年人跑第三棒。各有各的长度,各有各的任务,互相协调,共同努力,以期获得最后胜利。这里面并没有高低之分,而只有前后之别。老年人不必"倚老卖老",青年人也不必"倚少卖少"。老年人当然先走,青年人也会变老。如此循环往复,流转不息。这是宇宙和人世间的永恒规律,谁也改变不了一丝一毫。所谓社会的进步,就寓于其中。

中国古话说:"长江后浪推前浪,世上新人换旧人。"像我这样年届耄耋的老朽,当然已是"旧人"。我们可以说是已经交了棒,看你们年轻人奋勇向前了。但是我们虽无棒在手,也决不会停下不走,"坐以待毙";我们仍然要焚膏继晷,献上自己的余力,跟中青年人同心协力,把我们国家的事情办好。

我说的这一番道理,迹近老生常谈,然而却是真理。人世间的真理都是明白易懂的。可是,芸芸众生,花花世界,浑浑噩噩者居多,而明明白白者实少。你们青年人感觉锐敏,英气蓬勃,首先应该认识这个真理。要想树立正确的人生观和价值观,也必须从这里开始。换句话说就是,要认清自己在人类社会进化的漫漫的长河中的地位。人类的前途要由你们来决定,祖国的前途要由你们来创造。这就是你们青年人的责任。千万不要把人生观和价值观当做一个哲学命题来讨论,徒托空谈,无补实际。一切人生观和价值观,离开了这个责任感,都是空谈。

那么,我作为一个老人,要对你们说些什么座右铭呢?你们想要从我这里学些什么经验呢?我没有多少哲理,我也讨厌说些空话、废话、假话、大话。我一无灵丹妙药,二无锦囊妙计。我只有一点明白易懂简单朴素、迹近老生常谈、又确实是真理的道理。我引一首宋代大儒朱子的诗:

少年易老学难成,
一寸光阴不可轻。
未觉池塘春草梦,
阶前梧叶已秋声。

明白易懂,用不着解释。这首诗的关键有二:一是要学习,二是要惜寸阴。朱子心目中的"学",同我们的当然不会完全一样。这个道理也用不着多加解释,只要心里明白就行。至于爱惜光阴,更是易懂。然而真正能实行者,却不多见。

这就是一个耄耋老人对你们的肺腑之谈。

青年们,好自为之。世界是你们的。

1994 年 12 月 4 日

芳林新叶催陈叶

每年一到秋天，我们就看到落叶辞树；一到春天，又看到新叶生枝。自从地球上有了树木以来，多少万年就是这样变化着，而且还会继续变化下去。我们古人把这情况总结成了一句话，叫做：芳林新叶催陈叶。

我们看到河流或者大海，就会看到一浪跟着一浪，永不间断。自从地球上有了海河以来，多少万年就是这样变化着，还会变化下来。孔夫子说："逝者如斯夫，不舍昼夜。"我们古人也把这情况总结成一句话，叫做：长江后浪推前浪。

我们的学校工作也是这样。我们每年欢送毕业生，又每年欢迎新学生。自从地球上有学校以来，情况就是这样，而且也还会继续下去。

但是我们对这送旧迎新的工作，往往不去深思——"司空见惯浑闲事"——我们见惯了。年轻的要考大学的同学们大概也见惯了，我们都变成了"司空"。

如果我们从我上面讲到的新叶与陈叶的关系、后浪与前浪的关系来看，联系到我们今天的建设工作，那么我们会感到送旧迎新，意义深远。新陈代谢，是宇宙的永恒规律。社会主义建设又决非一朝一夕所能奏效。在这里，我们既有陈叶，又有新叶；既有前浪，又有后浪。新陈相继，前后相推，才能保证我们事业的发展和胜利。

今天我们大学招生的对象是想入大学的青年，你们现在都属于新叶，都属于后浪。既然是新叶，就必须有朝气蓬勃的精神；既然是后浪，就必须有催赶前浪的劲头。建设社会主义伟大而艰巨的工作，陈叶和前浪当然都要积极努力；但从长远来看，重担将要落到你们肩上，落到你们这些新叶和后浪的肩上。

我们北京大学，和其他大学一样，热烈欢迎你们来参加我们学习的行列，燕园的大门正向你们敞开着。有志于承担祖国社会主义建设伟大又艰巨的工作的青年们，来吧！——来呀！

1982 年 3 月 29 日

学 外 语

一

现在全国正弥漫着学外语的风气，学习的主要是英语，而这个选择是完全正确的。因为英语实际上已经成了一种世界语。学会了英语，几乎可以走遍天下，碰不到语言不通的困难。水平差的，有时要辅之以一点手势。那也无伤大雅，语言的作用就在于沟通思想。在一般生活中，思想决不会太复杂的。懂一点外语，即使有点洋泾浜，也无大碍，只要"老内"和"老外"的思想能够沟通，也就行了。

学外语难不难呢？有什么捷径呢？俗话说："天下无难事，只怕有心人。"所谓"有心人"，我理解，就是有志向去学习又肯动脑筋的人。高卧不起，等天上落下馅儿饼来的人是绝对学不好外语的，别的东西也不会学好的。

至于"捷径"问题，我想先引欧洲古代大几何学家欧几里德（也许是另一个人，年老昏聩，没有把握）对国王说："几何学里面没有御道！""御道"，就是皇帝走的道路。学外语也没有捷径，人人平等，都要付出劳动。市场卖的这种学习法、那种学习法，多不可信。什么方法也离不开个人的努力和勤奋。这些话都是老生常谈，但是，说一说决不会有坏处。

根据我个人经验，学外语学到百分之五六十，甚至七八十，也并不十分难。但是，我们不学则已，要学就要学到

"做人要老实,学外语也要老实。学外语没有什么万能的窍门。俗语说:'书山有路勤为径,学海无涯苦作舟。'这就是窍门。"图为季羡林参加北京大学青年语言学会成立大会,并在会上发言。

百分之九十以上，越高越好。不到这个水平你的外语是没有用的，甚至会出漏子的。我这样说，同上面讲的并不矛盾。上面讲的只是沟通简单的思想，这里讲的却是治学、译书、做重要口译工作。现在市面上出售为数不太少的译本，错误百出，译文离奇。这些都是一些急功近利，水平极低而又懒得连字典都不肯查的译者所为。说句不好听的话，这些都是假冒伪劣的产品，应该归入严打之列的。

我常有一个比喻：我们这些学习外语的人，好像是一群鲤鱼，在外语的龙门下洑游。有天资肯努力的鲤鱼，经过艰苦的努力，认真钻研，锲而不舍，一不要花招，二不找捷径，有朝一日风雷动，一跳跳过了龙门，从此变成了一条外语的龙，他就成了外语的主人，外语就为他所用。如果不这样做的话，则在龙门下游来游去，不肯努力，不肯钻研，就是游上一百年，他仍然是一条鲤鱼。如果是一条安分守己的鲤鱼，则还不至于害人。如果不安分守己，则必然堕入假冒伪劣之列，害人又害己。

做人要老实，学外语也要老实。学外语没有什么万能的窍门。俗语说："书山有路勤为径，学海无涯苦作舟。"这就是窍门。

二

前不久，我写过一篇《学外语》，限于篇幅，意犹未尽，现在再补充几点。

学外语与教外语有关，也就是与教学法有关，而据我所知，外语教学法国与国之间是不相同的，仅以中国与德国对比，其悬殊立见。中国是慢吞吞地循序渐进，学了好久，还不让学生自己动手查字典，读原著。而在德国，则正相反。据说

19世纪一位大语言学家说过:"学外语有如学游泳,把学生带到游泳池旁,一一推下水去;只要淹不死,游泳就学会了,而淹死的事是绝无仅有的。"我学俄文时,教师只教我念了念字母,教了点名词变化和动词变化,立即让我们读果戈理的《鼻子》,天天拼命查字典,苦不堪言。然而学生的主动性完全调动起来了。一个学期,就念完了《鼻子》和一本教科书。实践是检验真理的唯一标准,德国的实践证明,这样做是有成效的。在那场空前的灾难中,当我被戴上种种莫须有的帽子时,有的"革命小将"批判我提倡的这种教学法是法西斯式的方法,使我欲哭无泪,欲笑不能。

我还想根据我的经验和观察在这里提个醒:那些已经跳过了外语龙门的学者们是否就可以一劳永逸地吃自己的老本呢?我认为,这吃老本的思想是非常危险的。一个简单的事实往往为人们所忽略,世界上万事万物无不在随时变化,语言何独不然!一个外语学者,即使已经十分纯熟地掌握了一门外语,倘若不随时追踪这一门外语的变化,有朝一日,他必然会发现自己已经落伍了,连自己的母语也不例外。一个人在外国呆久了,一旦回到故乡,即使自己"乡音未改",然而故乡的语言,特别是词汇却有了变化,有时你会听不懂了。

我讲点个人的经验。当我在欧洲呆了将近十一年回国时,途经西贡和香港,从华侨和华人口中听到了"搞"这个字和"伤脑筋"这个词儿,就极使我"伤脑筋"。我去国之前没有听说过。"搞"字是一个极有用的字,有点像英文的 do。现在"搞"字已满天飞了。当我在80年代重访德国时,走进了饭馆,按照四五十年前的老习惯,呼服务员为 hever ofer,他瞠目以对。原来这种称呼早已被废掉了。

因此，我就想到，不管你今天外语多么好，不管你是一条多么精明的龙，你必须随时注意语言的变化，否则就会出笑话。中国古人说："学如逆水行舟，不进则退。"要时刻记住这句话。我还想建议：今天在大学或中学教外语的老师，最好是每隔五年就出国进修半年，这样才不至为时代抛在后面。

三

前不久，我在《夜光杯》上发表了两篇谈学习外语的千字文，谈了点个人的体会，卑之无甚高论，不意竟得了一些反响。有的读者直接写信给我，有的写信给《夜光杯》的编辑。看来非再写一篇不行了。我不可能在一篇短文中答复所有的问题，我现在先对上海胡英琼同志提出的问题说一点个人的意见，这意见带有点普遍意义，所以仍占《夜光杯》的篇幅。

我在上述两篇千字文中提出的意见，归纳起来，不出以下诸端：第一，要尽快接触原文，不要让语法缠住手脚，语法在接触原文过程中逐步深化。第二，天资与勤奋都需要，而后者占绝大的比重。第三，不要妄想捷径，外语中没有"御道"。

学习了英语再学第二外语德语，应该说是比较容易的。英语和德语同一语言系属，语法前者表面上简单，熟练掌握颇难；后者变化复杂，特别是名词的阴、阳、中三性，记得极为麻烦，连本国人都头痛。背单词时，要连同词性 der、die、das 一起背，不能像英文那样只背单词。发音则英文极难，英文字典必须使用国际音标。德文则一字一音，用不着国际音标。

学习方法仍然是我讲的那一套：尽快接触原文，不惮勤查字典，懒人是学不好任何外语的，连本国语也不会学好。胡英琼同志的具体情况和具体要求，我完全不清楚。信中只谈到德文科技资料，大概胡同志目前是想集中精力攻克这个难关。

我想斗胆提出一个"无师自通"的办法，供胡同志和其他读者参考。你只需要找一位通德语的人，用上二三个小时，把字母读音学好。从此你就可以丢掉老师这个拐棍，自己行走了。你找一本有可靠的汉文译文的德文科技图书，伴之以一本浅易的德文语法。先把语法了解个大概的情况，不必太深入，就立即读德文原文，字典反正不能离手，语法也放在手边。一开始必然如堕入五里雾中。读不懂，再读，也许不止一遍两遍。等到你认为对原文已经有了一个大概的了解，为了验证自己了解的正确程度，只是到了此时，才把那一本可靠的译本拿过来，看看自己了解得究竟如何。就这样一页页读下去，一本原文读完了，再加以努力，你慢慢就能够读没有汉译本的德文原文了。

科技名词，英德颇有相似之处，记起来并不难，而且一般说来，科技书的语法都极严格而规范，不像文学作品那样不可捉摸。我为什么再三说"可靠的"译本呢？原因极简单，现在不可靠的译本太多太多了。

1997年3月27日

大学外国语教学法刍议

我们学习外国语，不是在大学里才开始的。从中学起，有的人甚至从小学起已经学起外国语来了。但是小学生和中学生智力发展尚未成熟，所以他们应该有他们独特的学法，我们在这里不谈。我们要讨论的只是大学里外国语的教学法。

我这里说的外国语是指的平常所谓第二第三外国语，就是在大学里才开始学的。在中国读过大学的人大概都有学习第二外国语甚至第三外国语的经验。有的学一年，有的学二年三年甚至四年。学习的期间虽有短长，但倘若问一个学过的人，他学的成绩怎样，恐怕很少有不摇头的。

我也在大学里学过两种外国语。教务处注册股的先生们或者认为我已经学成了。因为在他们的本子里我的分数都是非常好的。而且还因了其中一种的分数特别好而得到出国的机会。但是我却真惭愧。送我出国的这一种外国语还是我到了它的本国以后才学好的。另外一种也是在那个国度里学到能看书的程度。同我同时学的朋友们情况也同我差不多。当然，这里也正像别处一样天才是缺不了的。他们念上十页八页的文法，一百个上下的单字，再学会了查字典。以后写起文章来，就知道怎样把英文的 As if 翻成德文的 Als ob，括弧里面全是洋字，希腊、拉丁、德文、法文全有。这样就很可以吓倒一个人。至于他们能不能看书呢，那就只有天知道了。

虽然有这样的天才撑场面，但人们还是要问，为什么中国大学生学外国语的成绩这样不高明？难道他们的资质真不行吗？我想无论谁只要同外国大学生在一块念过书都会承认，我们中国学生的天资并不比外国学生差。原因并不在这里。

但原因究竟在哪里呢？这问题我觉得也并不难回答，我们只要一回想我们自己学习外国语的经过和当时教员所用的方法就够了。普通大概都是这样：教员选定一本为初学者写的文法，念过字母以后，就照着书本一课一课地教下去，学生也就一课一课地学。速度快的，一年以内可以把普通文法教完；慢的第二学年开始还在教初级文法。有的性急的教员等不到把文法学完就又选定一本浅明的读本一课一课地讲下去。学生在下面用不着怎样预备，只把上一次讲过的稍稍看一看，上堂时教员若问到能够抵挡一阵，不管怎样糊涂，也就行了。反正新课有教员逐字逐句讲解，学生只须在半醒半睡中用耳朵捉住几句话或几个字就很够很够了，字典是不用自己查的。于是考试及格，无论必修或选修都得了很好的分数，堂皇地写在教务处注册股的大本子里。教员学生，皆大欢喜。

就这样，学上两年甚至三年外国语，除了极少数的例外以外，普通学生大概都不能看书。最初也许还能说那么十句八句的话，但过上些时候，连这些话也忘净了，于是自己也就同这外国语言绝了交。

这真是一个莫大的损失。大好光阴白白消耗掉，这已经很可惜了。但更重要的却是放掉一个学习现代学者治学最重要的工具的机会。现代无论哪一国哪一门的学者最少也要懂几种外国语，何况在我们这学术落后处处仰给别人的中国？而且这机会还是一放过手就不容易再得到，因为等到大学毕业自己做了事或开始独立研究学问的时候，就很难再有兴致和时间来念作为工具用的外国语了。

这简直有点近于一个悲剧。这悲剧的主要原因,据我看,就在教学法的不健全。自从学字母起,学生就完全依赖教员。教员教一句,学生念一句。一直到后来学到浅近的读本,还是教员逐字逐句地讲。学生从来不需要自动地去查字典,学生仍然不能知道直接去念外国书的困难,仿佛一个小孩子,从生下起就吃大人在嘴里嚼烂的饭,一直吃得长大起来,还不能自己嚼饭吃,以后虽然自己想嚼也觉得困难而无从嚼起了。

我们既然知道了原因所在,就不难想出一个挽救的方法,这方法据我看就在竭力减少学生的依赖性。教员应该让学生尽早利用字典去念原文,他们应该拼命查字典,翻文法,努力设法把原文的意思弄明白。实在自己真弄不明白了,或者有的字在字典上查不到,或者有的句子构造不清楚,然后才用得着教员。在这时候,学生已经自己碰过钉子,知道困难的所在,而且满心在期望着得到一个解答,如大旱之望甘霖,教员一讲解,学生蓦地豁然贯通,虽然想让学生记不住也不可能了。这样练习久了,我不信他们会学不好外国语。这方法并不是什么新发明,在外国,最少是在我去过的那个国度里,是最平常的。我现在举一个学俄文的例子。第一点钟教员上去,用了半点钟的时间讲明白俄文在世界语言里尤其是印欧语系里的地位,接着就念字母。第二点钟仍然念字母。第三点钟讲了讲名词的性别和极基本浅近的文法知识,就分给学生每人一本果戈理的短篇讽刺小说《鼻子》,指定了一部字典。让每个人念十行。我脑筋里立刻糊涂起来,下了堂用了一早晨的力量才查了六行,有的字只查到前面的一半,有的字根本查不到,意思当然更不易明白。心里仿佛有火在燃烧着,我恨不能立刻就得到一个解答。好容易盼到第二堂上课。教员先让学生讲解,但没有一个人能够讲一个整句。结果还是他讲,大家都恍然大悟,不自觉地轻松地笑起来。他接着又讲了半点钟的文法,才下了课。就这样,在一个学期内念完了初级文法和果戈理的《鼻子》。

这教法或者有点霸道,我承认。学生在课外非有充分的时间来预备不可。但是成绩却的确比我们大学里流行的教法好。除非学生低能,在两年内一定可以看普通的书。与其让学生不痛不痒地学上两年结果是等于白学,何如让学生多费点力量而真得其实惠呢?

19世纪德国大语言学家Ewald就用这方法教学生,而且应用得还特别认真。跟他念过书的学生一谈起来没有一个不头痛的。后来他自己也听到了,就对人说:"学外国语就像学游泳。只是站在游泳池旁讲理论,一辈子也学不会游泳。我的方法是只要有学生到我这里来,我立刻把他推下水去。只要他淹不死,游泳就学会了。"我希望中国的教员先生们有推学生下水的勇气,青年同学们有让教员推下水去的决心。

1946年10月31日 北平

论 博 士

中国的博士和西方的博士不一样。

在一些中国人心目中，博士是学术生活的终结，而在西方国家，博士则只是学术研究的开端。

博士这个词儿，中国古代就有。唐代的韩愈就曾当过"国子博士"。这同今天的博士显然是不同的。今天的博士制度是继学士、硕士之后而建立起来的，是地地道道的舶来品。在这里，有人会提意见了：既然源于西方，为什么又同西方不一样呢？

这意见提得有理。但是，中国古代晏子说："橘生淮南，则为橘；生于淮北，则为枳。"土壤和气候条件一变，则其种亦必随之而变。在中国，除了土壤和气候条件以外，还有思想条件。西洋的博士到了中国，就是由于这个思想条件而变了味的。

在世界各国的历史中，中国封建阶段的历史最长。在长达两千多年的封建社会中，中国的知识分子上进之途只有一条，就是科举制度。这真是千军万马，独木小桥。从考秀才起，有的人历尽八十一难，还未必能从秀才而举人，从举人而进士，从进士而殿试点状元等等，最有幸运的人才能进入翰林院，往往已达垂暮之年，老夫耄矣。一生志愿满足矣，一个士子的一生可以画句号矣。

自从清末废科举以后，秀才、举人、进士之名已佚，而思想中的形象犹在。一推行西洋的教育制度，出现了小学、中学、大学、研究院等等级别，于是就有人来作新旧对比：中学毕业等于秀才，大学毕业等于举人，研究生毕业等于进士，点了翰林等于院士。这两项都隐含着"博士"这一顶桂冠的影子。顺理成章，天衣无缝，新旧相当，如影随形。于是对比者心安理得，胸无凝滞了。如果让我打一个比方的话，我只能拿今天的素斋一定要烹调成鸡鱼鸭肉的形状来相比。隐含在背后的心理状态，实在是耐人寻味的。

君不见在今天的大学中，博士热已经颇为普遍，有的副教授，甚至有的教授，都急起直追，申报在职博士生。是否有向原来是自己的学生而今顿成博导的教授名下申请做博士生的例子，我不敢乱说。反正向比自己晚一辈的顿成博导的教授申请的则是有的，甚至还听说有位教授申请做博士生后自己却被批准为博导。万没有自己做自己的博士生的道理，不知这位教授如何处理这个问题。从前读前代笔记，说清代有一个人，自己的儿子已经成为大学士，当上了会试主考官。他因此不能再参加进士会试，大骂自己的儿子："这畜生让我戴假乌纱帽！"难道这位教授也会大发牢骚："批准我为博导让我戴假乌纱帽吗？"

中国眼前这种情况实为老外所难解，即如"老内"如不佞者，最初也迷惑不解。现在，我一旦顿悟：在中国当前社会中，封建思想意识仍极浓厚。在许多人的下意识里，西方传进来的博士的背后隐约闪动着进士和翰林的影子。

1998 年 9 月 19 日

博士的博论

博士一名,古已有之,几个朝代都使用过,指的是一种官名。现在我们使用的"博士",则是舶来品,是英文 doctor(其他德法等语也一样)的翻译,旧瓶装新酒也。

欧美的教育制度,颇多不同之处。仅就我比较了解的德国而言,那里不大有"毕业"这个概念。一般的情况是,一个学生经过小学、中学、大学十几年的学习,最后在一个大学安定下来,选中了一个教授,参加了他的讨论班,最后被教授认可,愿意收为弟子,于是给学生一个博士论文题目,由学生自己去作。再经过几年时间,论文完成,教授同意,于是确定时间,进行答辩。答辩的范围共有四个:论文本身,一个主系和两个副系,共有教授三人。主席照例是文学院长,因此答辩委员会一般都由四人组成。委员们巍然高坐,有如法庭中的法官。学生是审问对象,教授提问有极大的自由,上天下地,苍蝇蚊子,无所不可。听说汉堡大学一位中国学生以汉语为副系,不过图省力而已,结果教授问:莎士比亚和杜甫谁早?学生答曰:莎士比亚。教授莞尔而笑,说道:"候补博士先生,对不起,你落第了。"我又听说,19世纪后半叶德国医学权威鲁道夫·菲尔绍(Rudolf Virchow),学生答辩时,他捧出了一盘猪肝,放在桌上,问学生这是什么。学生迟疑了半天,不敢答复。最后教授说:"这是猪肝。"学生说:"我也看着像猪肝,但是答辩会教授先生怎么会拿猪肝出来呢?"最后教授说:"你做不了真正的科学家。既然认定是猪肝,为什么不敢说出来呢?"类似这样的故事,我还听过很多。你从中可以悟出研究学问的道理。

至于博士论文,这当然是获得学位的主要根据。这是一个学子展示才华,显露锋芒的最佳的地方。德国教授对论文的要求不算太低。一篇论文必须有点新东西,有点原创性。原创性当然有高低之别。但是,不管是高是低,你必须有,则是不可逆转的要求。否则东抄西抄,下笔万言,也只等于一堆废纸。德国这一点小小的经验,很值得我们中国学习。

我们中国实行博士生制度,不过只有二十来年的历史。但是,一实行,首先就碰到拦路虎,这一条虎就是教授膨胀。据报载,一个大学里的一个系共有70名教员,其中有68位教授。这是否是事实,我不敢说。全国教授的总数,我也不知道,反正其数量是极大的。每一个教授都招博士生,势所不能。于是某一些人又充分发挥了创造力,制造了博士生导师,简称"博导"这样一个词儿。博导评审权最初掌握在国务院学位委员会手中。后来授权几个大学自己评审,于是出了一个匪夷所思的笑话。某大学某系论资排辈,某教授应该担任博导了,而该教授此时正想写论文投到某一位博导门下当博士哩。

笑话归笑话,我担心的是博士论文的质量,近十几年来,我读的博士论文不多,总共也不过三四十篇。总的来看,质量当然会是参差不齐的。但是其中颇多优秀之作。这证明了,我们实行博士生制度是成功的,对推进学术研究起了积极的作用。

对这一群博士论文的作者来说，至关重要的问题是论文的出版。试想一个青年人坐着冷板凳，开电灯以继晷，恒兀兀以穷年，好不容易制造出一篇论文，结果只有几个人看。他们郁闷和失望，不是很自然的吗？但是，出版又谈何容易。哪一家出版社也不肯斥巨资出版很难有销路的博士论文。十几年前，海峡对岸主持文津出版社的邱镇京教授鼎力相助，在大陆同仁的协助下，赔钱出版"大陆文史哲博士丛刊"，出了百余种之后，无法持续下去，只好停刊。我个人认为，邱教授这种善举实在是功德无量，将永远铭记在我们心中。

现在这样功德无量的善举又有人开始运作了。这是由两个机构共同促成的，一个是上海龙华古寺的"华林奖学金"，一个是北京的中华书局。这真是天造地设的好搭档。同这两个机构我都有诚挚的友谊。上海的龙华寺，以一个佛教千年古刹而关心当前我国人文科学的发展和研究工作，不能不令人感到由衷的敬佩。北京中华书局一身正气，我曾几次称之为"中流砥柱"，中华不出一本坏书，在目前出版界是难能可贵的，这非砥柱而何！在促成这一番功德无量的事业中起重要作用的几位朋友中，有几位我们无论如何也不应该忘记。"华林奖学金"方面是湛如博士大德，没有他的努力，这一件事是成不了的；中华书局方面则是本局领导和柴剑虹编审。没有他们的支持，这一件事照样完成不了。对以上几位朋友，我必须表达我最诚挚的敬意与感谢。

由于众所周知不言自明的原因，我们还不能把所有的博士论文都纳入我们的文库中。我希望，年轻的博士们，不管你的论文是否已经纳入文库，都要更上一层楼，锲而不舍，继续钻研，以便取得更新更大的成绩。你们都不要忘记李商隐的诗句："桐花万里丹山路，雏凤清于老凤声。"你们要亮出你们清越的鸣声，与全国人民一起共庆升平。

2003 年 1 月 23 日

本文为《华林博士文库》总序

论 教 授

论了博士论教授。

教授,同博士一样,在中国是"古已有之"的,而今天大学里的教授,都是地地道道的舶来品,恐怕还是从日本转口输入的。

在中国古代,教授似乎只不过是一个芝麻绿豆大的小官。然而,成了舶来品以后,至少是在抗日战争之前,教授却是一个显赫的头衔。虽然没有法子给他定个几品官,然而一些教授却成了大丈夫,能屈能伸。进可以攻,退可以守,身子在北京,眼里看的、心里想的却在南京。有朝一日风雷动,南京一招手,便骑鹤下金陵,当个什么行政院新闻局长,或是什么部的司长之类的官,在清代恐怕抵得上一个三四品官,是"高干"了。一旦失意,仍然回到北京某个大学,教授的宝座还在等他哩。连那些没有这样神通的教授,也是工资待遇优厚,社会地位清高。存在决定意识,于是教授就有了架子,产生了一个专门名词"教授架子"。

日军侵华,衣冠南渡。大批的教授汇集在昆明、重庆。此时,神州板荡,生活维艰。教授们连自己的肚子都填不饱,想尽种种办法,为稻粱谋。社会上没有人瞧得起。连抬滑竿的苦力都敢向教授怒吼:"愿你下一辈子仍当教授!"斯文扫地,至此已极。原来的"架子"现在已经没有地方去"摆"了。

建国以后,50年代,工资相对优厚,似乎又有了点摆架子的基础。但是又有人说:"知识分子翘尾巴,给他泼一盆凉水!"教授们从此一蹶不振,每况愈下。到了"十年浩劫"中,变成了"资产阶级反动学术权威",不齿于士林。最后沦为"老九",地位在"引车卖浆者流"之下了。

20年前,十一届三中全会之后,拨乱反正,天日重明,教授们的工资待遇没有提高,而社会地位则有了改善,教授这一个行当又有点香了起来。从世界的教授制度来看,中国接近美国,数目没有严格限制,非若西欧国家,每个系基本上只有一两个教授。这两个制度孰优孰劣,暂且不谈。在中国,数目一不限制,便逐渐泛滥起来,逐渐膨胀起来,有如通货膨胀,教授膨胀导致贬值。前几年,某一省人民群众在街头巷尾说着一句顺口溜:"教授满街走,××多如狗。"教授贬值的情况可见一斑。

现在,在大学中,一登"学途",则有"不到教授非好汉"之概,于是一马当先,所向无前,目标就是教授。但是,从表面上看上去,达到目标就要过五关,其困难难于上青天。可是事实上却正相反,一转瞬间,教授可坐一礼堂矣。其中奥妙,我至今未能参悟。然而,跟着来的当然是教授贬值。这是事物的规律,是无法抗御的。

于是为了提高积极性,有关方面又提出了博士生导师(简称博导)的办法。无奈转瞬之间,博导又盈室盈堂,走上了贬值的道路。令人更担忧的是,连最高学术称号院士这个合唱队里也出现了不协调的音符。如果连院士都贬了值,我们将何去何从?

1998年10月2日

论聘请外国教授

中国学术落后,大学师资尤其感到缺乏;所以有时候我们不能不聘请外国教授。这是没有办法的事,我们当然不能反对;但是却有条件。

我先说一点我自己的经验。十几年前我在北平的一个国立大学里念外国语文。这个大学的外国语文系是非常著名的,在全国是数一数二的,主要原因就是外国教授多,而且据说又都是有地位的学者。我为这盛名所震惊,怀了一颗虔敬的心,走进了学校,走进了课堂。最初我当然不敢说什么;但渐渐地我却怀疑起来。这些教授们多半是英美人,英文当然会说;但也就只是会说英文,说到他们有什么专门研究,那就很成问题了。一位美国女教授是斯丹佛大学的硕士,教我们英文文字学。第一学期,她拿一位丹麦语言学家论普通语言学的书当教本。这并不是什么深奥的著作;但她愈讲我们愈糊涂。现在看起来并不是很难懂的格林定律当时却没有一个人能明白。原因就是这位女教授除了英文以外,古典语言似乎一点都不会,恐怕连她自己也愈讲愈坠入五里雾中了。第二学期换了课本,她要讲她的据说是最拿手的乔叟。第一堂上去,高声背诵了乔叟的杰作 Canterbury Tales 的第一段。我们都大惊失色。幸而我们不久就发现了她的全部的本领就在背诵乔叟的杰作的第一段,我们的"色"才不至继续"失"下去,否则"失"出病来也未可知。我们看,她似乎连中古英文法也不甚了然;所以不久我们就读起翻成近代英语的乔叟来。一年读完，我们算是学了英文文字学。

另一位教授，也是美国人，他教我们欧洲文学史，用的是他自己著的一部五六百页厚的精装的巨著当教本。无论谁看到这部大书，也会不由得对这位教授起尊敬心；但倘若一加仔细研究，就会发现这部书除了厚大以外没有别的任何长处，世界上除了中国以外没有一个国家肯出钱替他印这部书的。里面对世界上的许多名著的内容都有一撮要的说明；倘若仔细推敲起来，这些说明却不可靠，几乎都有问题。这些名著的原文他当然没读到过，连译本他似乎也没读了几种，他只是直抄别人的书，而且抄得极荒疏，极不小心。这证明他连抄的耐性都没有；然而他就是我们国立大学的名教授。

我在这里不能替每一个我的外国老师都作一个介绍。总括一句，除了很少数的例外外，他们都差不多，不管他们是哪一国人。在他们本国，他们都在大学毕业过。我不知道他们在本国究竟能够找到什么职业；但一定不会是大学教授，这是我们可以断言的。他们有的或者可以在大学里做助教，有的或者可以做中学教员，有的只配在商店里做一个店员，在机关里做小公务员。然而这些称呼都不响亮，于是他们就来到中国，在我们的大学里成了名教授。

倘若他们老老实实地做教授的话，做上几年，说不定也可以做出点成绩来。倘若认真读书，也一定会有所得的；但有些人来中国的目的却是醉翁之意不在酒。有的完全为了好奇心，想来看一看这神秘的国度。结果学了一脸假笑，挤鼻子挤眼，打拱作揖，自命为中国通，能说三句半中国话，回国去了。不久就写成了几厚册论中国的书，于是出了名，发了财，皆大欢喜。有的在本国研究汉学，找到一个机会到中国来想继续研究。在中国大学里担任的课程与他们自己研究的毫无关系。他们可以教历史，教哲学，教希腊文、拉丁文，教古典文学；德国人教法文，美国人教德文，他们简直是万能。同时还忘不了自己的工作，找自己的学生或化钱雇助理帮自己翻译中国的古书，诗词歌赋全行。译的时候尽可能找别人；但书籍出版的时候却只剩下自己的名字。于是也出了名，发了财，说不定让本国的大学请回国去做汉学教授，仍然是皆大欢喜。

从这样的教授那里我们可以学到什么东西，我们一想就可以知道。但这不过是在中国误中国的青年学生而已，还不足以尽他们的任务。他们一回国，当然就会有人问他们在中国的职业，他们也当然就会回答说做教授。他们的亲戚朋友一定很惊奇，像他这样的人居然在中国能够做到教授，中国的大学教育也就可以想见了。于是一传十，十传百，他们脑筋里都有了先入之见，即便再想把中国大学的真相告诉他们，也没有用了。我说中国大学的真相，意思是说，中国大学教授的本质固然不能同其他学术先进国家比，但也不像他们想的那样坏。我们不否认，有很多中国教授同这些外国教授差不多；但也有些真正有地位的学者，他们在世界上任何国家的大学里都能做到教授而无愧。把这些学者同这些外国教授拉在一起，相提并论，简直是不伦不类。要想避免这不伦不类的滑稽剧，我们只有让够做大学助教的外国人留在他们本国做大学助教，够做中学教员的留在他们本国做中学教员，够做店员小公务员的留在他们本国做店员小公务员。倘若我们非聘请外国教授不行的话，我们要聘请的是另外一些人。

这些人我们也聘请过，可惜数目很少，只能算作我上面说到的少数的例外。譬如北京大学以前聘请的美国地质学家葛利普就是其中的一个。葛先生是世界上有名的学者,在中国住了半生,弟子遍中国。中国地质学和古生物学能有这样的成绩,我们要归功葛先生。这样的外国教授我们才需要,才真值得我们聘请。有葛先生这样的外国教授,是我们中国大学的光荣。即便有许多学者不能像葛先生一样在中国住那样许多年;但这也没有关系。杜威、罗素在中国只是旅行了一趟;但他们在几个讲演里留给中国的影响仍然很大,是那些挤鼻子挤眼打拱作揖的中国通和那些让别人做工作自己来出名的所谓汉学家万万想不到的。

除了这些真正有地位的学者以外,为了中国学生学习外国语言起见,我们也可以聘请外国人来教。但我们绝不应该像现在这样随便一个外国的张三李四都给他教授的名衔。我们并不是没有前例可援。我们可以学英国德国的办法,只要教实用语言的外国人一律给他教员的名义。只有真正有地位的学者,最少在外国也能做到正教授的,我们才给他教授的名义。这就是我在开头说到的条件。

1948 年 1 月 30 日　北京大学

大学之道

——祝贺母校山东大学百岁华诞

母校山东大学今年一百岁了。但是，我成为山大的校友却已经有 75 年了，是校龄的四分之三。这样的人如今恐怕很少见了。

如果有人觉得奇怪的话，我需要解释一下。1926 年，我 15 岁，正谊中学毕业以后，考入山东大学附设高中。当时的山大校长是山东省教育厅长前清状元王寿彭。记得高中有一个校长，姓名都忘记了，他好像是从未在高中露过面。给我留下印象最深的是一次祭孔典礼。全体高中学生都集合在山东大学校本部。大门好像是对着正觉寺街。校内有金线泉，距趵突泉不远。当时庭院深深，我自己不知置身何处。现在已经把大墙拆除，与趵突泉区连在一起。几个济南名泉趵突、金线、漱玉等都成为近邻了。

当时主祭人是奉系军阀山东掖县人张宗昌，陪祭的有王状元等，都穿着长袍马褂，行三跪九叩礼，气氛极其庄严肃穆。我虽年幼无知，涉世不深，却在心里默默地感到好笑。特别是那一位长得五大三粗的"狗肉将军"山东督军张宗昌，平日无恶不作，奸淫妇女，这时却俨然装成了一副正人君子，圣人之徒的模样，满脸正气，义形于色，怎能不让人感到十分滑稽可笑呢！

不管怎样，山大高中也是山大的一个组成部分，已经无可

"从我成为山大校友以后漫长的75年中,山东大学,同国内许多著名的大学一样,走过一条悠长而又曲折的道路。"2001年,季羡林在山东大学百年校庆会上。

置疑。我是山大的校友，也名正言顺，决无攀龙附凤之嫌了。

当时高中文科设在济南北园白鹤庄，清流环绕，绿柳成荫，风景绝佳。教员水平甚高，可以说是极一时之选。教历史和地理的是祁蕴璞老师，他勤奋好学，订有多份日文杂志，对世界政治和经济的发展，了若指掌。他除了上课外，还常作公开报告，讲解世界大势。国文教员是王昆玉老师，文章宗桐城派，个人有文集；但我只读过稿本，没有出版。教英文的老师姓刘，北大毕业生。我只记住了他的绰号，名字则忘记了。教数学的老师姓王，名字也不记得了。几位老师的学问和教学水平，都是极高的，名扬济南教育界。另外还有一位教经学的老师，姓名都已忘记，只记得他的绰号叫"大清国"。他的口头禅是："你们民国，我们大清国。"绰号由此而来。但是他学问是有的，上课从来不带书。据说，"五经""四书"，连同注疏，他都背得滚瓜烂熟，甚至还能倒背，不知道有什么用处。这恐怕只是道听途说而已。

在这样十分优越的自然环境和教学环境中，我埋头苦干，扎扎实实地读了两年书，为我以后的发展打下了良好的基础。1928年，日寇占领了济南，我被迫辍学一年。1929年，日寇撤走，山东省立济南高中成立，我继续就读。这事与山大无关，我就不详细叙述了。

从我成为山大校友以后漫长的75年中，山东大学，同国内许多著名的大学一样，走过一条悠长而又曲折的道路。这条道路并不平坦，也并不笔直，有时布满了鲜花，五彩斑斓，光彩照人；有时却又长满了荆棘，黑云压城。校址也迁来迁去，有时在济南，有时又在青岛，最后终于定居在济南。在建国前有一段时间，大概是在30年代吧，山大当时还在青岛，许多全国著名的学者和作家在那里任教。许多人都认为，那是山大发展史上的一个高峰或者高峰之一。无论中国或外国，一个大学不能永远处于高峰时期，一个系尤其显著，山大自不能例外。从那以后，一直到现在，山大高峰迭出，现在已成为全国著名的高校之一了。

我虽然一辈子没有离开过学校，从国内到国外，都在教书；但是，我决不敢承认自己是一个教育家。感性认识我是有的，却没有提高到理论的高度。根据我的观察和体会，一个大学，特别是一个系是否是处在高峰时期，关键全在于有没有名师。中国俗话说："名师出高徒。"这话一点也没有错。学生年纪轻，可塑性强，影响他们最大的还是老师。我在上面已经说过一个大学，一个系不能永远处于高峰时期，关键也在于老师。我举一个最彰明昭著的例子。我的洋母校德国哥廷根大学的数学系，从 19 世纪末到 20 世纪 20 年代，因为出了几位世界级的数学大师，比如 F. Klein、D. Hilbert 等，名震全球，各国学子趋之若鹜，一时成了世界数学中心。这些大师一旦离开人世或退出教席，而后继者又不能算是大师，世界数学中心的地位立即转移。这个例子很能说明问题。另外一个例子就是清华国学研究院，虽然只办了八年，但是毕业生几乎都成为名教授，原因也在于国学研究院有著名的四大导师。这个例子是众所周知的。

原清华大学校长梅贻琦先生曾说过几句话："大学者，非大楼之谓也，有大师之谓也。"建国以后，周扬同志也说过几乎是同样的话。时代迥异，而看法全同，可见这几句话是符合真理的。山东大学在过去和现在都有大师级的学者。这是山东大学之所以能够成为今天的山东大学最重要的原因。

眼下，教师的重要性已为全国各大学以及其他高等学校所普遍认可。重金征聘教师的广告在各大报纸上随时可见。有的待遇高得惊人。但是，我认为，这种办法实际上是互相挖墙脚，我不敢苟同。我不希望山东大学也这样做。

不这样做又当怎样呢？我个人觉得，大学有时候从外校进几位教师是必要的，这有利于人才的交流。但是，想真正获得名师，甚至大师，最根本的办法还是自己培养。我总认为，现在大学里教师提职提级的做法还有待于认真地改进。现在吃"大锅饭"的残余流风未息，余威犹在，这很不利于人才的成长。最理想的办法是公平合理地、实事求是地发现年青有为的人才，然后加以精心培养，给他们创造条件。在待遇方面可以破格，在提级方面也可以破格。对他们在政治上严格要求，在业务上严格督促，再加上他们自己的努力，期以数年，必能有成。据我个人多年的观察，现在学生中和青年教师中确有特立独行有很大潜力的人才。千里马是有的，愿我们的学校领导都能成为伯乐。

今年是一个新世纪21世纪的第一年，也是一个新千年的第一年。我们国家的形势是好的。政治上安定团结，经济的发展已成为亚洲的龙头，举世瞩目。在这样关键时刻，山大迎来了百年校庆。对人类来讲，一百年是高寿了。但是对一个大学来讲，同国外许多有几百年历史的大学比较起来，还只能算是一个小弟弟，有如初升的旭日将越来越发出耀眼的光芒。在学校党委和这样一位年轻有为的校长的领导下，我的母校将会有光辉的前途。我这个做了75年校友的老校友，从内心深处向母校奉献出诚挚的祝福。

2001年8月11日

我看中国文化书院

在历史上,中国是教育大国。在两千多年的历史上,各朝代办学的原则都是两条腿走路:公私并举。这是极为英明的政策,公私互补,其力无穷。官办的最高学府,先称太学,后改国子监,一直沿袭到清末。低一级的则是遍布全国城乡的私塾。民办的比较高级的学术机构叫书院,书院也有官办者,但以民办为多。中国数千年的文化教育的命脉就是靠这些机构传统保存下来的。

1952年的院系调整是一个败笔,除了"乱点鸳鸯谱"以外,最大的危害就是禁止私人办学。改革开放以来,天日重明,又恢复了私人办学的传统。这实在是极为高明的一着。可惜认识到这一点的人还不太多。

中国文化书院十五年前诞生于北大,主要创办人是哲学系的几位老中青教师,我并没有参加,我是后来才加入的。我们有一个导师队伍,其中公认为大师者颇不乏人,而且包括中国大陆和港、澳、台地区,还有美国等地的著名学者,其实力是国内任何机构所无法相比的。十五年来,格于外界的困难,没有能充分发挥导师队伍的作用。现在政府对私人办学似有鼓励之意,这是更为英明的一着。我希望,我们中国文化书院能够借这个东风,比较充分地发挥出我们的力量,为祖国抢救一些垂暮的大师,培养一些优秀人才,共庆升平。

1999年4月23日

我对未来教育的几点希望

教育为立国之本,这是中国两千多年来的历代王朝都执行的根本大法。在封建社会,帝王的所作所为,无一不是为了巩固统治,教育亦然。然而,动机与效果往往不能完全统一。不管他们的动机如何,效果却是为我们国家培养了一批批人才,使我国优秀文化传承几千年而未中断。

今天,时移世迁,已经换了人间。教育为立国之本的思想,深入人心。我们政府提出了科教兴国的方针,受到了全国人民的热烈拥护。把教育的重要性提高到兴国的高度,可以说前承千年传统,后开万世太平。特别是在今天知识经济正在勃然兴起的大时代中,教育更有其独特的意义。知识经济以智力开发、知识创新为第一要素,不大力振兴教育,焉能达到这个宏伟的目标?但是,我要讲一句实话,我们的振兴教育,谈论多于行动。别的例子先不举,只举一个教育经费在国民总收入中所占的百分比之低,就很清楚了。我们教育所占的百分比,不但低于发达国家,在发展中国家中也是比较低的。这让很多人难以理解。我们国家正在努力建设,用钱的地方很多,这一点谁都理解,没有人想苛求;但是,既然把教育的重要性提高到那样的高度,教育经费却又不提高,报纸上再三辩解,实难令人信服。现在,据我了解所及,全国各类学校经费来源十分庞杂,贫富不均的程度颇为严重。大学的党委书记和校长,主要任务是"找钱",连系主任的主要任务也是"创收"。如果创收不力或不利,奖金发不出去,全系教员就很难团结好。学校的根本任务是教学和科研,是出人才,出成果。现在却舍本而逐末,这样办教育,欲求兴国,盖亦难矣。因此,我对未来教育的第一个希望就是切切实实地增加教育经费。

我的第二个希望是重视大、中、小学生的人文素质教育和伦理道德教育。现在我们中华民族的一般道德水平,实不能尽如人意。年轻的学生在这个大气候下,思想水平也不够高。他们对世界,对人生的看法,在像我这样的思想保守的老顽固眼中,有时实在难以理解。现在,全世界正处在一个巨大转变中,每个人都会受到影响的,特别是青年人,他们敏感易变,受的影响更大。日本据说有一个新名词"新人类",可见青老代沟之深。中国也差不多。我在中外大学里呆了一辈子;可是对眼前中国大学生的思想、情感等等,却越来越感到陌生。他们的一些想法和做法,有时候让我目瞪口呆。在我眼中,有些青年人也仿佛成了"新人类"了。

救之之法,除了教育以外,实在也难想出别的花招。根据我的了解,现在大学里的思想教育课,很难说是成功的。一上政治课,师生两苦,教员讲起来乏味,学生听起来无味。长此以往,不知伊于胡底!

我个人认为,抓学生思想教育,应该从小学抓起。回想我当年上小学时,有两门课很感兴趣,一门叫做公民或者修身,一门叫做乡土。后一门专讲本地的山川、人物、风土、人情。近在眼前,学生听起来有趣又愿听。讲爱国从爱乡开始,是一个好办法。

至于公民这一门课,则讲的都是极简单的处世做人的道理,比如热爱祖国,孝顺父母,尊敬老师,和睦同学;讲真话,不说谎话；干好事，不做坏事；讲公德，不能自私；帮助别人，不坑害别人；要谦虚，不能骄傲，等等，等等，都是些平常的伦理规范。听说现在教小学生也先讲唯心与唯物，存在与意识，物质与精神，小学生莫名其妙，只能硬背。这能收到什么效果呢？显而易见，什么好效果也是收不到的。到了中学和大学，依然是这一套，结果就是我在上面说到的师生两难。现在全国都在谈要重视学生的素质教育，足见这个问题已经引起了广泛的注意。这无疑是一个好现象。但是，我总觉得，空谈无补于实际，当务之急是采取适当的行动，才能走出目前的困境。

我对未来教育的希望，当然不止这两点。但限于目前的时间，我只能先提出这两点来，供有关人士，特别是政府主管教育的部门参考，一得之愚，也许还有可取之处吧。

1999 年 2 月 21 日